超禁忌秘密

SUPER TABOO SECRET

宁航一 著

四川文艺出版社

图书在版编目（CIP）数据

超禁忌秘密 / 宁航一著. — 成都：四川文艺出版社，2019.9（2020.2 重印）

ISBN 978-7-5411-5423-2

Ⅰ.①超… Ⅱ.①宁… Ⅲ.①长篇小说-中国-当代 Ⅳ.①I247.5

中国版本图书馆CIP数据核字（2019）第089783号

CHAO JIN JI MI MI

超禁忌秘密

宁航一 著

出版统筹 一 航
选题策划 航一文化
编辑统筹 康天毅
责任编辑 程 川 苟婉莹
特约编辑 袁旭姣
封面设计 xiao.p
插画绘制 苍狼野兽
版式设计 林晓青

出版发行 四川文艺出版社（成都市槐树街2号）
网 址 www. scwys. com
电 话 028－86259287（发行部） 028－86259303（编辑部）
传 真 028－86259306

邮购地址 成都市槐树街2号四川文艺出版社邮购部 610031
印 刷 湖南天闻新华印务有限公司
成品尺寸 166mm × 235mm 开 本 16开
印 张 16 字 数 220千
版 次 2019年9月第一版 印 次 2020年2月第二次印刷
书 号 ISBN 978-7-5411-5423-2
定 价 39.80元

目 录

一

失忆的女孩

每个驾驶者都接受过类似的告诫：不要轻易搭载路边招手的背包客。他们有可能是需要帮助的人，也有可能是伪装成驴友的心怀不轨的抢劫犯。这个告诫对女性司机来说，尤其重要。

现在是下午六点刚过，暮色渐暗。她驾驶越野车行驶在人迹罕至的盘山公路，车上只有她一个女性——几乎符合了所有不安全要素和拒绝的理由。但看到路边面容焦急、不断招手的年轻女孩，她还是忍不住停下了车。

原因大概是这样的：她是一个四十多岁的母亲，有一个女儿，跟眼前这个穿着白衬衫、背带牛仔裤的女孩年龄相仿。尽管她们长得一点儿都不像，但还是让她不由自主地想起了自己的女儿。作为一个母亲，她无法对跟女儿差不多年纪的求助者视若无睹。

“阿姨，阿姨！您能载我一程吗？”女孩带着焦急的口吻祈求道，“求您了，一个小时之内，这条路上只过了三辆车。其中一辆车坐不下了，另外一辆根本没有停下。马上就要天黑了，我害怕极了，求您……”

“别着急，姑娘。”她打断女孩的话，询问道，“你怎么会一个人出现在这里？”

“我是一个徒步爱好者。一个人出来旅行，没想到钱包被偷了，放在钱包里的身份证、银行卡和现金全都丢了。”女孩带着哭腔说，“我当时在石头城，身无分文，又没有身份证，没法搭乘班车，便计划徒步走到里县。”

石头城是本地著名的景区，位于海拔两千多米的高原，有着原始的生态环境和独特的风景，是背包客和文艺青年的圣地。但是跟所有地处偏远地区的景区一样，这里治安堪忧，因此很少有人会选择独自徒步。听这个女孩的口音明显是外地人。她面庞稚嫩，皮肤白皙，留着齐肩发型，看起来最多二十出头，一副不谙世事的模样。中年女人在心中叹了口气。年轻人呀，冲动、感性，对这个世界的危险性缺乏足够的认识。她不由得担心起来，我那读大二的女儿，也是如此吗？

她陷入沉思，女孩以为她在迟疑，几乎是在哀求了：“阿姨，求求您了，就搭我一程吧，您只要把我送到里县就行了！”

事实上，她正是前往里县。搭载这个女孩没有任何问题，但出于谨慎，她还是打算把情况了解清楚：“石头城距离里县不算太远，徒步路线只有不到 30 公里。你不是徒步爱好者吗，怎么会滞留在这里？”

女孩说：“对，我也是看到地图上显示，步行只有 28 公里路程，便以为自己能走到里县。我一早就出发了，但是步行一小半路程之后，手机GPS信号弱，无法继续导航，就迷路了……我实在没办法，只有跑到公路上来求助。”

中年女人叹息道：“你完全走错方向了。姑娘，这种偏远地区怎么能用手机导航呢？得用专业 GPS 定位器才行呀。”

"是……阿姨，我知道错了，您能让我上车吗？"

那一瞬间，她恍惚觉得是女儿在跟自己认错，内心颤动了一下。她知道她不可能拒绝，从任何方面都不可能。把这个年轻女孩独自留在前不着村后不着店的山林之中，简直无异于谋杀。

"上来吧。"

女孩大喜过望，立刻拉开车门，坐到了副驾的位置。她取下沉重的大旅行包，把旅行包放在腿上。

女孩取下背包那一刻，中年女人才注意到，这个牛仔背包比一般驴友的包大得多。女孩抱着它，几乎挡住了面前的视线。她说："把你的旅行包放到后备厢去吧，干吗抱着？"

"啊，没事。"女孩说，"我抱着就好了，谢谢您，阿姨。"

她不再勉强，毕竟不关她的事。踩下油门，发动汽车。

行驶的过程中，女驾驶者时不时地偷瞄这个女孩一眼。她坐得很端正，两只手紧紧地箍住旅行包，似乎里面有十分重要的东西。

她在这条路上见过很多背包客。为了减轻负重，他们往往会尽量精减背包里的行李。即便是一个身强力壮的男人，要背着这么大一个旅行包行走几十公里，也是难以想象的。而这个女孩的背包比一般驴友的包大得多，这不禁引起了她的猜疑——**这背包里，装着什么东西呢？**

她试探着说道："你的背包可真大呀，背着走路不累吗？"

"还好，只是看着大，并不是很重。"女孩回答，把背包又抱紧了一些。

她没法问出"里面装的是什么"这种无礼的问题，只有旁敲侧击地说道："背包里是你的衣服吗？"

"嗯……是的。"

"带了这么多衣服出门？"

"是啊。"

她知道这个女孩没说实话。这个包里装的不可能全是衣服。她经常外出旅游，有时还是跟老公、女儿一起。一家三口的衣服加起来，恐怕也没有这么多。况且这女孩还声称自己是个徒步者，没有哪个徒步者会背着整个衣柜跋山涉水。当然，里面还会有一些杂七杂八的小东西，但无论如何都达不到这个量。

她不禁紧张起来，甚至有些后悔。她开始怀疑这个女孩说的话的真实性，并谴责自己为何如此轻信。丢失了身份证和钱包，也许是骗人的鬼话。**更大的可能性是——这个背包里的东西，过不了安检**。所以这女孩没法在客运站乘坐大巴，只能在路上搭陌生人的顺风车。

包里装的不会是毒品吧？或者是走私的珍稀动物？

各种猜忌令她越发不安。她甚至想到，很多毒贩和走私者，都会利用涉世未深、外表清纯的女孩来做掩护。这个女孩，会不会就是干这种勾当的？这种可能性并非没有，她知道这个地区有贩毒的团伙。

想到这里，她再次问道："姑娘，你的背包里，究竟装的是什么东西？"

女孩说："阿姨，我跟您说过了呀，是我的衣服。"

她一边注意着路况，小心地行驶着，一边说道："现在是夏季，你不可能背着毛衣、羽绒服出门吧？以我的经验来看，要装这么大一包衣服，里面至少得有 10 件 T 恤、10 条裙子和 5 条牛仔裤。但是这可能吗？谁会背着这么多衣服徒步旅行？"

女孩愣了一下，仿佛这才意识到自己低估了这个有着四十多年生活经验的成熟女性。但她很快就说道："里面不全是衣服，还有别的物品。"

"没错，化妆品、防晒霜、纸巾什么的。女生出门就是麻烦。"她瞄了她一眼，以笃定的口吻说道，"但我也是女人，我知道这些东西加起来也装不了这么多。"

"呃……还有雨伞、帽子之类的东西。"女孩解释道。

"那你能把包打开，让我看看吗？"她提出要求。

“什么？”女孩愣住了。

“我说，让我看看包里的东西。这不算什么难为情的事吧，咱们都是女人，而且我的年纪跟你妈妈差不多了。”

女孩抿着嘴唇，为难地说：“阿姨，您同意载我到里县，我非常感谢，但是也请您尊重我的隐私，好吗？”

“我非常希望尊重你的隐私，但我也必须搞清楚，坐在我车上的是什么人，以免为自己带来不必要的麻烦。”

“您害怕惹上什么麻烦呢，阿姨？”女孩说，“我只是搭个顺风车罢了，到了里县，我就下车。”

话都说到这个份上，不如挑明算了：“听着姑娘，假如你的背包里装着毒品，或者任何违禁物品，我会把车子直接开到公安局。当然你也有别的选择，那就是现在立即下车，假装根本没有碰到过我。”

女孩明白她顾虑的是什么了，她长长地松了口气——这种轻松感不像是装出来的：“阿姨，我可以百分之百地向您保证，您多虑了。谁会徒步贩毒呢？而且背着这么惹眼的一个背包，您觉得可能吗？”

听起来有几分道理，但她始终不放心：“既然如此，你为什么不能让我看看包里的东西呢？你不用把东西全都拿出来给我看，把拉链拉开，让我看一眼就行了。”

“阿姨，请您别为难我，好吗？”女孩祈求道。

“我只不过让你打开背包让我看一眼，这叫为难你吗？”中年女人的口吻严厉起来，“是你在为难我！你没有任何能证明身份的东西，就坐上了我的车，难道我不该搞清楚你是什么人吗？”

女孩无话可说了，她紧紧抱着背包，神情极为难堪。这种态度更显得有问题，中年女人叹息道：“如果你真觉得这么为难，那么对不起，请你下车吧。”

女孩的眼睛倏然睁大了，望着中年女人：“外面一片漆黑，还下着雨，您要赶我下车？”

“是你逼我这样做的。”

女孩眼中噙满了泪水：“您现在让我下车，跟杀了我有什么区别？”

中年女人的心颤抖了一下，但她仍然铁青着脸说：“打开背包和下车，你自己选吧。”

女孩缄默良久，说道：“您想看我包里的东西，我就让您看吧。只是……**希望您别被吓到。**”

“什么意思？”中年女人紧张起来，“你包里到底装着什么？怎么会把人吓到？好了，我现在不想看了，你给我马上下车！”

“阿姨，”女孩说，“很快就到里县了，到了我就下车。”

雨确实下大了。雨刮器来回摆动，也无法把挡风玻璃上瀑布一般的雨水尽数挡开。中年女人发现，随着大雨和黑夜的降临，自己的掌控权正在一点点消失在雨夜之中。她心绪不宁，猜想这个独自出现在山路上的女孩，到底是何方神圣。她显然不是普通人，似乎也不像是毒贩那么简单，那她到底是……

就在她走神的时候，前面出现了一个 U 形弯道，大雨阻碍了她的视线，猜疑影响了她的思绪，她居然没有减速。坐在副驾驶座位上的女孩直起身子，瞪大双眼，惊呼道：“注意前面！”

驾驶者反应过来的时候，彻底慌神了。她乱了阵脚，双手猛地向左转动方向盘，右脚踩死刹车。

但是，迟了。

雨水让轮胎的摩擦力减小，在惯性的作用下，车尾猛甩了 180 度，轮胎却无法抓住地面。越野车侧着身子甩出了山崖。车里传来两个女人撕心裂肺的尖叫声……

不知过了多久，女孩睁开眼睛，仿佛从噩梦中醒来。但眼前的一切，让她怀疑自己陷入了另一个噩梦。

她的身子居然悬在空中，准确地说，是座椅上的安全带将她吊在了椅子上。她浑身剧痛，手腕和身上都是血迹。她艰难地转过头，看到了左侧驾驶位上的中年女人。她跟自己一样，也悬挂在座椅上。但她似乎没有自己那么幸运，安全带也没能救她的命。因为女孩清楚而恐惧地看到，她的脖子已经折断了，显然已死去多时，那双因惊惧而瞪大的眼睛仍然圆睁着，配合着脖子扭曲的诡异角度，看上去让人不寒而栗。

雨水、血污和疼痛提醒着她，这不是一场噩梦，而是一场真实的车祸。她虽然在这起车祸中幸运地存活了下来，却陷入另一种恐惧之中。

她完全记不起之前的任何事情了。

我是谁？

开车的这个女人又是谁？

我跟她是什么关系？

这是什么地方？

一系列问题涌现出来，她脑子里却一片空白。大脑的运转牵动了头部的疼痛，她感觉到针扎一般的刺痛，立即用手按住额头，摸到了额头上一处严重的撞伤。

她似乎找到失忆的原因了。

现在不是追溯记忆的时候，她必须保证自己能活下来。她甚至不敢确定自己受了多么严重的伤，求救是第一要务。

女孩从自己的裤包里摸出一部手机，但是屏幕和机身已经摔碎了，根本无法使用。她试图寻找车上有没有别的通信工具，发现了甩在破碎的车窗玻璃上的一个褐色皮包，这可能是死者的物品。

女孩解开安全带，从顶部摔落下来，又是一阵剧痛。她强忍着疼痛打开了那个皮包，发现有一部苹果手机，但是无法开机。不知道是摔坏了，还是电池已耗尽。

我得离开这里。她对自己说，然后挣扎着从已经摔成废铁的车子里爬了出来。夜空中正下着不大不小的雨，她双手抱紧了身子，瑟瑟发抖。

眼睛已经适应了黑暗，观察周围，她发现所处之地是一条盘山公路。车子可能是从盘山公路的上层摔下来的。没有跌落万丈深渊，已是不幸中的万幸，否则的话，她不可能还活着站在这里。

虽然不清楚时间，但想来应该是凌晨时分。这里是偏僻的山区，夜里根本不会有车辆经过。在没有手机的情况下，想要获救，只有两个办法：第一，原地等待，直到早上有车子路过；第二，走到有人家的地方，向当地村民求救。

思忖之后，女孩打算采取方案二。因为在全身是伤、又淋着雨的情况下，她无法保证自己能撑到早上。况且四周都是山林，她害怕有野兽出没。

拖着伤疲不堪的身体，她在雨夜中踯躅前行。前方的道路就跟她未卜的命运一样，漆黑一片。她不知道走了多久，在筋疲力尽、近乎绝望的时候，视野中出现了一栋房子的轮廓。

那是一栋修建在山上的简陋的农村自建房，孤零零地兀立在道路的旁边。房子的门窗都是关着的，里面一片黢黑。没有任何迹象表明里面有人居住，但即便如此，这栋房子也仿佛黑暗中的明灯，让女孩燃起了希望之光。

她快步走过去，用力地敲门。过了好一会儿，屋子里面的灯亮了起来。谢天谢地，里面有人！

“谁呀？”一个沙哑的男声从屋内传来。

“请你救救我，我出车祸了，车子从山上摔了下来，有人死了！”

房门迅速打开了，一个身材瘦削、穿着破烂背心和宽松短裤的中年男人出现在女孩面前。他瞪大眼睛，打量着被雨水淋湿、浑身是伤的年轻女孩，问道：“出车祸了？”

“是的，车子还在山道上，女驾驶员死了，我一个人走到这里来求救……”

女孩哭着说。

“快进来吧。”瘦男人不忍心看着她站在雨中述说，将女孩让进了屋。

走进屋内，她感觉好多了。瘦男人找了一条脏兮兮的干毛巾，递给女孩，说：“我这儿只有这个，你将就着用一下吧，把头发和身上擦一下。”

女孩接过毛巾，说了声“谢谢”。瘦男人指着一张竹椅说：“你坐吧。”

女孩坐下来用毛巾擦干了头发。她全身都湿透了，瘦男人站在一旁，局促地说：“我是个老光棍，家里没有女人的衣服给你换……”

实际上，何止没有女人的衣服，这个山野村夫的家，简直可以用家徒四壁来形容。除了一张木床、一张吃饭用的桌子、一个老旧的木头柜子、两把竹椅，几乎就没有别的家什了。做饭用的锅和灶就在地上，还有一些乱七八糟的东西散乱地丢在屋子角落，布满蜘蛛网和灰尘。这里的脏乱和简陋程度，简直让人触目惊心。

女孩略微扫视了一下屋里的陈设，说道：“你能帮我打电话求救吗？”

“我这里没有座机或手机。山里信号不好，有电话也不容易打出去。”

“啊……那怎么办呢？”

瘦男人想了想，说：“这样，你在我这儿休息一下，我马上出去找村长，他能想到办法帮你。”

“那真是太感谢你了。”女孩说。

瘦男人提起地上的温水瓶，倒了一碗热水递给女孩，说道：“喝点热水吧，可惜家里没啥吃的了。哦，有几个生红薯，你要吃吗？”

“谢谢，不用了，麻烦你帮我找一下村长吧，我可能需要去医院。”

“是，是……”瘦男人也看出了。他捡起墙角一把破旧的雨伞，对女孩说：“那我现在就出去，最多半个小时就能回来。你坚持一下，累了困了就在床上睡一下吧。”

“好的，麻烦你了。”

瘦男人打开门，将门掩拢，匆匆离去了。

女孩没有告诉他，其实，她的精神和体力都已经濒临极限了，刚才完全是硬撑着跟他说话的。受伤加上淋雨，又走了大概几公里的路，没有昏死过去，已经是个奇迹了。

现在，她终于支撑不住了。拖着沉重的脚步走到那张又小又脏的木床前——上面甚至还有那男人的袜子和裤衩——但她也管不了这么多了，一头倒在床上，昏睡过去。

几分钟后，**房门从外面缓缓打开了一条缝**。

一双布满血丝的眼睛窥视着倒在床上的年轻女孩。这双眼睛游走在她修长的大腿、白皙的脸庞和起伏的胸部上。门外的呼吸浓重而紧促，吐着腥气。

他很久没碰过女人了。或者说，他这一辈子都没有碰过这么年轻、漂亮、皮肤宛如白雪的女人。

现在，这只羊羔就躺在他的床上，他可以对她做任何事，没有人会知道，甚至包括女孩自己。

就在他准备走进屋来，实施猥亵的时候，女孩身上的伤痕和血污令他却步了。他迟疑良久，狠狠地扇了自己一耳光，在心里骂道：畜生！

然后，他将门关拢，转过身，大踏步地朝前走去，消失在雨夜之中。

二

非自然事件

几十分钟后，四个男人打着手电、穿着雨衣急匆匆地赶到了瘦男人的家。为首的是村长，一个五十多岁的男人。他推开屋门，一眼就看到了倒在床上昏睡的年轻女孩。

村长和另外三个人快步走过去，他用手试探了一下女孩的鼻息，气息虽然微弱，但还是有呼吸的。村长松了一口气，对另外两个精壮的男人说道："得赶快送她去县里的医院，我联系了一辆车，马上就开过来了。"

其中一个男人点头道："我把她背上车吧。"

"行，"村长点头道，然后轻轻摇晃了女孩一下，"姑娘，没事吧？醒醒。"

女孩的眼睛慢慢张开了，神情恍惚，显得十分虚弱。村长对屋子的主人，那个瘦小的男人说："去倒点开水来给她喝。"

“欸。”瘦男人老实地应了一声，转身走到桌子旁去倒水。

另外两个男人跟村长一起，小心地把女孩扶起来坐好，村长望着她一身的伤痕，说道：“姑娘，我是这儿的村长。你坚持一下，我马上叫人开车送你去县城的医院。”

女孩微微点了下头，无力地说道：“谢谢你，村长。”

村长问：“出事的车辆就在前面几公里远的地方，对吧？”

女孩说：“是的。”

“你说，开车的女司机死了？”

“对。”

“你跟她是什么关系？”

“我不知道，”女孩带着哭腔说，“我的头被撞了，什么都记不起来了……”

村长叹了口气，安慰道：“别哭，别着急，到了医院再说。我们也报警了，警察会调查清楚的。”

宽慰完女孩，村长转过头，不耐烦地喊道：“全贵（瘦男人的名字），你倒个水要倒多久？”

瘦男人的全名叫张全贵，此刻，他一动不动地站在木头桌子旁，背对着众人。村长喊他，他好像一点儿都没听到似的，像中了邪一样呆呆地杵在原地。

村长皱起眉头，说道：“全贵，你干吗呢？”

张全贵这才缓缓地转过身来，一脸错愕的表情，喊了一声：“村长。”

“怎么了？”

“你过来看。”

村长走到他跟前，问道：“看什么？”

张全贵的木头桌子上，有一个用了不知道多少年的搪瓷茶盘，边缘的漆都脱落了。茶盘上倒扣着一个白色的陶瓷茶杯。张全贵就望着这茶盘茶杯发呆。

村长不知道这喝水的茶杯有什么好看的，怀疑张全贵是不是今天晚上遇到这事儿，整个人都魔怔了。他蹙着眉头问道：“你到底要我看什么呀？”

张全贵望着村长，怔怔地说：“出怪事了。”

“什么怪事？”

“这茶盘和茶杯，我起码有一个月没洗过了。”

听了张全贵这话，村长仔细端详茶盘和茶杯，发现这两样东西都一尘不染、光洁如新。他愣了半晌，问道：“你什么意思？”

张全贵说：“谁帮我洗过这杯子和盘子？”他又摸了木头桌子一下，说，“还有这桌子，之前还全是灰尘呢，现在干净得就跟水洗过的一样。”

村长用一根手指头在桌面上擦了一下，果然，这张桌子跟茶杯和茶盘一样，都变得一尘不染了。

张全贵是村里出了名的老光棍和邋遢鬼。对于这一点，任职多年的村长再清楚不过了。这个老单身汉向来不修边幅、邋里邋遢，常年没穿过一件干净的衣服，头发总是油腻腻的。正因为这个原因，他才一直讨不上老婆；而缺乏女人照顾，他的日子就过得越来越糙——完全是个恶性循环。他这个家，要不是出了这种事，没有任何人愿意踏进来。张全贵说茶盘茶杯一个月没洗过，村长一点儿都不感到奇怪。别说是物什了，他本人可能都一个月没洗过。

可眼前这桌子、茶杯和茶盘，干净得就跟新的一样，这就十分奇怪了。而且这种干净程度，简直令人咋舌。如果只是用水冲洗的话，茶盘和瓷杯上应该有水珠才对。要像这般光洁如新，只有冲洗后再用干净的毛巾仔细拭擦才行。别说是张全贵这个乡下老光棍，就算是大城市里的女主人，恐怕也少有这么讲究的。

这时，张全贵又蹲了下来，用手抹着光可鉴人的水泥地，惊呼道：“妈呀，这地比我的脸还干净了！”

这话还真是一点儿不夸张。村长和另外那两个人此时也注意到了，这个家里的水泥地面，干净得像才打过蜡的大理石瓷砖。除此之外，这个家里的柜子、床和所有物件，全都洁净如新了。四个大男人张大了嘴，好一会儿之后，他们的目光集中在了女孩身上。

张全贵咽了口唾沫，问道：“不会是你……帮我打扫的吧？”

女孩此刻仍是意识模糊，她半睁着眼睛，耷拉着脑袋：“嗯？”看起来根本没听清他们在说什么。她模糊的意识中，只听到这几个男人在说什么“好干净”之类的话，压根儿没意识到跟自己有什么关系。

村长摇头道：“别问了，你看她这状态，站起来都困难了，还帮你打扫卫生？再说人家干吗要帮你打扫卫生呀？”

“那这是怎么回事呀？”张全贵费解地说，“我也没打扫啊，难不成是鬼呀？”

大半夜的，他嘴里突然蹦出个“鬼”字，在场的几个大男人虽然不至于被吓到，还是不约而同心里紧了一下。这时，村长的手机响了，他看了一眼来电显示，说道：“车子来了，你们谁把她背上车吧。这些乱七八糟的事先别管了，救人要紧！”

两个年轻力壮的男人很听村长的话。他们“嗯”了一声，两人配合，轻易就把女孩背在了背上，村长帮他们撑着伞，三个人朝门外走去。

张全贵呆了几秒，问道：“村长，那我呢？”

“你就不用去了，车子也坐不了这么多人，你就在家待着吧！”

“我这……”张全贵还想说什么，但村长三人没搭理他，背着女孩冲进雨里了。

张全贵看着他们跑到路边，上了一辆小面包车。汽车发动，朝县城开去了。

他关上门，面对着从未如此干净整洁的家，突然感到有点儿害怕。

他打开柜子，小心地触摸着柜板、抽屉和里面的衣物。然后，他又检查了锅碗瓢盆、床单被子以及窗沿和门缝，无一例外——这个家里的所有东西，都变得干净无比，没有一丝灰尘了。

最令他感到震惊的，是床下一双接近三年没穿过的烂解放鞋。这双鞋的肮脏程度，连他自己都有点儿嫌弃。然而，当他把鞋子从床底下拎出来的时候，他发现这双鞋不管是表面还是内里，都干净得犹如婴儿的脸蛋。

这不是人类能做到的事情。脑子里冒出的这个想法，令他全身战栗。

张全贵的文化程度是小学毕业。然而，即使他再不聪明，也不可能想不到，今天晚上发生的怪事，跟这个半夜到访的女孩有关。

可他实在是想不通，这到底是怎么回事呢？

他只不过离开了半小时。

这半个小时内，发生了什么事？

这个女孩，究竟是什么人？

三

俗世奇人

中国西部，懋县。

县城的一所中学校里，四十多岁的语文老师罗曼正在给初二的学生们上课。今天的课文节选自作家冯骥才的《俗世奇人》一书，《泥人张》和《好嘴杨巴》两篇短文，本身就极具趣味性和可读性，再加上罗老师的精彩讲解，学生们听得聚精会神，兴趣盎然。

不过，学生们最期待的，还是每节语文课的最后十分钟。这位罗老师跟一般照本宣科的语文老师大为不同。他风度翩翩、温文儒雅，并且知识渊博、妙语连珠，每节课都会余下一部分时间，跟同学们讲一些课外的趣味知识，既增长了学生的见识，又活跃了课堂的气氛，深受学生们欢迎。虽然是这学期才调来的新老师，但罗曼老师在学生中的人气，恐怕已经超越学校里的所有老师了。

今天的正课结束，罗老师像往常一样合上课本，说道："《俗世奇人》这本书，讲述的是晚清光绪年间天津卫的一些奇人。不过泥人张的手艺和杨巴的'好嘴'，在今天看来，也算不上有多'奇'了。世界上的奇人异事，还大有人在呢。"

学生们清楚，老师留下的这部分时间，是允许大家一起参与讨论评述的，不拘泥于繁文缛节。于是一个男生说道："罗老师，给我们讲讲真正的奇人吧！"

罗老师笑了一下，点头道："我正要说。中华奇人，大有人在。远的不说，我就说个当代的吧。你们听说过用眼睛吹气球的人吗？"

学生们都睁大了眼："用眼睛吹气球？"

"对，这个人叫吴祖佑，艺名'贫嘴'，湖北通山人。最开始拜师学艺，学习口技，然后进行表演。后来他渐渐觉得，除了口技之外，还得有个绝活才行，这样才能有自己的特色。

"吴祖佑就开始琢磨了，想了很久，忽然灵光一闪，想到小时候经常与同伴们在塘堰里扎水憋气，发现了自己眼睛周围会冒水泡。这算不算是一种特色呢？

"想到这里，他十分兴奋。可是如何把这一能力搬上舞台呢？开始他想，能不能用眼睛吹口琴，可是眼睛出的气流毕竟太弱了，这一想法被舍弃了。然后他又想，能不能用眼睛吹气球？气球比较薄，于是眼睛吹气球的创意就这样出来了。

"最初，吴祖佑用笔筒直接套上气球吹，接着又改在小塑料瓶的一头套上气球，可是效果都不太理想。后来，他不断摸索，终于做出了一个道具，类似游泳用的密封眼镜，因为这个表演成功的关键之一在于道具的密闭性。

"制出了道具，眼睛周围是不漏气了，但眼睛虽然有出气，气流却很小，用来吹气球谈何容易！自从有了这个念头后，祖佑就不断地练习，6年后，也只能吹起 7 ~ 8 厘米直径的气球，而且那时只是单眼表演，舞台效果并不很好。

“但吴祖佑坚持不懈，为了锻炼自己的肺活量，他每天坚持用嘴吹热水袋，以辅助练习。功夫不负有心人，到了 2002 年，他能将气球吹到直径达 10 厘米，继而能在 3 分钟内吹到 15 厘米！

“用眼睛吹气球的表演，引起了很大轰动，各家电视台都争相报道此事，中国电视吉尼斯栏目组也找到了他，邀请他录制节目。之后，‘贫嘴’吴祖佑便声名鹊起了。”

同学们听完了奇人“贫嘴”的故事，全都目瞪口呆。有些同学甚至捏住了鼻子和嘴，想试验一下自己的眼睛能不能吹出气来。罗老师笑着制止道：

“别试了，不是每个人都有这本事的。华中科技大学的教授对吴祖佑的眼睛做了一系列的检查。发现在正常情况下，他眼睛上的泪点与他人无异，而当他在用眼睛出气时，其下眼睑的泪点处于张开状态，并且能感受到有气流喷出。张教授解释，人的眼睛是一个相对密闭的器官，能与外界相通的只有泪点上的开口，所以这股气流可以肯定就是从泪点排出的。

“但是，道理虽然说得通，张教授也对他‘眼睛吹气球’的绝技惊讶不已。他表示，与泪点连接的泪道其实是十分狭窄的，而且有很多拐弯的地方，正常情况下，气流反流的情况非常少见，如果有，也是微乎其微。”

说到这里，罗老师问全班学生：“同学们，你们觉得这件事说明了什么呢？”

学习委员不假思索地回答道：“有志者事竟成！”在他的理解中，这肯定是老师想要得到的标准答案。

罗老师哈哈大笑起来：“我还真不是想说这个。‘有志者事竟成’这话是没错，但不适于总结这件事。你想，你的眼睛要是没有这特殊的构造，那就是练一百年，也办不到呀。”

学生们都笑了起来。

罗老师略微顿了一下，说道：

“这个真实的事例，其实告诉了我们——世界之大，无奇不有。正如我之前说的：**这个世界上，其实有很多令人难以置信的奇人存在**。他们的生理构造或者基因组织，跟一般人不同。有意思的是，像吴祖佑这样的，是凑巧发现了自己的特殊之处；**还有一些人，恐怕一辈子都没有意识到，自己就是一个奇人呢。**”

学生们面面相觑，听得呆了。片刻，一个调皮的胖男生说道：“老师，我觉得我能控制放屁，随时随地都能放屁呢。我是不是也是奇人呀？”

全班哄堂大笑起来。有人说道：“你不是奇人，是奇葩！”

这时，下课铃声响起了。罗老师微笑着说：“好了，下课！”

罗曼老师拿着语文教材走出教室，他从来不用备课本。课内课外的知识和趣闻，对他来说都是信手拈来，根本不用事先准备。

走进教师办公室，罗曼跟几位同事礼貌地打招呼，然后坐在自己的藤椅上，打开保温杯，呷了一口茶。

休息片刻，罗曼起身离开了办公室。今天上午没有他的课了，他准备回到自己的住所。

罗曼老师走出办公室之后，一个戴眼镜的女老师说道：“这新调来的罗老师，可真是个孤傲的人呀。每天上完课就走，跟我们这些同事，除了打个招呼，基本上没什么话说。”

“你说人家孤傲，可学生们喜欢他得很呢。”数学老师说，“我们班的学生，都把罗老师当作偶像了，说他为人谦和，又有学识，一点儿架子都没有。”

“那就怪了，跟学生都能打成一片，跟我们这些同事怎么就没话说呢？”眼镜女老师纳闷地说。

“可能是这位罗老师，与众不同吧。”一个正在批改作业的男老师慢悠悠地说道。

听他的口气，好像知道什么似的，在有意卖关子。眼镜女老师问道：“谭老师，你了解什么情况吗？”

这个谭老师停下手中的事，说道：“你们知道罗曼老师现在住在哪儿吗？”

办公室的几个老师一起摇头。

“他一个人，住在锦绣花园一所套三的房子里面，豪华装修，全家具家电，还带一个小花园。”

“是吗？”老师们都知道，锦绣花园是他们县最好的一个小区。数学老师问道：“他自己租的房子？”

谭老师摇头道：“不是，学校安排的。”

“什么？”老师们惊呼起来，“咱们学校什么时候有这待遇了？还包住宿？而且是这么好的小区！其他调来的老师，不都是自己租房子住吗？”

谭老师赶紧走到门口，把办公室的门掩拢了：“你们嚷嚷什么呀，生怕其他那些老师听不到啊？”

眼镜女老师不满地说：“听到又怎么了？学校领导不能这样搞特殊化吧。”

谭老师叹息一声，说道：“你知道什么呀，你以为这位罗曼老师，跟咱们一样，只是个普通的中学老师吗？你们知道他是什么人吗？”

“他是什么人？”几位老师一齐问道。

谭老师犹豫了一下，摆了摆手：“算了算了，不说这个了……”

“欸，谭明！你存心是不是？逗我们玩儿呢？”眼镜女老师十分犀利，抄起数学老师办公桌上的三角板，做出要打他的样子。

谭老师一边躲，一边说道：“不是有意想吊你们胃口，是校长……不让我说呀。”

老师们都知道谭老师跟校长有点儿亲戚关系，所以他能获知一些其他老师不知道的信息。但眼镜女老师是个泼辣角色，不依不饶地说：“不让你说你刚才别提呀，还说不是存心？快说，不然我真抽了。”

“好吧好吧，”谭老师妥协了。他确实是故意的，一开始就想好这套路了，

“说出来怕吓到你们。这位罗曼老师，是北京一所著名大学的博士生导师，享受国务院特殊津贴的高级人才。”

“什么？”老师们露出怀疑的神色。数学老师说：“你就吹吧。”

谭老师不跟他们争辩，打开办公室的电脑，在搜索引擎上输入“罗曼”这两个字，指着弹出来的网页说道：“你们自己看吧。”

办公室的几个老师围拢过来，果然看到，网页上赫然显示，罗曼教授是北京著名大学的博导，资料介绍上有罗曼的照片，绝对不是同名同姓。

老师们全都惊呆了，好一会儿才缓过神来。一个教政治的老教师说道：“天哪，著名大学的博士生导师，怎么会到我们这种小县城的中学来教语文？”

“会不会是他受了什么处分，才‘下放’到我们这儿来的？”数学老师猜测。

谭老师摇头道：“不是。**听说他是主动跟大学提出辞职，然后申请到我们学校来教书的。**”

“为什么呀？”眼镜女老师一脸茫然。

“这我就不知道了。校长好像也不知道，只知道县政府获悉此事之后，简直是受宠若惊，要求校方一定要满足罗曼教授提出的一切要求，待遇方面更是不必说。锦绣花园那套豪宅，虽然名义上是校方提供的，实际上出钱的是县政府。完全把这位大神当菩萨一样供起来。”

“不是……”眼镜女老师还是想不通，“你说他是为了什么呀？他跟校方提出什么特殊的要求了吗？”

“没有。”谭老师说，“起码目前没有。所以校长也纳闷了，不知道这尊大神怎么就降到咱们这小庙来了。”

老师们都感觉匪夷所思，面面相觑。谁都想不明白这是怎么回事。

谭老师小声说：“这事儿校长本来不让我说的。因为罗曼教授十分低调，不希望大家对这件事议论纷纷。”

政治老师感叹道：“再低调，也不至于放着北京的教授不当，到我们这种穷乡僻壤来当教书匠吧。**这事儿背后，肯定是有什么原因的。**”

“不管是什么原因，”眼镜女老师摇着头，自嘲道，“至少我知道他为什么不爱搭理我们了，人家跟我们有什么共同语言呀？”

下午放学之后，罗曼并未回到自己的住所。他骑着一辆自行车，穿过县城的小街小巷，来到一排低矮的平房面前。这条背静的小巷在这个本就不富裕的小县城里，算得上是绝对的贫民区了。一排紧密相连的砖瓦平房，大约有半个世纪的历史，破旧得不成样。本来就十分狭窄的巷子里，还停放着居民们的自行车、三轮车和出摊用的自制小车、遮阳伞，两个人迎面走来都得闪身而过，逼仄得让人透不过气来。

罗曼把自行车停放在巷口，锁好，然后径直走到其中一间平房面前敲门。看得出来，他已经来过这里很多次了。

房门很快就打开了，一个十三四岁的男孩子打开门，高兴地喊道：“罗老师，您来了！”

“嗯，你也刚到家一会儿吧？”罗老师一边走进屋，一边询问男孩，“今天的作业有困难吗？”

男孩说：“您布置的语文作业没问题，我都会做。就是数学有两道小题，还有英语的阅读有点儿难。”

“没关系，我一会儿辅导你做。”

“罗老师太厉害了，全才呀！”男孩咧嘴笑道，“我先给您倒杯水！”

罗曼微笑着点了点头，望着男孩的背影。这孩子是他任教的班上的一个学生，叫陈忡，长得眉清目秀、瘦瘦小小的。他 4 岁那年，父亲死于一场矿难。之后，在菜市场卖菜的母亲便独自撑起了这个家，孤儿寡母相依为命，日子过得十分贫苦。

这些情况，是罗曼来到这里任教后才了解到的。家访了一次之后，便几乎天天朝这个家跑了。这件事，是班上的其他同学和学校里的老师都不知道的，罗曼叮嘱陈忡不要宣扬。

陈忡非常喜欢这位罗老师，从小失去父亲的他，仿佛从罗老师这里找到了缺失的父爱。这并非一厢情愿的想法，罗老师对他的关爱和照顾，完全超越了一般老师的范畴，甚至超越了一般父亲的范畴。陈忡对自己的父亲印象已经十分淡漠了，但他相信，就算父亲在世，大概也做不到像罗老师这样，天天关心他的学习、生活和身体状况。

陈忡给罗老师倒的不是一般的白开水，而是橘子水。他家里没有榨汁机，这杯橘子水，是他早上用一根擀面杖把切开的柑橘反复压榨，累得满头大汗才做成的一杯鲜榨果汁。他知道罗老师会来，所以提前就准备好了。

罗曼接过这杯果汁的时候，有些惊讶地问道："家里怎么会有果汁？"

陈忡脸上挂着阳光般灿烂的笑容："我自己榨的，您尝尝好不好喝？"

罗曼喝了一小口，很酸。这孩子忘了放糖。而且他采用的柑橘，是市面上最便宜的橘子，自然不会有多甜。但罗曼望着男孩稚嫩而喜悦的脸庞，知道他正在等着自己的夸赞。一股暖流淌过心间，他喝了一大口，说道："非常好喝，谢谢。"

陈忡开心地笑了。

喝了果汁，罗曼走进陈忡简陋的卧室。写作业的小书桌是十年前母亲从二手家具店里花 5 块钱买来的，只适合小学低年级的孩子用。陈忡现在已经初二了，还在这张小书桌上写作业。他坐在小板凳上，双腿必须朝两边分开，头低得很下去，脊椎完全是弯曲的，这个姿势对生长期的孩子来说十分不利，但他的母亲无暇顾及这个问题。

罗曼帮陈忡讲解了两道数学应用题，又辅导他的英语阅读。陈忡之前的成绩在班上算中下水平，自从罗老师来了之后，他已经变成中上了。

接近七点的时候，母亲才从菜市场回来。她是一个典型的劳动妇女，岁月的痕迹和生活的艰辛毫无保留地刻画在她蜡黄的脸上。到家之后，她第一件事就是跟老师打招呼："罗老师，您来了呀。"

"是啊。"罗曼答道。

"我马上做饭，您晚上就在这儿吃啊！"

罗曼也不推辞。他走到厨房，看陈忡母亲从菜市场带回来的菜。除了从她自己卖的菜当中余留下来的一些蔬菜之外，还有一小袋碎肉块。猪肉、牛肉各有一些，一看就是从卖肉的摊子上捡的、肉贩都瞧不上的边角余料。罗曼皱起眉头说："你就做这个给孩子吃呀？"

陈忡的母亲脸红了，说道："我不知道您也在……那我马上去买点好点儿的肉。"

罗曼摇头道："我无所谓，关键是陈忡。他正是长身体的时候，这些肉不但是边角余料，估计也不大新鲜吧，会影响孩子生长发育的。"

陈忡的母亲垂下头，难以启齿地说："我也没办法，现在肉价越来越贵了，我是想能省就省点……"

罗曼叹息一声，说："今晚别做饭了，我请你们出去吃。"

陈忡母亲连连摆手："不不不，您对陈忡已经十分关照了，就这样我们都已经感激不尽、无以回报了，怎么能再让您请吃饭呢？"

罗曼说："别客气，不足挂齿的。"

陈忡的母亲还是不同意，又推让了一阵，她低着头，用蚊子般的声音说道："罗老师，让别人看见您跟我……我们在一起，不太好。"

罗曼这才意识到她是一个寡妇。在这个还略带一些封建思想的小县城里，很难改变人们的陈旧观念。罗曼叹了口气，说道："那算了吧。"然后从裤包里摸出钱包，拿出一沓钱来递给陈忡的母亲，"这是 3000 块钱，你拿着，给孩子买点儿好吃的。"

陈忡的母亲赶紧推辞，说道："您上次就给了我 2000 块钱了，我还不知道什么时候能还给您呢，这次绝对不能再要您的钱了！”

“谁要你还了？”罗曼说，“我就是无偿资助你们的。”

“那就更不行了，我不能一直接受您的资助。”

罗曼知道很难说服这个固执的女人，也不想再推让下去了。他严厉地说道：“如果你实在不接受的话，我就把这些钱撕成碎片，反正我是不会再收回去了。”

说完，他真的把一张钞票撕成了两半，并作势还要继续撕下去。陈忡母亲吓坏了，她辛苦一天还不定能赚到 100 块钱呢，赶紧阻止道：“老师，别撕！我……收下就是。”

这时陈忡也站在了门口，看到罗老师拿钱给自己的母亲，心中五味杂陈。罗曼俯下身对他说：“陈忡，老师是真心想帮帮你们，希望你们不要见外，也别跟我客气。等你长大了，再回报老师就是，好吗？”

这话表面上是对陈忡说的，实际上当然是说给他母亲听的。可陈忡已经眼含热泪了，重重地点了点头，说道：“谢谢您，罗老师。”

罗曼站起来揉了他的脑袋一下，说道：“去写作业吧。”

陈忡母亲连连道谢，出门买肉去了。

晚饭吃了红烧肉、青椒玉米和素菜汤。陈忡不断给老师夹菜，罗曼也给他夹肉，叮嘱他多吃一些，母亲在一旁微笑，宛如幸福的一家人。

晚饭过后，罗曼继续辅导陈忡的英语阅读。其间，陈忡不断把手背过去抓痒。罗曼注意到了，问道：“怎么了，**背上的藓又发作了吗？**”

陈忡苦着脸说：“是啊，好久都没痒了，今天又……”

罗曼说：“你把衣服脱了，我看看。”

陈忡脱掉短袖 T 恤，转过身背对着老师。罗曼看到了他背后一块巴掌大的皮藓。这块皮藓非常特殊，竟然是青绿色的，看起来不像一般的皮藓，倒像是长在石头上的苔藓。

陈忡的母亲这时端着一盘切好的苹果走进了儿子的房间。她看到儿子光着上身，罗老师在检查他后背的皮藓，忧心地说道：“忡儿，背上的皮藓又复发了？”

“嗯，”陈忡说，“很痒。”

母亲放下水果，叹道：“唉，也不知道是怎么回事，这孩子从小就长这种奇怪的皮藓，看了好多个医生了，没有一个见过这种藓，也不知道该用什么方法治疗。”

罗曼说：“我上次不是给了你们一瓶德国的外用药吗，治疗各种罕见皮藓特别有效，你有没有坚持每天晚上给他长藓的地方喷药？”

“每天晚上都喷了的。”陈忡母亲一边说，一边从抽屉里拿出那瓶印着看不懂的德文的外用药，“前段时间都没有长藓了，我以为好了呢，结果今天又复发了。”

陈忡宽慰母亲和老师：“其实也没什么，我从小就长这种奇怪的藓，都适应了。也没有别的什么不舒服，就是痒，但是只要把这青苔一样的藓刮掉就不痒了。”

罗曼正色道：“你可不要掉以轻心，身上长藓，始终是不正常的，况且你这种藓又非常特殊，搞不好有癌变的可能性。”

听到罗老师这样说，陈忡母亲的脸都白了，赶紧说：“那可怎么办呀，我要不要带他去北京的大医院看一下？”

罗曼摆手道：“不用，前面三次刮下来的样品，我已经分别寄给北京和上海的皮肤科专家了，让他们帮忙化验和判断，这到底是哪种皮藓。遗憾的是这些国内顶级的专家，也没有见过这么特殊的皮藓，从而无从诊断。那瓶德国的外用药，就是其中一个专家开的——抱着试一试的心态。但现在看来，显然作用不大。”

陈忡母亲忧虑地说：“那怎么办呢？他这个怪病不治好的话，始终让我不安呀。”

罗曼说：“看来只能求助国外的一些专家了。”

“可我们怎么才能到国外去看病呢……”

“不用去国外。”罗曼一边说，一边从皮包里拿出一个有盖子的玻璃瓶，“还是跟上几次一样，我把这些皮藓刮下来，先寄给美国的专家吧。”

陈忡敬佩地说：“罗老师，您真是太厉害了，国外的专家您都认识！”

罗曼淡然一笑，从皮包里摸出一个小盒子，里面装着消过毒的金属刮片。陈忡说：“您都准备好了呀？”

罗曼说：“我一直带在身上。那个药我猜也没什么用。准备好了吗，我要开始刮了。”

“嗯，刮吧。”

罗曼用金属刮片小心地把陈忡背上的“绿色苔藓”刮到玻璃瓶子里，问道：“痛吗？”

陈忡笑嘻嘻地说：“不痛，还有点儿舒服呢。”

一分钟后，背上的皮藓就全部刮完了，装了小半玻璃瓶。罗曼把盖子盖好，将玻璃瓶和装刮片的盒子放在皮包里。陈忡轻松地说道：“皮藓刮掉之后，就一点儿都不痒了。”

陈忡母亲问道：“罗老师，那就麻烦您了。嗯……那瓶德国的外用药，还要继续使用吗？”

罗曼说：“在新的治疗方案出来之前，还是用吧，能起到一点点抑制的作用也是好的。”

“好的。”

罗曼看了一眼手表，已经晚上八点半了。他站起来表示自己要回去了。母亲让陈忡送老师回去，罗曼谢绝了。

母子俩送罗曼老师到门口，陈忡母亲由衷地说道：“罗老师，您真是上天派来的贵人和恩人，您资助我们，辅导忡儿学习，还拜托大城市、国外的专家给他瞧病，我真不知道该怎么感谢您才好！”

罗曼摆手道：“客气的话不用再说了，陈忡这孩子我是真心喜欢，再说你们也确实需要帮助，我只是尽老师的本职罢了。”

“可不是每个老师都有您这么好的。”母亲说，陈忡也跟着点头。

罗曼揉了一下陈忡的脑袋，走出了房门。母子俩连声跟老师道别。

罗曼走到巷子口，骑上自行车。县城很小，从陈忡的家到他住的锦绣花园小区，只用了不到十分钟的时间。

用钥匙打开门，罗曼进入住所的第一件事，就是打开冰箱，将皮包里装着“绿色苔藓”的小瓶子小心翼翼地拿出来，放在冰箱的冷藏室内。

冷藏室的最上面一层，还放着另外三个小玻璃瓶，每个瓶子当中，都装着同样的“绿色苔藓”。加上今天这一瓶，是第四瓶了。

罗曼注视着这四个小瓶子，准确地说，是注视着瓶中的绿色物质，看了足足一分钟。眼神中的意味无人能懂。

他关上冰箱门，坐在客厅的沙发上，长出一口气。面前的茶几上，放着一瓶“德国喷雾药剂”，跟之前陈忡家的一模一样。

瓶子上印着的德文是：Feuchtigkeit Wasser。

翻译成中文的意思是：**保湿水。**

四

前方高能

小面包车停在了里县第一人民医院的门口，村长和两个壮汉配合着把女孩背到了急诊室。

值班医生看到了半昏迷的女孩，也注意到了她身上的伤痕，问道：“她怎么了？”

“车祸，”村长解释道，“石头城到里县的路上发生车祸了，司机死了，她是幸存者，受了伤，需要赶紧医治。”

值班的是一个儿科医生，应对不了这种伤势的病人，他指挥壮汉把女孩先放在急诊室的病床上，然后立即打电话通知外科和骨科的医生。

……

两天后，各科医生通过全身CT和一系列检查，判断女孩的伤势并不严重。

头上的撞伤和身上的各处摔伤都是皮外伤，经过消毒和包扎等处理，已无大碍。

唯一的问题就是，头部遭受的撞击令她丧失了记忆。原因可能是颅内少量出血压迫记忆中枢，或者脑震荡引起的失忆。医生告诉女孩，这种情况下的失忆一般是可以恢复的，但时间无法确定，短则一两个月，长则数年，因人而异。

经过治疗和休息，女孩的体力和精神都恢复了不少。里县公安局的警察在某个下午来到病房，向女孩了解车祸的情况。

这间病房有两张病床，除了女孩之外，还有另外一个三十多岁的中年女病人，因急性肠炎而住院。警察是进行例行询问，车祸也不是刑事案件，所以并未要求隔壁床的女病人回避。

女孩的病床被摇了起来，她保持坐姿面对坐在对面椅子上的男警察。警察说："接下来我问的问题，你都要如实回答，明白吗？"

女孩点了点头。

警察问："你记不记得自己的名字，以及你是哪儿的人？"

女孩茫然地摇头，说道："我想不起来了。"

警察从公文包里拿出一张照片，正是让女孩搭车的那个女驾驶者："这个女人，你认识吗？"

摇头。

警察说："她是出车祸那辆车的司机，已经死亡了。我们在她的皮包里发现了她的身份证，得知她是关山市的人，也通知了她的家属。但车上没有任何能证明你身份的证件，你的身上也没有，而你自己又失忆了，所以现在确认你的身份变得非常困难。"

女孩困惑地问道："我既然坐在她的车子上，难道跟她没有关系吗？"

警察说："我们把你的照片拿给死者的丈夫看过了，他说不认识你，也不清楚你为什么会坐在他老婆的车子上。另外从你说话的口音来看，你也不应该是关山市的人。"

女孩脱口而出："那我是哪儿的人呢？"

"单从口音听不出来，没有明显的地域特征。"警察说，"从目前的各种迹象来看，你有可能是从外地来石头城旅游的，在路上搭了死者的顺风车，之后发生了车祸。至于车祸的具体原因，可能跟当天晚上的大雨有关系，我们还在进一步调查。"

"车子上没有我的任何行李吗？"女孩问。

警察说："这也是我们感到奇怪的地方。按理说，你如果是从外地来旅游的，不可能什么行李都不带。但是车子上，包括后备厢里，都只找到死者的行李，完全没发现跟你有关的东西。"

进行这番对话的时候，旁边病床上的中年女人，表面上并没有望向他们，实际上听得专心致志、屏气凝神。

女孩惆怅地说道："怎么会呢？我既然不是本地人，那显然不会空着手、不带任何证件出门呀。"

警察盯视她一阵，说道："我们能想到的一种可能性是，你的证件、钱包和行李在搭车之前就丢失了，所以你才会搭她的顺风车。"

女孩木讷地点着头，然后抬起头来，忧心忡忡地说道："那我现在该怎么办？"

警察说："目前，我们一方面在当地调查，看之前有没有人跟你接触过，知道你的身份；另一方面，我们也向全国公安系统发布了你的照片和基本信息，如果你的家人看到，肯定会跟我们联系的。"

女孩说道："那真是太好了，谢谢你们！"

"这是我们该做的。"警察站了起来，看样子不打算对失忆者继续提问了，"我们一旦有什么消息，会立即通知你。"又补充了一句，"你要是想起了什么，也可以立刻通过院方联系我们。"

"好的。"女孩回答道。她真的很想回忆起什么，哪怕抓住一鳞半爪的记忆，也是重要的线索。

就在警察准备离开病房的时候，女孩的脑子里突然闪现出一丝若即若离的记忆碎片。她抱住脑袋，“啊”地叫了一声。

警察回过头，问道：“怎么了？”

女孩说：“刚才那一瞬间，我好像想起了一点儿什么，但是……转瞬即逝了。”

警察驻足原地，说道：“没关系，你再仔细想一下。”

女孩苦思冥想许久，眉头紧蹙地问道：“你刚才说，出事的车子上没有找到任何我的物品吗？”

“是的。”警察答道。

“你们怎么判断车子上的东西是谁的呢？”

警察说：“因为死者的丈夫认识自己妻子的东西，况且包里面的物件我们也检查了，肯定是死者的。其中有她的身份证和信用卡。”

女孩脱口而出——这句话似乎没有经过她的大脑，而来自皮层深处：**“车子里没有一个牛仔背包吗？”**

警察凝视她片刻，说道：“没有。怎么，你想起来了什么？你上车的时候背了一个牛仔背包？”

女孩痛苦地按压着脑袋：“我也不太确定，只是刚才那一瞬间，脑子里好像出现了这个东西……”

“你连自己的名字都想不起来，却记得这个牛仔背包？”

女孩愣了一刻：“对，我有种感觉，**这个背包对我来说非常重要**。”

警察说：“我不知道你的记忆是不是出了问题，因为我们赶到车祸现场的时候，确实没有在车子上发现你说的牛仔背包。不过既然你提供了这个线索，我们也会进行调查的。”

女孩神思惘然地点着头。警察最后看了她一眼，走出了病房。旁边病床上的女人，心生猜忌地望着跟她同一病室的神秘女孩。

接下来的两天，年轻女孩深切地意识到一件事：跟一个八卦又聒噪的病友同处一室，简直是种折磨。

患急性肠炎的中年女人叫李梅，本地人。经过几天的输液治疗，她的肠炎基本已经好了，但不知道为什么还没出院。也许原因之一就是，她对同一病室的年轻女孩有无限的兴趣，每天缠着问各种问题，诸如“失忆是什么样的感觉？”“你的家人肯定很着急吧？”“你今年多少岁？”“你以后怎么办？”云云。

这些问题女孩一个也回答不上来，她也不想回答。所以多数时候她只是礼节性地应付两句，或者以身体不适为由，避开了。

实际上，经过这些天的治疗和休养，她已经恢复得差不多了。马上出院也没有问题，只是警察还没有联系到她的家人，或者她的家人还没有看到警察发布的信息。一切都不明朗之前，她无处可去。

这一状况引起了她的思考。

为什么这么几天了，都没有任何一个她的家人、朋友跟警察联系呢？当初她是出于什么原因，只身来到此地？难道她没有跟任何人说过自己的行踪？

之前的我，到底是一个什么样的人呢？女孩陷入了迷惘。一个正常的 20 岁左右（她大致估计的）的女孩，不是应该在读大学或者工作吗？怎么会一个人来到没有任何亲戚朋友的异地？我到这个叫里县的地方来，到底是做什么的？

一系列的问题令她心烦意乱。她多希望某一天，警察会带着她的某个家人——最好是她的父母——出现在眼前。然后，他们就会告诉她一切，并带领她回到家中，一点一滴地拾回丢失的记忆。

然而，这一幕始终没有发生。女孩心中的疑虑越来越大了。

一天下午，李梅又找女孩闲聊，实际上就是问东问西，满足自己的好奇心。女孩对这个病友已经十分反感了，她背过身去，说了句“我想睡一会儿”，不再理她了。

李梅讨了个没趣，撇了撇嘴，无聊地坐在病床上发呆。不一会儿，她听到了女孩轻微的鼾声。

女孩不是在装睡，她确实睡着了。医生叮嘱过，要想伤口尽快恢复，需要多睡眠和休息。

县医院的条件有限，不是每间病房都有单独的卫生间。要上厕所，病人们需要去走廊尽头的公共厕所。李梅的肠炎还没有彻底痊愈，她扯了一卷卫生纸，又要去“方便”一下，离开时习惯性地带上了房门。

二十多分钟后，李梅回来了。她躺在自己床上，想打开电视看一会儿，但旁边病床的女孩还在睡。她想了一下，放下遥控器，作罢了。

这时病房的门被推开了，一个 50 岁左右的阿姨拿着抹布、拖把等用具走进来。这是医院里负责打扫卫生的清洁工，每隔一周左右，就挨着每间病房打扫一遍。这不是自己家，也不是高档酒店，打扫起来自然就有些敷衍了事。不过病人们也不介意，反正又不在这儿长住。

清洁阿姨放水到塑料盆里的声音把年轻女孩吵醒了。她睁开眼睛，翻了下身子，坐起来一些。李梅见她醒了，说道：“我正想看会儿电视呢，看你在睡觉，怕把你吵醒了。你还要睡吗？”

女孩说：“我不睡了，你看吧。”

李梅用遥控器打开电视，选了某个频道的肥皂剧，津津有味地看起来。

清洁阿姨先用拖布墩地，刚拖了几下，发出“咦”的一声，然后走到病房门口，看了一下房号，自言自语地说道：“这间病房我打扫过吗？”

说着又到隔壁病房去看了一眼房号，困惑地抓着头说：“没有呀，我是按顺序打扫过来的，刚才 305，现在是该打扫 306 呀……”

李梅问道：“怎么了？”

清洁阿姨说：“你们自己打扫过这间病房吗？”

李梅说：“没有呀，我们是病人，需要休养。再说我们是交了住院费的，也不该我们自己打扫呀。”

“我知道。”清洁阿姨说，“但是你们这间病房干净得很，不需要打扫了。”

李梅不满地说：“你可别找借口偷懒呀，这间病房一个星期没打扫了，怎么可能很干净？”

清洁阿姨走到窗户面前，仔细察看了一下玻璃和窗轨，又用手指在窗户边缘擦了一下，说道：“你们自己看吧，真的是一尘不染呀，简直像新的一样。”

之前她们的对话，女孩都没怎么注意。但是“一尘不染”这四个字传到她耳朵之后，她浑身震了一下，微微张开了嘴，身子慢慢坐直了。

她突然想起，**之前在那个村民的家中，就发生过同样的事**。

这时身边传来李梅惊讶的声音：“呀，真的，我床头这个小柜子，都打扫得干干净净了。”

清洁阿姨说：“怪了，这家医院只有我一个清洁工，我没有打扫，你们也没有打扫，那是谁打扫的呢？”

李梅说：“会不会是你刚才来过了，你自己弄错了？”

清洁阿姨也有同样的怀疑，但她检查了一下光可鉴人的地板，和一尘不染的玻璃窗，不好意思地“嘿嘿”笑道：“我可打扫不了这么干净。”

李梅想起自己刚才出去了二十多分钟，她问女孩：“不会是你打扫了卫生吧？”

女孩摇头道：“我刚才在睡觉。”

李梅也觉得不可能，她蹙眉道：“那就怪了，这屋子怎么凭空就干净了？”

清洁阿姨倒不想细究，反正她是省事了，拿着抹布和拖把笑呵呵地走了：“看来这医院里有雷锋在做好人好事呢，呵呵呵……”

李梅也只能这么想了。她继续看电视，不再追究了。

女孩表面平静，实际上内心万分惊诧。第一次发生这种怪事的时候，她没有引起太大的注意。因为她当时昏昏沉沉、意识模糊，只是隐约听到村长他们几个人在说房子变干净了什么的。她没太听明白，也没去多想，更不会联想到，这事跟自己有关。

但是同样的怪事，又发生在了医院的病房里，就算是傻子也会想到，这事肯定跟自己有关系了。

女孩下了床，穿上拖鞋，在病房里走动，实际上是在审视病房的每一个角落。越看越让她心惊——刚才清洁阿姨和李梅都没有去认真查看的地方，被她一一检查过了。

得出的结论是：**这间病房干净得不正常，简直如同真空状态。**

再认真、负责，乃至有洁癖的人，也不可能将瓷砖缝隙和空调内机的风扇打扫得一尘不染。岂不说有没有必要这样做，光是技术上就很难办到。

女孩背对着病友，从干净得可以当镜子使用的玻璃上，看到了自己疑惑的脸。

她注意到了这两次“清洁房间”事件的共同点：

1．都是在她睡着的时候，发生的怪事；

2．房间里只有她一个人；

3．在不到半个小时的时间内，房间就被打扫得一干二净了。干净程度简直不像是人能够办到的。

女孩不自觉地打了一个寒噤。

毫无疑问，在这半个小时内，房间内发生了“**某些事情**”。并且跟她有关。

可惜的是这家医院的病房内并未安装监视器，所以无从知晓到底发生了什么。

恐惧感像蚂蚁慢慢从脚面爬上了女孩的脊背，她望着玻璃中自己半透明的影像，在心中问道：**你到底是什么人？**

五

传奇变异人

罗曼老师结束了《与朱元思书》一课的讲解，照惯例余留了接近十分钟的时间，给学生们讲述一些具有延展性的课外知识。这部分内容十分活跃，允许学生进行提问和讨论。

罗曼娓娓而谈："上节课《俗世奇人》讲述了民间的'奇人'，而这一篇《与朱元思书》描述的是自富阳至桐庐一百许里的奇山异水。实际上，世界上的奇异景观还有很多。"

他正要展开，一个学生一边举手一边说道："罗老师，您还是跟我们讲'奇人'吧，上节课我们都没听够呢。"

"是啊是啊，除了眼睛可以吹气球的奇人之外，还有别的什么奇人呢？"学生们纷纷说道。

罗曼微微一笑："好吧，你们更喜欢听'奇人'，那我就跟你们讲奇人。今天学的是古文，那我讲一下中国古代有文字记录的'奇人'吧。"

学生们正襟危坐，显得极有兴趣。

"为什么要强调'有文字记录'呢？因为民间口头流传的异闻、传说，真实性往往经不起推敲。当然文字记录的东西，也不见得都是真的。比如古代的志怪小说，就多数是作者们想象力的产物。但是纵观世界古代文学史，会发现一个有趣的现象，那就是，即便在古时候，世界各地的人并不像交通发达的今天一样，能进行往来和交流，但很多文艺作品中，还是会出现十分相似的记录和描述。**这能不能从某个方面说明，有些奇人异事，实际上是真实存在的呢？**

"举例来说，'美人鱼'，大家都听说过吧？这种貌似传说中的生物，就不止一次地出现在世界各地的文献当中。最出名的是古希腊神话中用歌声媚惑往返海上的水手的美人鱼。古代日本的《古今着闻集》和《六物新志》中，也记载了人鱼这种生物，据说被滋贺县的渔夫抓到过，其形象跟希腊神话中的美人鱼十分相似，也是人身鱼尾的神奇生物。

"古代中国，也有关于人鱼的文献记载，而且还很多，只是不叫人鱼，而叫'鲛人'。《搜神记》《博物志》和《述异记》中的描述都差不多——'南海之外，有鲛人，水居如鱼，不废织绩。'西汉司马迁所著的《史记卷六·秦始皇本纪第六》中，也有关于'鲛人'的记载——这就不得不引起我们的思考了，'鲛人'或'人鱼'这种生物，当真是人们想象中的产物吗？还是世界上真的存在这种'奇人'呢？"

有学生问道："老师，您认为'鲛人'就是奇人的一种吗？"

"对，"罗曼说，"虽然很多资料上都认为'鲛人'是一种神秘的物种，但是在我看来，'鲛人'并非某个族群，而是一些特殊的、具有**变异体质**的'人'。只是这种人相当稀少罢了。"

对于学生们来说，老师的这一奇谈怪论，显然是极富新鲜感的，他们更加聚精会神了。

听得最认真的，是**陈忡**。实际上，罗曼老师以前就讲过很多有趣的内容，但今天所讲，特别是关于“奇人”的理论，深深地吸引了他，刚才几乎听呆了。他甚至有一种感觉，老师在讲的，并非推测，而是千真万确的事实。当然，会有这种感觉，跟他对老师的崇拜是分不开的。

罗曼接着说：“除了‘鲛人’，还有另一种非常出名的‘奇人’，那就是西方世界广为流传的‘狼人’。‘狼人’是西方神秘文化中最热门的话题之一，平时从外表上看与常人并无不同，但一到月圆之夜就会变身为‘狼人’，失去理性并变得狂暴。欧洲几乎每个国家都有关于‘狼人’的记载和传说，更有数不清的人声称自己遭遇或目睹过‘狼人’，其中包括各界名流，难道这些人是在集体撒谎吗？”

听到这里，有性急的学生忍不住问道：“那中国呢？与‘狼人’有关的记载吗？”

罗曼说：“当然有。《太平广记》和《明史》中，都有关于‘狼人’的记载。而清代学者袁枚所著的《子不语》一书中，也有一篇著名的文章，叫作《老妪变狼》。原文第一段是这样写的——‘广东崖州农民孙姓者，家有母，年七十馀。忽两臂生毛，渐至腹背，再至于掌，皆长寸馀；身渐伛偻，尻后尾生。’

“翻译成白话文，大致的意思就是：广东崖州有个姓孙的农户，他有一个老母亲，已经七十多岁了。某天，老太太忽然两边胳膊上长了毛，渐渐地蔓延到肚子、背上，然后又到了手掌上，毛达到一寸多长。然后，她的身躯逐渐变得佝偻起来，最吓人的是居然长出了尾巴！——你看，这和西方传说中的‘狼人’，不是十分相似吗？”

有学生指出：“但是这篇文章中，没有说明老太太是在月圆之夜变成狼的呀。”

罗曼说：“没错，袁枚确实没有交代这一点。但我们能否做这样的假设呢——假如确有其事，那个农户家中的人，自然被吓得魂不附体，根本就没有注意到月亮圆不圆这件事。因为在中国古代的文献中，鲜有提及‘月圆’跟‘狼人’之间的关系。所以他们根本没往这个方面想。而记录此事的袁枚，也就忽略了这一关键因素。当然事实是否真是如此，已经无从考证了。袁枚死了两百多年了，这事没法去问了。”

同学们都笑了起来。

罗曼说：“除了‘鲛人’和‘狼人’之外，中国古代文献中，还有关于‘羽人’‘虎人’等奇人的记载和传说。时间关系，我们就不一一展开来说了。”

学生们正听得饶有兴味，纷纷要求老师继续讲下去。有学生说：“老师，‘虎人’是什么呀？你就讲一下吧！”

“好吧，”罗曼也是性情中人，学生们爱听，他就多讲一些，“祖冲之你们都知道吧？”

“知道，南北朝时期著名的数学家、天文学家。”

“对，他是一个著名的学者，撰写了《述异记》这本书。《述异记》当中，就有关于‘虎人’的描述，原文是这样写的——‘初如狂，因渐化为虎，毛爪悉生，音声亦变。遂逸走入山，永失踪迹。’比较详细地描述了一个人变成‘虎人’的过程。”

一个男生大概是想有意刁难一下老师，问道：“罗老师，除了这些之外，还有没有更特殊一点儿的奇人呢？”

罗曼想了想，说：“有。而且这个人你们也都知道，历史课上学过的。”

“谁呀？”

“**赵高**，就是秦二世的丞相。这个人结党营私、独揽大权，并且十分嚣张跋扈。‘指鹿为马’这个著名的典故，就是从他这儿来的。”

学生们纷纷点头。

“这个赵高肆意妄为到了哪种程度呢？秦始皇死后，他发动沙丘政变，与丞相李斯合谋伪造诏书，逼秦始皇长子扶苏自杀，另立始皇幼子胡亥为帝，是为秦二世。之后又设计害死了李斯，继之为秦朝丞相。第三年他逼迫秦二世自杀，另立子婴为秦王。

“想想看，在封建专制的秦朝，能一次两次地逼迫皇子甚至皇帝自杀，这是何等的胆大妄为？被他利用过的人，也屡遭毒手。是这些人都不敌他的权谋吗？还是另有原因呢？”

学生们的胃口都被吊起来了，等待老师做出阐释。

“野史上记载，赵高具有一种特殊的体质。你们知道是什么吗？”罗曼问道。学生们眨巴着眼睛，都不敢妄加猜测。

“那就是——**杀不死**。”罗曼说道，“准确地说，也不是绝对杀不死，而是很难把他杀死。关于这一点，晋朝著名的学者王嘉在他的《拾遗记》中著有《赵高受诛》一文，讲述了秦三世子婴意识到自身处境危险，设计处决赵高的历史事件。其中关于处决赵高的过程，原文中是这样记述的——‘囚高于咸阳狱，悬于井中，七日不死；更以镬汤煮，七日不沸。乃戮之。’

“什么意思呢，就是说，子婴命人把赵高悬挂在井中，结果过了七天他都没死；又让人把赵高投到滚烫的沸汤中烹煮，还是煮不死他。‘乃戮之’说得比较含糊，不知道最后具体是用什么方法‘戮’的，反正是出了狠招了，才终于把赵高杀死了。”

学生们听得心惊胆战，胆小一点儿的女生露出了恐惧的神情。罗曼好像也意识到这一段不太适合讲给初中生听，便收住了话题，说道：“总之，按照这些记载来看，赵高真是一个不折不扣的‘奇人’了。”

一个学生问道：“罗老师，您相信这些古文上的记载吗？世界上真的存在这样的奇人？”

罗曼顿了一刻，说道：

“我认为，从古至今，人类当中就有极少一部分人，具有特殊的基因和细胞

组织，但这些人有可能自己都不知道这个事实。只有在达到某些条件，或者某种特殊情况下，他们体内的特殊基因才会被唤醒，发生突变，从而令细胞结构发生惊人的改变。这个时候，他们才会意识到，自己是‘奇人’或者‘变异人’。”

这番理论令学生们感到震惊。刚才提问的那个男生不依不饶地问道：“老师，如果世界上真有这种变异人存在的话，为什么至今都没有任何一个变异人站出来承认这一点呢？”

罗曼笑道：“假如你是‘狼人’，你会公开宣布并承认吗？就算现在不是中世纪，而是文明程度很高的现代，这样的‘异类’一旦出现，会有怎样的后果，也是可想而知的吧。”

这个男生哑口无言了。但处于逆反期的初二学生，似乎总要找出什么来驳斥老师的理论，从而证明自己拥有独立的思想见解。他想了一会儿，说道：“老师，不管怎样，您说的这一切，都是建立在假设的基础上。实际上，您并没有任何证据能证明您的理论，不是吗？”

这一次，罗曼缄口不语了。他似有所思，又仿佛欲言又止。这时，下课铃响了，他宣布下课。

走到教师办公室，罗曼刚刚坐下，一个熟悉的身影出现在办公室门口，是陈忡，他小声喊道：“报告。”

此刻办公室里只有罗曼一个人，他点头道：“进来。”

陈忡走到老师面前，罗曼问道：“有什么事吗，陈忡？”

陈忡张开嘴，又闭上了，犹豫了好一阵，才嗫嚅道：“罗老师，我想问您一个问题。”

“什么问题？”

“嗯……我在想，**我会不会是……**”

罗曼盯着他的眼睛：“会不会是什么？”

陈忡张着嘴愣了好一会儿，眼珠转了一圈，吐出一口气，不好意思地笑了笑，说：“算了，没什么。罗老师，您的茶凉了吧，我去帮您续水。”说完端起罗曼的茶杯走出了办公室，到走廊尽头的供水处接开水去了。罗曼凝神望着他的背影。

这孩子比我想象中还要敏感和聪明。罗曼暗忖。**他已经隐约感觉到什么了。**

六

燃眉之急

入院后的第七天早上，主治医生拆开了女孩头部的纱布，伤口本来就不算太深，并没有缝针，现在已经结疤了。医生又检查了女孩身上的其他伤口，对她说道：“你的伤已经好得差不多了，可以出院了。”

“好的，嗯……住院费，是谁帮我缴的呢？”女孩问。

医生说：“我们医院第一次遇到这种情况——外地人在我们这儿出了车祸，失忆了，身份证和钱包也丢失了。鉴于这种特殊情况，住院费医院就给你免了。”

“真是太感谢了。”

医生摆了摆手：“没什么，你也挺可怜的。都一个星期了，你的亲属还没有来找你吗？”

女孩垂下头，黯然道：“是啊……我也不知道这是为什么。难道我没有家人吗？或者他们都不关心我？”

说着泪都要下来了。医生赶紧说道：“别难过，可能是他们没有看到警察发布的信息。你再等一段时间，说不定他们就找来了。”

女孩默默点头，显得十分迷茫。医生意识到，她身无分文，无依无靠，甚至连自己叫什么、住哪儿都不知道，该何去何从呢？他叹了口气，从裤包里摸出 200 块钱，递给女孩：“这钱你拿着，好歹能对付几顿饭。实在无处可去，就去找警察帮忙吧。”

女孩连连摆手：“不不，王医生，我已经给您和医院添了这么多麻烦，怎么能再要您的钱呢？”

王医生把钱硬塞到她手里：“拿着！我要是让你就这样离开，良心上过不去。”

女孩掩面而泣，王医生拍着肩膀安慰她。

旁边病床的李梅正好也是今天出院。在同一个病房里住了七天，好歹也算是病友。她的东西已经收拾好了，只等老公来接她回家。此刻看到女孩梨花带雨的可怜样，也心生怜悯，走过来说道：“妹子，你出院之后，有什么打算吗？”

女孩悲伤地摇着头。李梅叹息道：“就算你去找警察，他们也不可能提供你吃住呀，最多把你送到收容所去，可那儿全是流浪汉，哪是你这种年轻姑娘待的地方？”

女孩闻之色变。李梅说：“你现在身份证、钱什么的都没有，要离开里县是不现实的。有没有考虑过先找份工作，最好是包吃包住那种，好歹有个容身之处。你觉得呢？”

女孩说：“那当然好，可我连身份证都没有，哪里会要我呢？”

李梅想了想，说：“我有个表姐，在县城开了家火锅店，你要是愿意，我帮你问问，看她那儿还要招服务员不？”

女孩连连点头，赶紧说道：“可以的话，那真是太好了！”

李梅摸出手机，拨通了她那个表姐的电话，寒暄几句之后，切入正题，把女孩的遭遇和情况大致说了一下，并特别强调这是一个年轻漂亮的姑娘。对方也不知道跟她说了些什么，只听到李梅不断“嗯、嗯”地应承着。

几分钟后，她挂了电话，对女孩说道：“我问了，她们店本来是不缺人手的，但是你年轻漂亮，在店里帮帮忙，说不定能增加点人气，所以就同意了。但她也说了，你毕竟身份证什么的都没有，工资估计就不会太多了。你看行吗？”

“行行行。”女孩连声应允，她现在哪有挑选的余地？

李梅笑道：“那好，正好我也出院了。一会儿我就把你送到我表姐的店里去，具体的你自己跟她谈吧。”

女孩一边点头，一边向李梅道谢。想起之前对李梅不冷不热的态度，她心里生出几分愧疚。

王医生也挺高兴，能为女孩找到一条出路，是再好不过的了。他叮嘱女孩先好好在火锅店干，如果哪天她的家人找到医院来了，他会立刻通知她。女孩千恩万谢。

不一会儿，李梅的老公来接她了，这是一个模样憨厚的中年汉子。之前来医院照顾老婆的时候，就知道女孩的遭遇了。现在听说女孩要去表姐的火锅店上班，也觉得是件挺好的事。他们三人跟王医生致谢、道别，离开了医院。

县城很小，不必开车坐车，步行就能走到目的地。两口子领着女孩拐过几条街，来到县城里的一条美食街。李梅表姐开的火锅店，就是若干家火锅、干锅、串串、烧烤店中的一家。

店名挺有特点：郑屠夫火锅，让人联想到《水浒传》里的镇关西。县城里的餐饮店就是如此，店名必须接地气，有市井的味道，才让食客们感觉亲切。

店名取得高大上了，反而给人一种距离感。

李梅走到火锅店门口，大声喊道：“韩玥，我把人给你带来了！”

一个45岁左右、身体发福的老板娘站在柜台面前应道：“来了？”

李梅和老公带着女孩走到柜台面前，李梅说：“妹子，这就是我表姐韩玥，这家火锅店的老板娘。”

女孩冲老板娘点了点头。韩玥上下打量着她，见这姑娘五官精致、身材姣好，心中暗喜。现在餐饮行业竞争大，除了味道、价格的比拼之外，服务员——特别是女服务员的身材样貌，也是关乎生意好坏的重要因素。谁家要是能招聘到一个水灵的姑娘，在门口迎一下客，招揽下生意，客人进这家店的概率就要大得多。

韩玥阅人无数，自然知道，站在眼前的这个女孩，别说是在她这家小小的火锅店当服务员了，就算是在大城市的高档餐厅当领班，也是绰绰有余。关键是小地方留不住人，跟这姑娘差不多漂亮的女孩，都到大城市去打拼了，谁留在这小县城呀？今天居然能捡到这么标致的美女，那真是可遇不可求的好事。唯一有点儿不满意的，就是女孩额头上的那道疤痕，是这张漂亮的脸蛋上的一点儿瑕疵。

李梅见韩玥盯着女孩额头上的疤痕看，自然知道表姐心里在想什么，她说道：“这疤痕无所谓的，一会儿我带她到理发店换个发型，梳点刘海下来遮挡一下，不就行了吗？再说伤疤是会好的，又不会一直都有。”

“嗯，这倒也是。”韩玥心知已经没有任何问题了，但表面上却装出一副为难的样子，“哎呀，其实我这店里的员工是够了的，要不是想着这是你介绍来的人，我还真不想多出一份工资。”

她转向女孩说道：“姑娘，你说你身份证也没有，文凭学历什么的也没有，我确实很难办呀。不过看在我表妹的面子上，算了吧，就留你在这儿上班。不过工资嘛，我确实开不了多少。”

女孩赶紧说："没关系，只要能包吃包住就行了，工资无所谓，您看着给就行了。"

韩玥按捺住心中的喜悦，做思考状，片刻后说道："包吃包住，一个月 600 块钱，你看可以吗？"

女孩毫不犹豫就答应了："行。"

韩玥笑了，说道："这是最开始的工资，如果你以后干得好，我会给你涨的。"

"那太谢谢您了。"女孩问道，"您让我做什么呢？"

韩玥伸出手，轻轻抓住女孩的右手，翻来覆去地瞧了一阵，说道："听说你失忆了，对吗？"

"嗯，车祸之前的事情，我几乎都想不起来了。"女孩说。

韩玥说："我虽然不知道你以前是做什么的，但看你细皮嫩肉的，手上一点儿茧都没有，一看就不像是会干活儿的呀。我要是让你切菜、洗碗，你做得来吗？"

女孩窘迫地说："不会的话，我可以学……"

"算了，你也别学了。"韩玥说，"你就帮我招揽一下生意吧。每天到饭点的时候，你就站在店门口，招呼客人进来吃火锅，然后倒倒茶、帮忙端菜、开酒什么的，这个做得来吧？"

"做得来，没问题。"

"那就好，"韩玥点头，继而想起一个问题，"对了，你不能一直没有名字呀，到时候我们怎么叫你呀？"

女孩茫然地望向李梅，李梅又望向表姐，说道："既然她在你这儿上班，你就帮她取个上口点儿的名字吧。"又对女孩说，"只是暂时的，以后你跟家人联系上了，自然就知道自己叫什么名字了。"女孩点了点头。

韩玥文化水平不高，想不出什么新颖别致的名字。寻思着女孩子最常见的名字，不就是什么娟啊、敏啊、丽啊之类的。至于姓，她也懒得多想了，直接说：“要不你就跟着我姓‘韩’吧，叫韩敏，可以吗？”

女孩心中默念了两遍，觉得这个名字也算上口，再说只是一个暂时的代号罢了，怎么着都行，便说：“好的。”

这个故事讲到这里，女主角终于有一个名字了——**韩敏**。这个名字实在是普通至极，**但与之相反的，是她非比寻常，甚至骇异莫名的人生历程**。她的故事，才刚刚开始。

李梅带韩敏去另一条街的美发店理了个发，头发稍作修剪，用刘海遮挡了额头上的伤疤，看上去比之前更加青春靓丽了。

韩敏身上穿的，还是发生车祸时的那套衣服。之前住院的时候，穿的是医院的病号服。她身上的那套衣服虽然换下来洗了，但车祸已经让白衬衫和背带牛仔裤破损了。李梅好人做到底，又带韩敏去一家服装店，帮她选了两件T恤和一条短裤。换上衣服后，整个人焕然一新，出落有致。李梅不禁赞叹道：“瞧你，比电视上有些明星还漂亮呢。”

韩敏望着镜中的自己，就像看着一个陌生人。她被面前这个楚楚动人的女孩震惊了，但她又隐约有些担心——名字、发型和衣服都是崭新的——她还能找回原来的自己吗？

李梅再次把韩敏带到火锅店，然后便跟她告别了。韩敏心中感慨万千，李梅这人嘴是碎了点儿，实际上是个热心肠，全靠她才有这安身之处。韩敏反复道谢，李梅笑着说不用，能在一间病房住七天，也是缘分，能帮到她自己也很开心。

李梅走后，老板娘把韩敏带到住的地方，实际上就是火锅店后院的几间平房。一间用作储藏室，一间是男员工的宿舍，还有一间就是女员工的宿舍了。

十多平方米的房间内，摆了四张上下床和一张桌子，还有两个壁柜。布置得跟学生宿舍差不多，只是要简陋得多。韩敏看出来，有四张床上，已经铺上了凉席，床上有枕头和被子，说明这个房间之前已经住了四个女员工。空出来的那些床，被她们用来堆放衣物和包裹。

老板娘喊了一声，把在店内干活的姑娘们都叫到了宿舍来，跟她们介绍，这是新招的服务员，叫韩敏。又挨个儿跟韩敏介绍了她们四个——高挑一点儿的叫徐燕，梳马尾辫的叫刘璐，还有一个矮胖矮胖的姑娘和一个满脸雀斑的姑娘连姓都省了，直接叫她们小玉和小娟。

韩敏跟她们点头问好。她注意到，那个叫徐燕的女生对她有点儿冷眼相待，而那个矮胖的叫小玉的姑娘则恰好相反，一直笑嘻嘻的，好像很喜欢她。韩敏自然也对她产生了些许好感。

老板娘给韩敏选了一张上床，又从壁柜里拿出一张凉席铺上，再拿出一个枕头和一床凉被，就算是安排好了。她又简单交代了两句，出去了。

老板娘走后，小玉立即上前抓住了韩敏的手，说道："哎呀，姐，你长得可真好看呀，皮肤白，像大城市里的人！"

旁边刘璐笑道："你知道人家多大呀，就叫姐？"问道，"韩敏，你今年几岁呀？"

韩敏不想让她们知道自己之前出车祸、失忆的经历，老板娘也没跟她们说这些，就随口答道："20 岁。"

"那可不该叫姐吗？"小玉说，"我今年才 18 岁呢。我们五个人当中，你是第二大的，只有徐燕姐比你大一岁。"

韩敏瞄了一眼徐燕，发现她已经转过身去了，在归置桌子上的物件，根本没搭理她。

小娟问道："听口音，你不是本地人吧？"

韩敏含糊其词地说："对……我是外地来打工的。"

小玉不无惋惜地说道："哎呀，像你这么好看的女孩，怎么跑到我们这小地方来打工？你就是去大城市，也能找到好工作呀。说不定哪天走在街上，被星探发现了，叫你去演电影呢！”说完就呵呵地傻笑，显然这是她的梦想——遥远的、不切实际的梦。

徐燕转过身来，有些厌烦地说道：“小玉，你又做白日梦了是吧？演电影？哼，有这能耐的姑娘，会到咱们这小县城的火锅店来打工？说这没用的干啥？去接着把毛肚洗干净！”

小玉吐了下舌头，出去了，另外两个姑娘也出去做事了。韩敏站在原地有点儿不知所措，徐燕指着桌子上的杯子说道：“这个大玻璃杯是我喝水用的，你别碰，知道吗？还有我床上的东西，以及我所有的物品，你都别碰，明白吗？”

韩敏讷讷地点着头，说道：“知道了。”

徐燕不再理她，头发一甩，出去了。

韩敏不知道这个叫徐燕的女孩为什么对自己充满敌意，也许是欺生。但女性的直觉告诉她，是自己的美貌引起了徐燕的嫉妒。因为在这四个女生当中，徐燕不管是身材、样貌都是相对最好的，但她的到来，打破了这个局面。

短短的几分钟，韩敏也大概看出来了，老板娘虽然没明说，但徐燕显然在女服务员当中是一个领班的角色，而小玉是个没心没肺的傻大姐。韩敏暗忖，火锅店也是一个小社会，要想在这里立足，就得避开徐燕的锋芒，同时多跟另外三个女孩搞好关系，才不至于被欺负和孤立。

还有一件事，也引起了她的思考。从这段时间身边的人对她的各种评价来看，她以前应该是一个生活在城市里的女孩，家庭条件或许还不错。从她白皙的皮肤和细嫩的双手可知一二，明显是没干过什么粗活重活的。可中国的城市这么多，她的家在何处呢……

“韩敏！”

老板娘的一声喊，打断了她的思绪。韩敏应了一声“来了”，走出宿舍，把门带拢。

老板娘把韩敏叫到面前，吩咐道：“现在是上午十一点，再过一会儿，就会有客人陆陆续续来了。火锅店的生意呢，主要是晚饭和夜宵，中午吃火锅的人不多，但也不是完全没有。一会儿你就站到门口试一下，看见过路的人，就招呼他们进来吃火锅。具体说什么，要我教你吗？”

韩敏想了想，问：“咱们店有什么招牌菜、特色菜吗？”

就凭这一句话，老板娘就知道这姑娘是个聪明人。她说道：“没错，你光叫别人进来吃，连店里的招牌菜都不知道，那可不行。咱们里县虽然是个小县城，但是因为挨着石头城这个景区……”

听到**“石头城”**三个字，韩敏的脑子突然过电般地刺痛了一下。她不自觉地捂住头，“啊”地轻呼了一声。

“你怎么了？”老板娘问道。

“没什么，”刺痛感消失了，她并没想起什么来，“您接着说吧。”

老板娘继续道：“我是说，咱们县是距离石头城景区最近的一个县，所以每天会有不少外地的游客前来。特别是现在临近暑假，旺季人会更多。这条街你也看到了，全是做餐饮的，竞争特别大，光火锅店就有四家。咱们这家的特色呢，一个是直接从屠宰场送来的新鲜牛肉、毛肚、鹅肠，还有一个就是咱们自酿的米酒，香甜醇美，喝过的客人都很喜欢。”

说着，老板娘拧开柜台上一缸米酒下方的水龙头，接了一小杯，递给韩敏：“你尝尝。”

韩敏喝了一口，由衷地赞叹道：“嗯，真香，不辣口，像甜酒。”

“本来就是甜酒，也就是醪糟酒，度数不高，比较温和。怎么样，不错吧？”

“真不错。”韩敏想了想，说，“韩姐，我有个想法，不知道可不可以。”

“什么想法？说。”

“我想端个托盘站在门口，用一次性的小杯子倒上十多杯米酒，有客人路过，我先请他们尝一杯。客人觉得味道好，自然就会进店来消费了。”

老板娘眼睛一亮，觉得这是个好主意，之前怎么没想到呢？可见这姑娘不但长得漂亮，脑子也活泛。她正要表示赞同，在一旁擦桌子的徐燕听到了韩敏的话，说道：“你可真大方呀，让人免费喝。你就不怕路过的人光是喝，不进来吃饭吗？那我们不是亏大了？”

“不会的。”韩敏笃定地说，“除了极少数人之外，大多数人都脸皮薄，怕被人以为自己是贪小便宜的人。所以，只要他们品尝了米酒，又真心觉得好喝，就有很大的概率会进店来。”

说完这番话，她为之一愣，似乎都没有想到，自己是一个如此擅长分析人性的人。这番话仿佛没有经过大脑，是出于本能说出来的。

徐燕没想到这个新来的第一天就在老板娘面前跟她唱反调，她正要开口反对，老板娘用手势制止了她，说道：“我觉得可以。韩敏，今天中午你就试一下吧。”

韩敏答道“好的”，徐燕站在一旁，脸色十分难看。

十一点半的时候，韩敏端着托盘站在了门口，托盘上是一壶米酒和十多个小号的一次性纸杯。街道上已经有寻觅餐馆的游客了，有人路过店门口，韩敏就笑脸相迎，热情地递上一杯米酒：

“您好，请尝尝咱们家自酿的米酒吧，是本店的特色哦，吃着火锅喝冰镇的米酒，别提有多美了！”

她非常聪明，善于利用自身的优势，将品尝米酒的人群重点集中在男士身上。游客们本来就是冲着一些当地特色来的，听到“自酿米酒”几个字（特别是男士），已经有了几分兴趣，这杯酒还是由一个青春靓丽、声音甜美的美女递过来的，怎么会不愿意品尝一下呢？加上米酒本身的口感也确实不错，一杯酒下肚，纷纷点头称道。韩敏因势利导，笑盈盈地做出“请”的姿势：“好喝吧？咱们家的牛肉、毛肚、鹅肠也是一绝，几位请店里品尝！”

这种时候，之前喝了米酒的游客，一大半都进店来了。跟韩敏先前预计的一模一样。

火锅店里立刻忙碌起来，老板娘亲自招呼、安排，忙得不亦乐乎。还没到十二点，火锅店就每桌都坐满了。外面的人看到这热火朝天的景象，从众心理驱使下，宁肯在外面排号，都要在这家吃。老板娘心里乐开了花，以前中午的时候，从未出现过这般光景。她知道这回是真捡到宝了，这个叫韩敏的漂亮姑娘，第一天上班就带来了这么好的生意，简直犹如福星临门。

七

绿皮癣之谜

罗曼结束了上午的授课，回到教师办公室休息。现在办公室里，只有他和教美术的谭老师两个人。

谭老师四顾了一下，从办公桌抽屉里拿出一个牛皮纸袋，里面鼓鼓囊囊地装着什么东西。他走到罗曼的办公桌前，把袋子双手递上，说道："罗老师，这是我们家自己制作的炒青，带了一些，给您尝尝。"

"哎哟，这怎么好意思？"罗曼说道，"我都没给大家带什么礼物，你这……"

"没事没事，只是一点儿家乡特产罢了，不是什么值钱的东西，您就收下吧。"

罗曼接过纸袋："那我就收下了，谢谢啊。"

“不客气，不客气。”

“你们家还懂制茶呢？”罗曼问。

“老家有几块地，种的都是茶树。我父亲会手工炒茶，每年都会自己炒一些，送给亲戚朋友。”谭老师说。

“嗯，”罗曼点头道，“现在坚持用传统工艺制作炒青的，不多了。我真得好好品尝一下。”

谭老师笑开了花：“欸，您要觉得好喝，我以后再给您带。”

罗曼赶紧摆手道：“那不用，这一包就够我喝好久了。”

这时，教物理的眼镜女老师走到办公室来了。她眼尖，一眼就看到了谭老师送给罗曼的茶叶，开玩笑地说道：“谭明，你们家的高级炒青又制好了？欸，你不能偏心呀，只送给罗老师，不送给我们？”

谭老师翻了下眼睛，说：“怎么没送给你们？以前你没喝过吗？”

眼镜女老师笑道：“你还好意思说呢，上次你带给我们的，一人一小包，估计一两茶叶都没有吧？你送给罗老师的这包，起码一斤多呢！”

罗曼说：“没事，大家一起喝。这包茶叶我就放在办公室里，给大家泡茶。”

眼镜女老师赶紧说：“别，罗老师，这几千块钱的东西，您还真别放在办公室里当老荫茶喝，暴殄天物。”

罗曼有些吃惊：“这包茶叶价值好几千块钱？”

“可不是吗？”眼镜女老师说道，“他家纯手工制作的是特种炒青，全是采摘细嫩芽叶加工而成的，产量不多，品质独特，物以稀为贵。市面上卖好几百块钱一两呢。”

“行了行了，再贵不也是茶叶吗，都是泡水喝的。”谭老师说，“罗老师，您别听她说，没这么玄乎。”

罗曼摇头道：“本来我以为是一般茶叶，也就收下了。这么贵重的礼物，我可不能收。”说着就要把茶叶归还给谭老师。

谭老师急了："您别呀，不就是点茶叶吗，有什么呀！我是敬重您知识渊博，为人谦逊，想跟您交个朋友。您不收，这不是瞧不起我吗？"

他这么一说，罗曼就不好执意归还了。眼镜女老师是个牙尖嘴利的人，平常跟这位谭老师也是插科打诨惯了，此时言语犀利地揭穿道："行了吧，谭明，你不就是看人家是著名大学教授，才跟人套近……"

话说到一半，她意识到自己失言了，立时住嘴。罗曼愣了一下，谭老师更是一脸窘态。

罗曼这才知道，他的真实身份，已经被这所学校的老师们知道了。不过这也不奇怪，纸包不住火，这也是迟早的事。

办公室里一时没人说话，气氛有些尴尬。就在这时，一个男生急匆匆地跑到办公室门口，喊道："老师，打架了！陈忡和吴凯打起来了！"

听到"陈忡"的名字，罗曼倏地站了起来，问道："怎么回事？"

"我也不知道，您快去看看吧！"

罗曼二话不说，放下茶叶就朝班上走去。

初二（4）班的教室里，两个男生挥舞着拳头对殴，陈忡看上去明显比那个叫吴凯的男生要瘦弱得多，他已经处于劣势了，嘴角和鼻子也被打得鲜血直流，但他没有认输，仍然不顾一切地用拳头反击。罗曼赶到教室门口的时候，刚好看到陈忡被吴凯一拳砸中了左眼，他大喝一声："住手！"快步走上前来，将两个男生分开了。

两个人都打得气喘吁吁，但吴凯身上看不出明显的伤势，陈忡脸上却全是被揍的痕迹。罗曼先找学生要了一包纸巾，揉成小团塞进陈忡的鼻子，帮他止住鼻血，然后严厉地问道："为什么打架？！"

两个当事人都没开腔，只是瞪着彼此，特别是陈忡，仍是气呼呼的。站在一旁目睹了全过程的班长说道："吴凯叫陈忡'怪胎'，陈忡让他别这么叫，吴凯不听，仍然讥笑他，陈忡急了，就动手了。"

罗曼问陈忡："你先动手的？"

陈忡说："他先骂我的。"

罗曼转向问吴凯："你干吗骂他'怪胎'？"

吴凯说："我又没冤枉他，他本来就是嘛！"

陈忡吼道："你再瞎说试试？！"

吴凯也不甘示弱地吼道："我瞎说了吗？你背上居然长青苔，不是怪物是什么？"

"你……"陈忡火冒三丈，当着罗曼的面就要冲上前揍他。罗曼拉住他，大喝一声："够了！"

顿了几秒，罗曼的语气缓和了一点儿，对陈忡说道："不管怎么说，是你先动手的，总是不对。"

陈忡没想到一向偏袒、爱护自己的罗老师，此刻居然站在了吴凯那边，他鼻子一酸，淌下泪来。

罗曼叹了一口气，说道："打架的事一会儿我再来处置。我现在先带陈忡去医务室处理伤口。好了，大家做好上下一节课的准备吧。"说完挽着陈忡的肩膀，朝教室外面走去。

吴凯见罗老师根本没有责骂他，觉得自己成了有理的一方，加上打架他也占了上风，不禁得意起来，嘴上不饶人地说道："哼，敢跟我打，不自量力的怪胎！"

"怪胎"这个刺耳的词再次传到陈忡和罗曼的耳朵里。陈忡还没来得及做出反应，只见罗曼倏然转身，用前所未有的恶狠狠的眼神盯着吴凯，一张脸涨得通红，压低声音说道：**"你还敢骂他怪胎？你想死……"**

他迅速意识到自己失态了，然后做出了一个令所有人感到不解的举动——**捂住了自己的鼻子**。

学生们都惊呆了，甚至是被吓到了。他们心中温文尔雅的罗老师，在刚才那一瞬间性情大变。他露出的凶狠表情，令人心悸胆寒。他们并没有听清罗老师跟吴凯说的那句话是什么，但他们发现吴凯一脸煞白，似乎被吓傻了。更令人费解的是罗老师的奇怪举动——他为什么突然用双手捂住了自己的鼻子？

罗曼一边用手遮挡鼻子，一边快速地转过身去，背对所有的学生。陈忡也呆住了，他从没见过罗老师这样。班长关切地问道："罗老师，您怎么了？流鼻血了吗？"

罗曼赶紧背对着他们摆手，说道："没什么，**别过来！**"

学生们不知所措地站在原地。大概半分钟之后，罗老师转过身来面向他们，脸色恢复了平静，性情也恢复了往日的温和。他说道："好了，没事了，下节课是体育吧，除了陈忡之外，其他同学都去操场上课吧。"

正好预备铃也响起了。学生们不敢多言，集体下楼去了。教室里只剩下陈忡和罗曼两个人。

罗曼让陈忡坐下来，他则坐到对面的一张椅子上，问道："我不是叮嘱过你，不要让同学知道你背后长藓的事吗，吴凯是怎么知道的？"

陈忡说："这件事我没让任何人知道过。但是刚才上物理课的时候，我突然觉得背后很痒，就忍不住反手伸到背后去挠。吴凯坐在我背后，看到我从T恤衫里挠出一些绿色的东西。他惊呆了，非要掀开我的衣服看我的后背不可。"

罗曼叹了一口气："他看到了吗？"

陈忡说："我一直阻止他，不让他掀我的衣服，但我拗不过他，被他强行掀开了，整个后背都露在了外面……"

"有几个人看到了？"罗曼问。

"不知道，可能七八个吧，都是坐在我后面的人。"

"他们是什么反应？"

"都很吃惊，然后吴凯就说我是背后长青苔的怪物，他们都嘲笑我……"说着，又流下了委屈的泪水。

罗曼心里很难过，他把陈忡拥在怀中，拍着他的肩膀说：“别理他们，**他们根本不知道……”**

话说到一半就止住了。陈忡怔怔地望着罗曼，问道：“不知道什么？”

罗曼顿了一刻，说道：“我是说，他们不知道你其实是一个很优秀的人。”

“罗老师，我觉得你刚才不是想说这个。”陈忡不是傻瓜。

罗曼不想再多做解释了。他站起来说道：“走吧，我带你到医务室去处理一下伤口。”

“罗老师。”陈忡叫住了他。

“怎么了？”罗曼问。

“我会变成什么？”

罗曼的身体微微颤抖了一下：“你为什么这么说？”

“我后背的藓，不是一般的皮藓，对吧？”

罗曼望着陈忡的眼睛，他们长久地对视着。

下午放学后，罗曼和陈忡一起步行回家，这是两个月以来第一次。

来到陈忡的家，稍微休息了一会儿，陈忡正要打开书包做作业，罗曼说道：“等一下，今天不忙写作业。给你妈妈打个电话，请她今天早点儿回家吧，我有事要跟她——不，跟你们说。”

“什么事呀，罗老师？”陈忡忐忑地问道。

罗曼说：“等你妈妈回来了我再说。”

陈忡不再多问，听话地给母亲打了电话。

十多分钟后，陈忡的母亲就急急忙忙赶回家来了。她一进门就看到了儿子脸上的伤，“哎呀”叫了一声，走过来问道：“怎么回事？你跟人打架了？”

陈忡点了点头，望向罗曼。罗曼说道：“班上的一个男生，发现了陈忡背上长的特殊的藓，取笑他，他就跟人家干起来了。”

“哎呀，你这孩子……”母亲一时也不知道该说什么好，摸着儿子被打肿的眼睛问道，“还痛吗？”

陈忡摇头道：“不怎么痛了。”

罗曼说：“我已经批评和教育过那个男生了，也跟他的家长联系过了。他家长表示愿意支付医药费。不过校医检查后说没什么大问题，就是皮外伤，过段时间就好了。所以我想，也没必要让对方家长出钱了。不管怎么说，是陈忡先出的手。”

母亲责怪儿子：“你呀，怎么能出手打人呢？”又对罗曼说：“好的，罗老师，听您的。对了，打架这事……不会受学校处分吧？”

罗曼摇了摇头：“我没有上报学校。”顿了一下，罗曼说：“我请你早点儿回家，不是想说打架这事，而是有另外一件非常重要的事，想跟你商量。”

母亲不安地坐了下来，问道：“什么事呀，罗老师？”

罗曼说：“关于陈忡背上的藓。”

母亲倏然紧张起来：“罗老师，是美国的专家回复了吗？这种病能不能治？”

罗曼抿着嘴唇，沉寂许久，望着陈忡的母亲，问道：“你相信我吗？”

陈忡母亲不假思索地回答道：“我当然是相信您的！”

罗曼又望向陈忡，问了同样的问题：“你相信我吗，陈忡？”

陈忡跟老师对视了足足一分钟，然后笃定地回答道：“我相信您，罗老师。”

罗曼感慨地微微点头，说道：“谢谢你们对我的信任。为了对得起这份信任，我不打算对你们说假话了。”

这种肃然的气氛简直令人窒息，陈忡的母亲产生了一种不好的感觉，捂住嘴说道：“天哪，罗老师……您该不会是说，陈忡背后的藓，没法医治吧？”

“是的，没法医治。”罗曼说，**“因为这根本就不是病。”**

陈忡和母亲面面相觑，几乎同时说道：“不是病？那是什么？”

罗曼说：“你们先听我说完。这不是一种病，并不代表它是安全的，事实上，这种藓可能带给你们的危险，比你们想象中要严重一百倍。对不起，我不想吓到你们，但这是事实。”

事实是母子俩毫无疑问地被吓到了，并且陷入了深深的迷茫。陈忡母亲困惑地问道：“罗老师，您是说，忡儿背后长的这种藓，除了对他有危险，对我都是危险的？”

“对，”罗曼强调道，“特别是你。”

陈忡和母亲惊惶地对视在一起，陈忡焦急地问道：“怎么会呢？长在我身上的藓，怎么会威胁到我妈妈？”

母亲则说道：“我无所谓，关键是忡儿，我不能让他遭受危险。罗老师，您能告诉我们，这到底是怎么回事吗？”

罗曼摇头道：“恐怕我很难跟你们解释，我也不想现在解释。时机未到。”

母子俩正要开口，罗曼用手势示意他们暂时别说话：“实话告诉你们吧，我本来是北京一所大学的生物学教授、博士生导师，主动申请到懋县的这所中学来任教，不为别的，就是为了陈忡而来。”

陈忡心中升起一种难以言喻的奇妙感受。其实他早就隐隐约约有这种感觉了——罗老师不是普通人，他接近自己，也不仅仅是出于老师对学生的关心和爱护，只是他一直不敢相信这是真的。从小到大，他在任何一个群体中，都是貌不出众、默默无闻的一个。他从未奢想过，会得到任何特别的关注和对待。罗老师的出现，让他生命中第一次产生被人重视的感觉。而此刻，他得知罗老师其实是北京一所大学的教授，是专门为他而来，心中的震撼简直无以言表。

母亲也惊呆了，问道：“罗老师，您……这是为什么呢？”

“你的儿子陈忡，不是普通人。”罗曼一字一顿地说道，“当然，你已经想到了，跟他背后长的那种藓有关系。”

母亲张大了嘴，似乎无法接受和相信这个事实。她想再次询问，但刚才老师已经说得很清楚了，他暂时不想对此进行说明。

少顷，母亲问道："罗老师，那您觉得，我们现在应该怎么办呢？"

罗曼说："对，这才是问题的关键所在。搞清楚这一切是怎么回事，对你们来说没有任何益处，甚至是有害的。你们应该明确的，是接下来应该怎么做。"

陈忡和母亲屏声敛息，听老师往下说。

"我就直说了吧。陈忡背后长绿色苔藓这个秘密，班上的一些学生已经知道了。并且我有理由相信，这件事还会被更多人知晓。当然，绝大多数人都不会明白这意味着什么，他们会跟你们一样，认为这只是一种罕见的皮肤病罢了。但是这个世界上，总有跟我一样的，知道'**内情**'的人。这件事一旦被他们获悉——"

说到这里，他停了下来。母子俩焦急地等待着他继续往下说。

十几秒后，罗曼说道："到时候，你们都有可能面临杀身之祸。"又补充道，"这一点，请你们相信，我绝非危言耸听。"

陈忡和母亲脸色大骇。片刻后，陈忡的母亲猛地跪了下来，哭着说道："罗老师，我只是个卖菜的，什么都不懂，但我相信您说的一切！求求您，救救忡儿，我没关系，但是求您一定要救救他！"

罗曼赶紧蹲下来，将陈忡的母亲扶起，陈忡也蹲下来拉住母亲的手，两人一起把她牵了起来。罗曼说道："陈忡妈妈，你别太担心了，我说的是最坏的情况。而且不用你说，我也肯定会帮助陈忡的，我来这里，就是为了这个。"

陈忡母亲重新坐到椅子上，拭干脸上的眼泪。罗曼说道："其实要想让你们母子都脱离危险，办法非常简单，只是……我不知道你们是否愿意。"

陈忡母亲说道："罗老师，您说吧，只要能救忡儿的命，我什么都愿意。"

罗曼说："这个办法就是——**我把陈忡带走，让他待在我的身边**。我可以向你保证，我会像对待亲生儿子一样对待他，并且想尽一切办法保障他的安全，不让任何人伤害到他。"

母子俩相对而视，两人同时掉下泪来。其实这个办法，他们之前已经隐隐猜到了。但是要做出这样的决定，谈何容易？陈忡4岁就没了父亲，十多年来一直跟母亲相依为命。要跟母亲分开，对他和母亲来说，都是心头剜肉一样难受和不舍。

罗曼说："我知道，这对于你们来说是一个无比艰难的决定。所以你们用不着现在就答复我。好好思考几天，再告诉我你们的决定吧。"

陈忡母亲问道："罗老师，假如忡儿跟你在一起，你会让他过怎样的生活呢？"

罗曼说："首先，你不用把这个想成生离死别。我跟你保证，陈忡会每隔一段时间就回来看望你的。我也会给他买一部新款手机，你可以每天跟他语音或视频联系，得知他的近况。

"然后，你刚才问的，他会过怎样的生活。我可以明确告诉你，他会过跟现在截然不同的生活，也就是优越的、上等的生活。出于他的特殊性，他可能没法再到任何一所学校上学了。但是会有最好的家庭教师上门来给他讲课，他在家里就可以完成从初中到大学的所有课程。另外，你也不用再到菜市场卖菜了。陈忡每个月会定时给你寄一笔生活费。这笔钱足够你在全国任何城市过上体面的生活。"

陈忡母亲问："您说的是他工作之后吗？"

"不，我说的是从他离开你之后的第一个月开始。"

"他留在我的身边，就没法做到这一点吗？"母亲问道。

"恐怕是的，而且你们还有性命之虞。"罗曼说。

母亲闭上眼睛，泪水无声地滑落下来："既然如此，还有什么好考虑的呢？"

"妈妈，"陈忡抱住母亲，泪如泉涌，"我不想离开你，我舍不得你！"

母亲强忍住悲伤，把陈忡推开，说道："儿子，你必须跟罗老师走。你也听到他说的了，什么优越的生活都是其次，我不可能让你置身于危险之中。"

看到这一幕，罗曼心里也不好过，他鼻子发酸，说道："陈忡，你的命运，始终要由你自己来把握。我不会强迫你做任何决定，这件事你也确实需要好好思考一下。我不会催你的，你想好之后，来跟我说吧。在此之前，我只是你的语文老师，我们之间没有任何特别的关系。”

说完这番话，罗曼起身，走到门口，离开了。

八

禁忌视频

一转眼，韩敏已经在火锅店工作大半个月了。由于她的到来，火锅店的生意蒸蒸日上，营业额几乎是之前的两倍。老板娘喜不自胜，还没到月底，就宣布将韩敏的工资翻一番。

由于韩敏的工作主要是招揽客人，所以她不用像其他员工一样，做料理食材、洗碗刷锅等杂事。有时她主动想帮帮忙，都被店里的男员工们阻止了。这家火锅店的男店员多数是20岁左右还没娶媳妇的单身小伙子，店里来了这样一位美女，他们献殷勤还来不及，怎么可能让她做这等杂事？

再加上老板娘对韩敏的器重，各种区别对待，自然激起了其他打工妹的不满，特别是徐燕，强烈的嫉妒心令她对韩敏充满恨意。但随着韩敏在火锅店的地位与日俱增，她也不敢有所表现，只能将妒意深藏心底。

只有小玉这个傻大姐例外，她是真心喜欢韩敏这个“漂亮姐姐”，完全不在乎自己跟韩敏在一起会沦为陪衬，反倒觉得跟美女在一起，自己也跟着沾了光，所以有事没事都爱黏着韩敏。

其实韩敏并不在乎这些打工妹对自己的态度。虽然这么久了，仍然没有家人来寻找自己，她已渐渐有些心灰意冷。但她本能地感觉到，这个火锅店只是暂时的容身之处罢了，她不可能在这里待太久。

在火锅店工作的这段时间，有件事一直令她介怀，那就是——之前发生过的两次“自动清洁事件”，会不会再次发生在火锅店里呢？

半个月过去了，并没出现这样的怪事。经过前两次的经验和总结，韩敏想到了一种可能性——之所以没有触发怪事，会不会是因为她每天晚上都跟这些打工妹在一起，没有独处一室？

同样的怪事出现两次，显然不会是巧合。韩敏非常想知道，为什么自己身边会发生这样的怪事。她也很想弄清楚触发怪事的“条件”是什么，为了验证自己的猜想，她想到了一个主意。

下午是火锅店最清闲的时候。食材一般上午就准备好了，下午的时光，是员工们一天中唯一的休闲娱乐时间。他们有可能在店里看会儿电视，也有可能打会儿扑克，或者玩手机、聊天。平常时候，韩敏都是跟大家在一起，别人做什么她就做什么。今天，她借口身体有点儿不舒服，就一个人回宿舍去休息了。

其实也不完全是借口，她中午忙着招揽客人、端茶倒水，本来也有些疲倦了。此刻躺在床上，不一会儿就睡着了。

不知过了多久，迷迷糊糊中，韩敏突然听到“哎呀”一声，把她惊醒了，她睁开眼，看到小玉站在房间里，惊讶地左右四顾，说道：“我的妈呀，房间怎么变得这么干净了？”

韩敏心中“咯噔”一声，知道自己的猜想已经印证了。果不其然，只要房间里只有她一个人的时候，怪事就再次发生了。

小玉问韩敏："姐，你刚才打扫过房间吗？"

"我……"韩敏不知道该如何解释。房间里刚才只有她一个人，如果她说不知情，估计谁都不相信。为了将这件怪事掩饰过去，她只好说："是呀，我稍微打扫了一下。"

"'稍微'？"小玉睁大眼睛说，"这屋子原先那么脏，你回来不过半个小时，就把整间屋都打扫干净了？"

韩敏正想叫小玉小声一点儿，不要声张，但小玉刚才的几声惊呼，已经把同宿舍的另外三个女孩引来了。徐燕率先跨进屋，问道："怎么了？"

小玉说："敏姐刚才回屋来，把整个宿舍都大扫除了一遍。你们看这桌子、地板还有墙面，全都变干净了。"

韩敏这才注意到，宿舍里的白色墙面，真的变成一片纯白了。之前这墙面上有各种手印、脚印和污迹，现在竟然如同白纸一般。她突然后悔承认是她打扫的房间了。桌子、地面变干净，还好解释。但是刷涂料的墙面，是不可能用抹布就能擦干净的，这哪儿是她一时半会儿能弄干净的呢？可话已经说出去了，现在改口，岂不是更让人怀疑？

果然，刘璐惊讶地问道："韩敏，你是怎么把墙刷干净的？"

"我……就是用抹布使劲擦……"韩敏实在没办法，只能硬着头皮编下去。

"干抹布能擦干净墙面上的印记？"刘璐表示怀疑。

"用力地擦，还是可以的……"

徐燕把室内的顶灯打开，仔细查看了一圈，回过头望着韩敏，疑惑地说道："这屋虽然不算大，但之前墙面有多脏，我们都知道，你居然能在半个小时内把整个宿舍都打扫一遍？还有，天花板上的污迹，你是怎么弄干净的？也是用干抹布擦？"

韩敏张口结舌，说不出话来了。这间屋的天花板离地大概有 3 米左右，她就算站在桌子上，也够不着天花板。她瞥到了房间角落的晾衣竿，牵强地解释道："我是把抹布绑在晾衣竿上……擦的。"

徐燕露出怀疑的神色，明显不相信她说的。这时，小娟发出一声惊呼："天哪，我放在床下的脏鞋都变干净了！"

她一边说，一边把这双旧运动鞋展示给大家看。这双鞋本来放在床下一个多星期了，现在里里外外都一尘不染，就像新的一样。

小娟问道："韩敏，这是怎么回事？你不会帮我洗了鞋吧？就算是洗了，也不可能立马就干了呀。"

小玉、刘璐和徐燕纷纷查看自己的床下，惊愕地发现，她们每个人的鞋子、袜子全都变得洁净如新了。刘璐瞠目结舌地说道："韩敏，你到底做了些什么，你怎么办到的呀？"

韩敏真不知道该如何解释了。

几个人愣了一阵，徐燕像是想起了什么，她猛然转身，翻看放在自己床头的一个仿皮的包包，里面装的都是她的一些私人物品，化妆品、梳子、发夹什么的，为了方便使用，包包平时就敞开着，并没拉拢。她检查了一下里面的物品，怫然变色，厉声质问道："韩敏，你动过我的东西？！"

韩敏赶紧说："没有。"

"没有？"徐燕从包里拿出一把梳子，走过来伸到韩敏的眼前，声色俱厉地说道，"这把梳子我每天都在用，没有清洗过。你看看，现在缝隙里都干干净净的了，你还说你没动过？那它是自己变干净的？！"

韩敏完全没想到连梳子缝隙这种细微的地方都变干净了。她彻底哑口无言了，同时感到深深的恐惧。其实她比任何人都想知道，这到底是怎么一回事。

徐燕早就对韩敏心怀不满了，只是一直没挑到刺儿，现在出现了这样一个发泄的渠道，她当然要趁机发难，憋在心中许久的尖酸刻薄的话，此刻喷薄而出，指着韩敏的鼻子骂道：

"韩敏！你算个什么东西？凭什么动我的私人物品？你刚来的时候我跟你

打过招呼没有？我是不是叫你别碰我的东西？你倒好，一双贼手都伸到我的包里去了，你想干什么呀？偷东西还是窥探我的隐私呀？！”

刘璐和小娟平日里虽然对韩敏多少有些嫉妒，但韩敏毕竟没做过任何对她们不利的事。此刻徐燕借题发挥，骂出这么难听的话，她俩也有些看不下去了，刘璐说道：“算了，徐燕，韩敏也是一片好心，帮大家打扫卫生，你就别骂了。”

“呸！我需要她装好人、帮我打扫卫生吗？”徐燕依旧不依不饶，“再说了，打扫卫生有打扫到别人包里去的吗？再过两天，她是不是连我们的钱包都要‘打扫’一番呀？”

韩敏第一次遭到这种侮辱，她气得浑身发抖，委屈的泪水在眼眶里打转。她强忍着不让泪珠滚落下来。

这间宿舍里传出的骂声把老板娘引来了，她走进屋问道：“怎么了？嚷嚷什么呀？”

徐燕不等韩敏说话，恶人先告状：“韩姐，韩敏偷我包里的东西！”

“什么？”老板娘蹙起眉头。

韩敏申辩道：“我没有偷她的东西！”

“没偷？那你趁我不在的时候，偷偷翻我的包干吗？！”

韩敏被她抓住这软肋，实在是有口难辩。老板娘盯着韩敏看了一阵，问道：“到底怎么回事呀？”

小玉在一旁帮韩敏解释道：“敏姐其实是帮大家做卫生，她……做得太彻底了一点儿，把徐燕包里的东西都清洁了一下。”

老板娘这才注意到，这间宿舍变得干净无比了。她讶异地说道：“这……全部是韩敏一个人打扫干净的？”

小玉接连点头。刘璐说：“我们也觉得太不可思议了。”

老板娘像是又从韩敏身上发现了闪光点，望着她说道：“行呀，韩敏，你怎么办到的？”

徐燕发现老板娘居然开始表扬韩敏了，又想把话题生拉活扯地扯到偷窃上去：“有这么打扫卫生的吗？都打扫到别人包里去了！谁知道她什么居心呀？还好我那包里本来也没放什么值钱的东西，要是有的话，指不定现在还在不在呢！”

老板娘不是傻瓜，早就看出徐燕对韩敏的嫉妒了。她有些厌恶地瞄了徐燕一眼，说道：“说这么难听干吗？你丢什么东西了吗？”

“……没有。”

“那你瞎嚷嚷什么？合着别人帮你打扫了卫生，还没落个好？”老板娘白了徐燕一眼，对韩敏说，“以后别帮她们打扫卫生了，你没义务帮她们做这个。”

有老板娘为自己说话，韩敏心里好过了一些，她微微点了点头。

“好了好了，别在这儿扯这些闲事了，都去做事吧，快五点了，晚上的客人都要来了。”

几个打工妹一齐离开了宿舍。韩敏思忖着，这件事看来是暂时应付过去了，但有一点儿是可以肯定的——发生在她身上的怪事，已经确凿无疑。她不能一直这样不明不白地过下去，一定得想个办法，弄清楚事情的真相。

韩敏发现，怪事都发生在她一个人独处，并且无意识（睡觉或昏迷）的状态下。很显然，在符合这两个条件的情况下，屋内发生了“某些事”。

问题在于，怪事只会发生在她暂时失去意识的时候。这意味着她自己不可能弄清楚这是怎么回事。

不过，韩敏很聪明。她很快就想到了一个办法。

几天后的一个下午，外面下着夏天的暴雨。这种天气，自然不会有多少游客前来此地。韩敏也不可能站在门口招揽生意。员工们都在店内休息，对于他们来说，下大雨意味着晚上会轻松一些——来吃饭的客人肯定不会太多。韩敏觉得时机到了。

现在是下午三点刚过，店员们在看电视。韩敏悄悄把小玉拉到一旁，说道：“小玉，你的手机能借给我用半个小时吗？”

小玉知道韩敏没有手机，她以前也问过这事。韩敏搪塞了过去，说之前的手机坏了，现在想攒钱买个新的。韩敏是第一次跟小玉借手机，小玉说：“行呀，你拿去打吧。”

“我不是打电话，”韩敏找了个借口，“就是想玩玩你手机上的游戏。”

小玉咧嘴一笑，爽快地把手机递给了她：“你拿去玩吧，那个消方块的游戏特别好玩。”

韩敏接过手机，说了声“谢谢”，然后对小玉说：“我去宿舍玩，顺便休息一下。一会儿要是有什么事，你先帮我顶一会儿啊。”

“行，现在会有什么事呀？又不是饭点。”

“那我去了。”

韩敏拿着手机走到宿舍，关上房门。打工妹们基本上都没有睡午觉的习惯，半个小时内，她应该不会受到打扰。

韩敏拖了一张椅子摆放在自己的床头，把一个塑料饭盒放在椅子上，手机倚靠着饭盒横放。她调整位置和角度，让手机摄像头正对自己。然后，她打开了手机的**摄像模式**。

她的计划是：在睡着的时候，让手机拍摄自己以及身边的状况，试图用这个方式弄清真相。

当然，她思考过再次发生怪事会出现的结果。其他人都没什么，就是那个讨厌的徐燕，大概又会借机发作。不过好在自从上次的事件之后，徐燕就把放在床上的包转移到了壁柜里，所以不会再出现把她包里的东西都“打扫”一遍的情况。

韩敏平躺在床上，瞄了一眼床边的手机摄像头，深吸一口气，闭上了眼睛。

然而，这次的目的性太强，她反而睡不着了。闭着眼睛在床上躺了十分钟，也无法入眠，心中不免有些焦灼，可越是这样，就越睡不着。

韩敏睁开眼，发现身边一切并未发生变化，暗忖只要不进入无意识状态，怪事就不会出现。她调整心态，尽量放松，再次闭上眼睛，心中默数：1,2,3,4,5,6……

四点半的时候，老板娘撑着伞到店里来了。此刻外面的雨小了一些，起码不至于让人门都不敢出了。如此看来晚上的生意不会受太大的影响。员工们见老板娘来了，收起了扑克牌，为迎接晚上的生意做起了准备。

老板娘环顾一圈，问道：“韩敏呢？”

之前韩敏跟小玉借手机的时候，还不到三点半，现在都四点半了，早就超过了她说的半个小时。其间小玉也不好去催，现在老板娘问起了，她只有支支吾吾地说：“敏姐，在宿舍休息……”

“四点半了，还休息？”老板娘微微皱起眉头。韩敏之前虽然也偶尔睡个午觉，但是从来没有睡到这个时候都不出来。

小玉说：“我去叫她。”正要往宿舍走，一旁的徐燕拉住了她，说道：“我去吧。”

小玉咽了口唾沫，心想徐燕大概又要找机会为难韩敏。不过老板娘都没阻止，她也不好说什么，只有由着徐燕去了。

徐燕心中正是这样想的。对于韩敏一直享受着特殊待遇，她几乎从嫉妒发展到了恨意。下午的时候店里虽然没生意，但好歹其他员工都在店内，是待命状态。韩敏的工作是相对最轻松的，她还要回屋睡午觉，而且一睡就是一个多小时。她把自己当成什么了？千金小姐吗？！

徐燕越想越气，快步走到宿舍，猛地把门推开，看到韩敏正捧着手机在看。

韩敏见徐燕气势汹汹地闯进来，心中一惊。她下意识地把手机往身后一藏，塞在了枕头下面。

徐燕走到她身边，阴阳怪气地说道：“哟，挺悠闲的嘛，还在玩手机呀。那不用上班好了。”

韩敏没吱声，她心里清楚，怪事再一次发生了。

她不知道自己是什么时候睡着的，大概是默数到一百多的时候吧。其间没有人叫醒她，所以她无法掌控醒来的时间。只知道睁开眼一看，已经接近四点半了。手机还在摄像状态，她赶紧结束了录像。

韩敏首先关注的，自然是怪事有没有再次发生。由于上次的“清扫事件”距离今天只隔了五天，宿舍卫生状况保持良好，所以并没有像上次一样，一眼就能看出经历了“大扫除”。但韩敏观察屋内的一些细节之后，确凿无疑地知道，“清扫事件”的确再次发生了——除了一尘不染的桌面和地面，更直接的证据是放在桌子上的一个面碗。为了验证怪事是否出现，韩敏有意把这个装过食物的脏碗放在了桌子上。然而，此刻它已经光洁如新了。

不过徐燕并没有发现宿舍再次变得干净无比这件事，引起她注意的是韩敏的古怪举动。刚才她进门的时候，韩敏立即把手机塞到了枕头下面，宛如惊弓之鸟。一个正常使用手机进行通讯和娱乐的人，至于如此紧张吗？

徐燕眯着眼睛问道：“你刚才在做什么？”

其实在徐燕闯进门之前，韩敏才刚刚点开手机之前录下的视频看了一小会儿。这个视频一共有一小时零六分。韩敏知道前面起码有二十分钟都是无意义的，因为那个时候她还没有睡着，怪事自然也没有发生。她关心的是视频后半段的状况，然而就在她刚刚拖动滚动条，想要直接跳到后半段的时候，徐燕就闯进来了。她吓得哆嗦了一下，本能地觉得不能让徐燕得知她的秘密，便按下了手机的主页键，退出了视频播放模式，然后把手机塞到了枕头下面。

此刻面对徐燕的质问，她避重就轻地答道：“我在玩手机游戏。”

“是吗？那你见我进来，藏什么？”徐燕明显不相信，言辞犀利地说道，“不会是在看什么见不得人的东西吧？”

韩敏的脸一下就红了，她本想说“我才没有”，突然又觉得自己干吗要跟徐燕解释。再说面对一个存心想挑刺儿找碴儿的人，解释又有什么意义呢?

这时，外面传来刘璐的声音：“徐燕、韩敏，来客人了，出来工作了！”

徐燕应了一声“来了”，心中虽然十分疑惑，但是采取了欲擒故纵的办法。她对韩敏说：“好了，不说了，干活吧。”

韩敏“嗯”了一声，心思单纯的她，以为徐燕就此作罢了。她略一思忖，觉得现在暂时不能把手机还给小玉，因为她还根本没有看到视频的关键内容。于是打算暂时把手机放在枕头下面，等一会儿工作完了，再接着看。

这正是徐燕希望的。她瞄了一眼，发现韩敏并未带走藏在枕头下的手机，眼珠一转，了然于心，于是跟韩敏一起离开宿舍了。

店里已经来了两三桌客人，小娟和另外几个男服务员正在安排座位，准备请客人点菜。韩敏走到小玉身边，对她说：“手机我放在宿舍，一会儿再给你，不好意思啊。”

小玉满不在乎地说：“没事，本来工作的时候，老板娘就不准我们用手机。”

韩敏点了点头，挨着走到每桌客人的面前，询问他们喝什么酒水。

刚过六点，雨彻底停了。生意跟往常一样好，店员们看来是甭想偷懒了。韩敏像往日一样站在店门口，请过往的客人品尝米酒，招揽他们进店吃火锅。

不到七点，整个店就全坐满了。老板娘和全体服务员都忙碌起来，招呼、上茶、端菜、拿酒……没有丝毫空闲。

徐燕一边做着事，一边惦记着放在韩敏枕头下的手机。她猜想，这手机上会不会藏着韩敏的什么把柄？如果能让她发现，日后韩敏便可由她拿捏。想到这里，她一刻都不愿多等，找了一个时机，对刘璐说：“我肚子有点儿疼，得去上个厕所，你帮我顶一下啊。”

“你快去快回呀，现在正是最忙的时候。”

“我知道，最多十分钟。”

刘璐进厨房端菜去了，徐燕瞅准机会，悄悄从后门溜到了后院的宿舍。

她用钥匙打开宿舍门，然后将门轻轻关拢，并未打开宿舍的灯。外面的灯光隐约透过玻璃照进来，屋内倒也不至于完全看不见。她走到韩敏的床边，伸手摸到了放在枕头下面的手机。

徐燕认出了这是小玉的手机，猜想是韩敏跟小玉借的。由于韩敏之前并未关闭视频播放器，徐燕轻易就从运行程序中找到了播放一半的视频。

好奇心的驱使下，她几乎想都没想，就按下了播放键。

手机屏幕上显示的画面，是韩敏躺在床上睡觉。徐燕蹙起眉头，嘀咕道：“这人有病呀？录自己睡觉的样子？”

她耐着性子看了一分钟左右，画面几乎一成不变。徐燕没了耐心，正想关闭视频，把手机塞回去，突然，**屏幕上的画面发生了变化。**

徐燕先是一愣，以为自己眼花了。等她醒悟过来自己看到的是什么之后，那双原本不怎么大的眼睛几乎瞪裂了。她惊恐地捂住嘴，另外一只拿着手机的手不住地颤抖。

终于，手机掉落在了床上。徐燕双手捂住嘴，不让自己发出尖叫。一分钟后，她拿起床上的手机，朝宿舍外冲去。

老板娘站在柜台前，一边跟前面一桌的客人结账，一边招呼排位的客人落座。徐燕张皇失措地走到她跟前，说道：“韩姐，你看看这个！”

老板娘正忙得不可开交，见徐燕拿着一部手机给她看什么东西，顿时有点儿气不打一处来：“你干吗呀？现在是最忙的时候，你让我看什么？”

徐燕完全不在乎现在是什么状况，对她而言没有比立即让老板娘知道“真相”更重要的事情了。她焦急得几乎忘了场合和身份，竟然一把扯住正要去给客人安排座位的老板娘，急迫地说道：“别管这些了，你马上看一下这个视频！”

老板娘一下就火了，怒骂道：“你发什么神经？什么东西非看不可？原子弹要落在我们头上了？！”

她这一声吼，把店里的客人和店员都吓了一跳。大家齐整整地望向了柜台这边。韩敏本来在跟一桌客人推荐米酒，扭头一看，一眼就瞧见了徐燕手里拿着的手机，加上徐燕一脸的惊恐万状，她立即意识到，徐燕趁她不注意，悄悄回宿舍偷看了手机上的视频。从徐燕的反应来看，她显然已经知道这个“秘密”了。韩敏“啊”地低呼了一声，朝柜台这边走来。

徐燕本来不想引起韩敏的注意，没料到老板娘一声怒喝，还是让韩敏发现了。此刻，她见韩敏快步朝自己走来，竟然发出失控的尖叫：“啊！**你别过来！**”

这声尖叫和惊呼令客人们大惊失色，谁都意识到这家店肯定出什么事了，但是没有一个人知道发生了什么。客人们瞪大眼睛，面面相觑，全部停止了吃饭。员工们也惊呆了，从厨房端着菜出来的男店员停下了脚步，张口结舌地望着徐燕和韩敏。

韩敏一张脸涨得通红，站在原地不知所措。她的内心不安到了极点，虽然并不知道视频后半段的内容，但是从徐燕几乎被吓疯了的反应来看，一定是惊人甚至恐怖到了极点。这个困扰她许久的秘密，真相就在眼前，她真是巴不得立刻上前抢过手机来看。但是众目睽睽之下，要是跟徐燕争夺、扭打起来，成何体统？

就在韩敏迟疑不决的时候，徐燕缓步移出了柜台，跟韩敏保持着七八米的距离，顺着墙边朝店外走去，看样子想要溜出去。韩敏急了，说道：“你要干吗？把手机还给我！”

徐燕根本不听她的，她一边朝门外走去，一边说道：**“我要把手机交给警察，让他们看看这个视频……然后，让他们保护我……”**

韩敏听到“警察”两个字，本能地感觉不妙。眼看徐燕还有几步就要走出大门了，她实在无法眼睁睁看着她离开，做出对自己不利的事。她管不了这么多了，快步朝徐燕冲去，想要抢夺手机。

徐燕惊叫一声，就像看到一只猎豹朝自己追来一样。她发出一连串声嘶力竭的尖叫，仓皇逃窜，径直冲到了大街上。

此刻天上下着淅淅沥沥的小雨，路面是湿的。徐燕冷不丁地冲到街道中间，左侧开过来的一辆轿车反应不及，猛地撞向了她。徐燕惨叫一声，被撞飞好几米远。手上握着的手机在她被撞飞的同时甩了出去，落在地上摔得粉碎。

街道上目睹这起车祸的行人全都发出惊叫。老板娘、韩敏和几个距离大门最近的客人率先冲出门来，看到倒在地上、嘴角和头上都在淌血的徐燕。她肢体扭曲，在地上抽搐了几下，脑袋耷拉到一边，死去了。

老板娘双眼发黑，几乎要昏厥过去。韩敏的眼前也被一层红幕笼罩，虽然她一直讨厌徐燕，但也没想到她会以这样的方式惨死在自己面前。最关键的是，导致这起车祸的原因，是围绕她的那个“秘密”。

她从未如此恐惧过。

九

非常身份

星期五上午的最后一节课是语文。下课之后，罗曼回到办公室，放下语文教材，喝了口茶，便要离开了。转过身来，看到了站在门口的陈忡。

此时办公室里只有罗曼一个老师。陈忡没有喊报告，说道：“罗老师，我想跟您谈谈。”

罗曼点头道：“好的。”

陈忡进来后，罗曼招呼他坐在对面的藤椅上。两人相视而坐，陈忡说：“罗老师，您上次说的那件事，我基本上考虑好了。”

“你是怎么想的？”

“我能先问您几个问题吗？”

“问吧。”

陈忡：“我跟您走的话，会去哪个城市呢？”

罗曼：“先去北京。但是不一定会一直待在北京，具体情况到时候再说吧。”

陈忡微微点头，又问：“我现在离开学校，算是怎么回事呢？转学吗，还是辍学？”

罗曼说：“两种都不是。我会向校长说明，你是我发现的一个苗子，准备把你带到北京去深造。”

陈忡：“校长会答应吗？”

罗曼笑了一下：“这你就不用管了。”

陈忡又问：“关于我背后的藓，以及这件事的真相，您打算什么时候告诉我呢？”

罗曼说：“我会循序渐进地告诉你。相信我，这是为你好。有些事情，即便是事实，但是突然得知，恐怕也难以接受。但是如果你能够先了解一些相关的情况，再理解起来，就容易多了。”

陈忡缄默了一阵，说道：“好吧。”

“还有什么问题吗？”

陈忡咬着嘴唇思量了好一会儿，说道：“如果我离开懋县的话，有一个人，我心里放不下……”

“你母亲吗？”罗曼问。

陈忡说：“妈妈我当然也是舍不得的，但她毕竟是大人，知道照顾自己……”

“那是谁？”

陈忡用细小的声音说道：“**黎芳**。”

“谁？”罗曼从没听过这个名字。

“黎芳是从小跟我一起长大的好朋友，她就住在我们那条街。她爸妈都在深圳打工，一年才回来一次。她原来是跟奶奶住在一起，但是上个月，她奶奶去世了，现在家里就只有她一个人。我觉得她太可怜了……”

原来是一个留守少女。罗曼问道："她今年多大？在哪儿读书？"

陈仲说："她比我大几个月，今年 15 岁，就在咱们年级的二班。"

罗曼望着陈仲的眼睛："你喜欢她，是吗？"

陈仲的脸一下就红了，答案不言而喻。

初二的孩子，正处于青春期萌芽的阶段，对异性产生爱慕，是很正常的事，况且对象是青梅竹马的童年玩伴，无疑是人生中最青涩美好的初恋。罗曼完全理解陈仲对黎芳割舍不下这种情感。他沉默了一会儿，突然想起一个问题：

"你跟黎芳从小就在一起玩，**她知道你背后长藓的事吗？**"

陈仲点头："这正是我想告诉您的，在吴凯他们之前，除了我妈妈和几位医生，就只有黎芳知道我这个秘密了。但她从来没有嘲笑过我，而且为了不让别人嘲笑我，这件事她没有告诉过任何人。"

罗曼略略点头："这个叫黎芳的女孩，她也喜欢你，对吧？"

陈仲的脸又红了，低下头，不好意思地嗫嚅道："也许吧……"

罗曼明白了。他思索了一阵，说道："你刚才说，黎芳现在是一个人住？那么，如果我向学校申请，把她也带走，跟你做个伴，你愿意吗？"

陈仲迅速抬起头来，眼睛里闪烁着光芒，兴奋地说："可以吗？真的可以吗？"

罗曼说："可以。但是这事儿也得征求她的意见，要她愿意才行。"

"她肯定愿意！"陈仲笃定地说，"自从她奶奶死了之后，黎芳就一个人在家，到了晚上特别害怕。有时，她还会叫我过去陪她。那天我跟她说，我可能要离开懋县，到别的地方去，她哭了好久，说舍不得我……要是知道能跟我一起走，她不知道有多高兴呢！"

罗曼心里有数了。他说："这件事还是得当面问一下她才行。还要征询她父母的意见。另外，有些事情，我也要事先跟她交代清楚。这样，今天下午放学后，我跟你一起去黎芳的家，跟她聊聊，好吗？"

“好！”陈忡高兴地答应了。

下午放学后，罗曼跟陈忡一起走到黎芳的家。估计是陈忡在课间的时候已经大概跟黎芳说了一下。黎芳放学后立即回到家，做好了迎接客人的准备。罗曼虽然没有教初二(2)班的语文，但毕竟是一个年级的老师，黎芳是认识他的。打开门，看到罗曼后，她礼貌地喊道：“您好，罗老师。”

罗曼点了下头：“你就是黎芳？”

“是的，您请进吧。”黎芳礼貌地招呼罗曼和陈忡。

罗曼跨进家门，见到了这个比陈忡家还要贫穷和简陋的家。然而，难能可贵的是，家里仅有的几样家具，被收拾得井井有条。桌凳虽然陈旧，但擦得十分干净。茶几上有一个果盘，装着洗干净的李子，显然是专门为招待老师准备的。一个年仅 15 岁的姑娘，却懂得待客之道，让人心生感慨——当真是穷人的孩子早当家。

黎芳端着一个陶瓷茶杯走过来，恭敬地放在茶几上，说道：“罗老师，请喝茶。李子是刚买的，很新鲜，您尝尝吧。”

“好的，谢谢。”罗曼坐在椅子上，说道，“你们俩也坐吧。”

黎芳和陈忡坐在罗老师对面的板凳上。罗曼端视了黎芳一阵儿，这姑娘虽然算不上有多漂亮，但面相淳朴、眉目端正，一看就不是奸猾之人，是那种典型的“穷人家的女儿”。罗曼阅人无数，从面相上，便能将一个人的性格、为人看个七八分。接下来怎样跟黎芳交谈，已是了然于心。

罗曼说：“黎芳，陈忡有跟你大概讲过我们的想法吗？”

黎芳点头道：“中午的时候，陈忡跟我说了。”

“那你愿意跟我们一起去北京吗？”

“我愿意。”黎芳没有一丝迟疑地回答道。

“但你现在是未成年人，这件事光是你自己愿意还不行，得征求你父母的意见。”罗曼说。

黎芳垂下头，黯然道：“我父母，恐怕不会在乎吧。他们都在深圳打工，根本不关心我的学习和生活。之前爸爸还建议我干脆别读书了，也去大城市打工算了，可以早点儿赚钱。”

陈忡无奈地说：“黎芳的爸妈一直都重男轻女。他们在深圳又生了一个儿子，百般呵护，对黎芳几乎是不闻不问。”

黎芳的眼圈有些发红，但罗曼看得出来，她在努力地克制情绪，不让自己在老师面前哭出来。罗曼心中感叹，真是一个懂事而坚强的姑娘。他更加理解，陈忡为什么会对她割舍不下了。

“我明白了。也就是说，如果你跟父母说，要跟我和陈忡一起去北京，他们都不会有意见，对吧？”罗曼问道。

“何止没意见，他们巴不得呢。我猜，他们连我去北京是读书还是打工都不关心。只要有一个人能代他们安置我的生活——最好是不用他们出一分钱——他们就谢天谢地了。”

说到这里，黎芳“啊”了一声，感觉自己说错了话，赶紧补充道：“罗老师，我说的是我父母的想法，不是我的。我要是跟您到北京去的话，会利用周末和寒暑假的时间打一些零工的。我不会让您白白提供我吃住，我会付生活费和……”

罗曼示意她别再说下去了。他微笑道：“不用，你完全不必担心费用的问题。我不会让你出一分钱的。你本来就是学生，还是未成年人，不需要考虑赚钱的问题。”

黎芳感动得不知道该说什么好了。她揉搓着双手，面露感激之情，几乎要落下泪来。

罗曼说：“你的情况我已经基本了解了。接下来，我要跟你们说一件非常重要的事。这也是现阶段，我对你们提出的唯一要求。”

陈忡和黎芳一齐点头。陈忡说道："罗老师，您说吧。"

罗曼望着他们俩，严肃地说道："我既然让你们俩同去北京，就意味着，陈忡即将知晓的一切，黎芳也必然会知道。"他特意对陈忡说，"你们俩的感情这么好，想必你也不想瞒着她一些事，对吧？"

陈忡"嗯"了一声。

罗曼点头道："对，我也不打算将你们区别对待。总之，陈忡会接触到的一切，黎芳你也会参与和接触。当然这是一个循序渐进的过程，我之前说过。"

黎芳好奇地问道："呃……我们是去北京干吗的？我们即将知晓和接触……什么？"

罗曼说：**"关于陈忡背后长藓的秘密，以及隐藏在这个世界上的某些真相。"**

黎芳诧异地望着陈忡："你背后的藓，不是皮肤病吗？有什么秘密？"

陈忡耸了下肩膀："我也不知道。所以才需要去了解。"

罗曼说："对。但是现在我们暂时不谈这个问题。以后你们慢慢会知道的。我现在要说的，是**你们俩的关系**——这就是我刚才说的，非常重要的一件事。"

陈忡和黎芳对视在一起："我们的……关系？我们是朋友，也是从小一起长大的伙伴呀。"

"我知道。"罗曼说，"但这是不够的。鉴于我之前说的，黎芳也会接触到一些机密内容，所以你们的关系就显得尤为重要。她必须是你最亲密的人，要保证在任何情况下，都不会做出对你不利的事。特别是，不能把她知道的一切泄露出去。"

黎芳说："罗老师，我绝对不会做对陈忡不利的事，也会为他保守秘密的。"

"我相信。"罗曼说，"但世界上的事情，都有可能发生变化。除非你们俩的命运真正绑在了一起，不分彼此。"

陈忡说："那您希望我们变成什么关系呢？"

罗曼的嘴里轻轻地吐出两个字：**"夫妻。"**

“什么？！”陈忡和黎芳一起叫了出来，两人的脸同时红到了脖子根。陈忡结结巴巴地说道：“罗老师，我们俩……才，才 15 岁……”

“我知道。”罗曼笑道，“我不是让你们现在就结婚，我说的是以后。但是你们现在就必须意识到，你们未来会是夫妻，是命运共同体。简单地说，你们现在就要订婚。而我，就是见证人。怎么样，你们愿意吗？”

这件事提出得太突然了，陈忡显然没有一点儿心理准备。他面红耳赤地说：“我，我不知道，我完全没想过……这件事。”

这个年龄的女生毕竟要早熟一些。黎芳埋着头，神色黯淡地说道：“陈忡，你不愿意吗？”

陈忡望着黎芳，窘迫地说：“不……我不是不愿意。但是结婚这种终身大事，现在就决定，会不会太……”

黎芳失落地说：“我明白了……看来，我是没法跟你一起去北京了。陈忡，祝你幸福。”

说着，忍了许久的眼泪终于夺眶而出。陈忡望着黎芳，心中难过到了极点。他突然站起来，大声地说道：“黎芳，我喜欢你！我答应，我以后会娶你的！”

黎芳扭头望着陈忡，心中的欣喜、感动无以言表。她难以自控地站起来，跟陈忡拥抱在了一起。

罗曼轻轻咳了两声，提醒他们别忘了自己的存在。两人赶紧分开，羞红了脸。

罗曼提醒道：“别忘了，你们俩只是‘订婚’，还没有真正地结婚。有些越界的事，还是别做的好。”

陈忡和黎芳明白老师的意思，脸红得更厉害了。他们答应道：“知道了，罗老师。”

“那就好。”罗曼站起来，准备离开了，“明天我就会向校方提出申请，理由是把你俩带到北京进行深造。而黎芳，你要做的，就是跟你的父母说明情况，得到他们的同意。需要的话，我可以让校方出具说明。”

“没问题，罗老师，我会跟我爸妈说明情况的，他们百分之百会同意。”黎芳对自己的父母十分了解。

“好的。”罗曼说，“如果一切顺利的话，我们五天之后，先前往成都，从那儿坐飞机到北京。”

黎芳充满期待地说：“好的，我会提前收拾好衣物和行李的。”

罗曼微笑道：“什么都不用带——除了身份证。相信我，离开懋县，就等于跟过去告别。**你们即将过上的生活，现在恐怕做梦都想不到。**”

十

放逐

郑屠夫火锅店里，一男一女两个警察分别进行询问和笔录，火锅店的老板娘和员工们站成一排，配合警察的调查。徐燕的尸体已经被送到殡仪馆了，警方通知了她的家人。

“徐燕在工作时间，突然让你看手机上的一个视频。但当时是店里最忙的时候，你并没有看，是吗？”警察问老板娘韩玥。

“是的。”韩玥答道，神情哀伤。

警察又问其他员工：“你们都不知道这个视频是什么？”

店员们一齐摇头。

韩敏自然是最忐忑不安的。虽然她的确不知道视频里有什么惊人的内容，但很显然跟她有关。糟糕的是，当时在场的每一个人，恐怕都意识到了这一点。

凑巧的是，两个警察中的一个，正好是当初车祸事件之后，到医院来询问过她的那个男警察。他认出了韩敏，说道：“你不就是车祸后失忆的那个女孩吗？现在在这家火锅店打工？”

店员们都不知道韩敏的过去，听到警察这样说，露出惊讶的神色。韩敏窘迫地说道：“是的，是医院里的病友李梅介绍我来这里打工的。”

男警察盯着她看了几秒，意有所指地说：“还真是巧啊，有你在的地方，总是会发生车祸。”

韩敏说：“车祸不是我造成的，是徐燕自己冲出去，才被撞到的。”

“是吗？真的跟你没关系？”男警察说，“可徐燕手里拿的那个手机，是之前你借店员小玉的，对吧？”

“是的。”

男警察问小玉：“你的手机上有没有什么特别的视频？”

小玉的头摇得像拨浪鼓：“没有，绝对没有。我手机上只有普通的软件，还有一些游戏。他们都知道！”

店员们点头做证。男警察又望向韩敏：“这点你也没有异议吧？你拿到小玉的手机的时候，里面的确没有什么特殊的视频，对吧？”

韩敏无法否认，只有点头：“……嗯。”

“那就是说，徐燕惊慌失措想要拿给老板娘看的那个视频，是在你借了小玉手机的这一个多小时里产生的，没错吧？”

韩敏紧抿嘴唇，不置可否。

男警察工作多年，经验丰富，一看韩敏的反应，便心中有数了。但他办案很有技巧，并不急于逼问，而是再次理顺逻辑关系，目的是让韩敏完全无法辩驳：

“这个视频到底是什么，现在不得而知了。手机摔得粉碎，又被雨水浸湿，储存卡也损毁了。但是，所有店员和客人都看到了徐燕冲出店之前的异常举动。最关键的是，她说了一句话**‘我要把这部手机交给警察，让他们保护我’**，对吗？”

店员们都点头，他们确实听到了这句话。韩敏自然也无从否认。两个警察交换了一个眼色，男警察对韩敏说道：“请你跟我们去一趟公安局吧，我们要对你进行单独问话。”

韩敏面露难色，用求援的目光望向老板娘。但是，韩玥把头扭了过去。韩敏心中发冷。她知道，老板娘也帮不了自己。

韩敏跟着两位警察上了警车。店员们目睹着她被带走。老板娘惆怅地坐在店内，神情恍惚。店里出了人命，必然带来诸多不良影响，同时还少了两个得力员工——火锅店的火热景象，势必不复存在了。回想起这二十多天发生的事，只叫人感叹世事无常。

警车开到了公安局门口。韩敏被带到审讯室。她隔着一张桌子坐在两位警察面前，跟之前在火锅店内接受询问，已是大为不同。显然警方已经把她视为这起事件的重点嫌疑对象。

“说吧，你跟徐燕之间发生过什么？”女警察问道。

韩敏如实说道：“从我进火锅店那天开始，徐燕就一直看我不顺眼，但我从没跟她发生过任何冲突。这一点，火锅店的员工都可以做证。”

“那她在手机上发现的视频，是什么？”

“我真的不知道。”

“手机是你借去用的，这一个多小时里，你自己做了些什么，难道你不清楚吗？”女警察加重了语气。

韩敏不知该如何回答了。如果她告诉警察，她是用手机录下自己睡着后发生的怪事，这事就说远了，警察也未必相信她说的是实话。而且直觉告诉她，最好不要让警察知道发生在她身上的怪事，结果可能对她十分不利。

“我跟小玉借手机的时候跟她说了，想玩一下手机上的游戏。我在宿舍玩了一会儿，觉得疲倦，就睡了。”韩敏说道。

“只是玩游戏？”

“对。”

“那手机是怎么到徐燕手里的？”

“接近五点的时候，徐燕到宿舍来了一趟，叫我开始工作。我就把手机放在了枕头下面，跟她一起出去了。”韩敏说，“我猜是晚饭的时候，徐燕悄悄回宿舍去拿了手机。但我真的不知道她在手机上发现了什么。”

两个警察对视了一眼，都猜到韩敏没有说实话，起码是有所隐瞒。男警察严厉地说道：“韩敏，咱们都心知肚明，徐燕在手机上看到的视频，肯定跟你有关。你要是不说实话，我们只能把你拘留起来。”

韩敏猜想他是在吓唬自己，她知道警察不能在没有证据的情况下将嫌疑人无限拘禁。况且退一万步说，她最多是间接导致徐燕死亡，不可能负直接责任。她说道：“警官，我说的都是实话。徐燕在手机上看到了什么视频，我的确不知道。她为什么会惊慌失措地冲出去，我也感到费解。这件事，恐怕还是得劳烦你们调查清楚。”

这句话，等于是反将一军。男警察意识到这个年轻女孩不是想象中那么好对付，思忖了一阵，严峻地说道：

“我们当然会调查清楚。但是我提醒你一句，围绕你已经发生了两起车祸，出了两条人命了。我知道这绝对不是巧合。假如类似的事情在我管辖的地界再发生第三次，不管用任何方式，我都会把你送进监狱。记住我说的话。”

韩敏知道，这不是唬人的话了。她一个外地人，没有任何背景，甚至连合法身份都没有，如果接二连三地惹出事端，当地公安局肯定不会坐视不管。警察有警察的手段，要对付她易如反掌。她说道：“我知道了，警官。”

男警察挥了下手：“你走吧。”

女警察问道：“就这么放她走吗？”

男警察望了她一眼，眼神代替了语言。女警察不再说话。

韩敏走出公安局，已经是晚上九点多了。她孤独地站在街道上，心情复杂，前途渺茫。

她知道，不可能再回火锅店继续上班了。工作了二十多天的工资，她更是没脸找老板娘要。现在她的口袋里只揣着当初王医生给她的一点儿钱——只剩下不到 100 元了。如今，该何去何从呢？

思忖一刻，她想起刚才警察说的一句话——“不要在我管辖的地界再发生第三次”。她突然意识到，警察是不是在暗示她离开里县？

对，离开这里，是唯一的选择。虽然韩敏并不知道自己该前往何处，但她清楚，只要留在这里，正如警察所说——类似的事件就可能再次发生。刚才那番威胁，已是警察最后的底线了。她不敢触碰和挑战。

在里县待了这么多天，她通过店员和客人们之口，知道里县是属于关山市管辖的一个县。关山市是一个地级市，距离里县只有一个小时的车程。她翻出口袋里的零钱，数了一下，还有 97 块钱。应该够买一张到关山市的车票。

主意打定，韩敏朝里县汽车站走去。十分钟后，就到了车站门口。但现在是晚上，已经没有前往关山市的班车了。

韩敏在车站旁边找了一家廉价的小旅馆，这家小旅馆不需要提供身份证，而且住宿费只要 35 元，但只能跟另外几个旅客一起住六人间。

韩敏没有挑选的余地，付了房费。走进简陋的房间，看到这个六人间里已经住了另外四个女人，仿佛回到了火锅店的宿舍。

经历了这么多事，她疲惫至极。在楼道的公共卫生间简单洗漱后，回到房间，倒下床便睡着了。

第二天早上，韩敏很早就起来了。她没有任何行李，起身就离开了这家小旅馆，前往旁边的车站。

正好有一辆开往关山市的大巴车从站内驶了出来，售票员冲她喊道：“走吗？到关山，上车就走！”

这种开出站临时拉客的汽车，是不需要身份证的，正合韩敏的意。她毫不迟疑地跳上车，问道：“车票多少钱？”

“26块！”

韩敏交钱买了车票。车上只有最后一排还剩两个空位。她坐了过去。客车驶往关山市。

大巴车在上午十点驶入关山市汽车总站。相比起里县，关山市要大得多，市区自然也比县城繁华。可是对于韩敏而言，城市带给她的是更深的迷惘。

她从大巴车上下来，看见其他乘客携家带口，拖着行李分别前往不同的目的地。只有她，空着双手，孤独而迷茫地伫立原地，不知该去往何处。偌大的城市，哪里有她的安身之处呢？

之前能在火锅店工作，是因为有李梅引见，老板娘才不计较她没有身份证。现在应该不会再有这样的好事了吧？她这种来路不明的人，会有人愿意提供工作吗？

不管怎样，还是要一试。她口袋里只有最后36块钱了。如果不赶紧找到一份工作，连今天都撑不过去。

从昨天晚上到今天早上，韩敏没有吃任何食物，她早已饥肠辘辘了。她在汽车站周围的餐馆旁徘徊，挑选了一家价格最便宜的面馆，点了一碗清汤素面，5元钱。为了尽可能饱一些，她把汤都喝得一滴不剩。

老板来收钱的时候，韩敏顺便问道：“大叔，您这儿还要招服务员吗？”

老板望了她一眼，说：“不招。我这家小店哪请得起服务员？你没看到整个店里，就是我和我老婆两个人吗？”

韩敏走出面馆，又挨着问了好几家餐馆。没有一家需要服务员。甚至都没说到身份证这个问题上，人家压根儿不招人。

到了中午，烈日当空。韩敏口干舌燥，汗流浃背，她花一元钱在小超市买了一瓶矿泉水，一口气喝掉半瓶，然后惆怅地站在超市门口，对不可预知的未来感到忧心忡忡。

几分钟后，一个三十多岁的大姐走到韩敏面前，问道："妹子，找工作？"

韩敏"嗯"了一声，说："你怎么知道呢？"

大姐说："我就是对面那家店的，你一上午都在问这些餐馆招不招工，我都看见了。"

街道对面有十多家不同的店，韩敏不知道她说的店是哪家，还没来得及问，这个大姐说道："你这么漂亮，到这些小餐馆打工，太可惜了。不如到我们那儿去上班吧。"

韩敏心中一喜，问道："你们店是做什么的？"

"按摩店。"

"按摩……我不会呀。"

"没事，不会可以学嘛。"大姐笑着说，"我一天就能把你教会了。"

"是吗……按摩这么容易？"

"容易，容易。走吧，到我们店里去看看。"

韩敏迟疑了一下，跟着她朝街对面走去。

店名叫"芳芳按摩店"，刚跨进门，韩敏就看到了坐在沙发上的几个年轻女人。她们化着浓妆，整条大腿露在外面，腿上套着廉价的黑色网状丝袜，上身穿的白衬衣薄如蝉翼，透出里面的黑色胸罩。其中一个头发染成金色的女人抽着烟，皮笑肉不笑地说道："哟，娟姐，哪儿去找这么标致一妞儿呀？"

"她是外地人，想找工作。"娟姐对韩敏说，"这么热的天儿，何必去做那些苦差事？你看我这儿，又凉快，又轻松，工资比餐馆高多了。怎么样，妹子，就在姐这儿干，好吗？姐绝对不会亏待你的。"

韩敏虽然失忆了，但没把基本的判断力和道德观都丢掉。红色的墙纸、暧昧的小隔间、略显放荡的女郎。就算从没来过这种地方的人，也能立即猜到这是什么场所。她对这种低级场所有一种本能的厌恶，一秒钟都没有考虑，就朝门外走去："对不起，我不想在这儿上班。"

娟姐一把拉住她，说道："保底工资五千，然后你每接一个客人……不是，我是说，你每按摩一个客人，我给你提百分之五十的成，怎么样？"

"呦，娟姐，你可真够大方的呀。"金发女酸溜溜地说，"不能这么厚此薄彼吧？"

娟姐斜睨她一眼，说道："你有人家这姿色吗？脸上那张画皮扯了，不知道自己是什么鬼样子呀？"

金发女气得把烟头往地上一丢，哼了一声，朝里面走去了。娟姐又问："怎么样，姑娘，这待遇不错吧？"

韩敏一字一顿地说："把——手——松——开。"

娟姐脸色一沉，随即嫣然一笑，把手放开了，说道："没事儿，你这样的姑娘我见多了。等逼到那份儿上，你会回来的。"

韩敏一句话都不想再跟她多说，冲出了这家店，逃也似的离开了。

有了这番经历，她对这座城市的印象一下就变坏了，同时还有几分畏惧。她不敢再待在汽车站附近，怕又遇到像娟姐这样的人，不管怎样，先去别的地方去再说吧。

车站挨着的主干道熙来攘往、川流不息。韩敏通过公交站台上的站名和道路上的指示牌，得知关山市火车站距离汽车站很近。坐公交车的话也就两站路。她寻思工作是不一定能找到的，火车站应该是一个能待通宵的地方。她身上只有最后30块钱了，除了晚饭，估计连最便宜的旅馆也住不起。为了避免露宿街头，她只能考虑火车站的候车室。

两元钱的公交车票，对于韩敏来说都是一笔巨资。她不敢坐公交车，只能步行到火车站。沿途看到一些餐馆，又询问老板要不要招工，可惜的是，没有一家在招服务员。

顶着烈日，韩敏走到了火车站。她又热又累，最后的 30 元连买瓶矿泉水都舍不得了，好在火车站提供了免费饮用水，对她来说，简直是意外的惊喜。

喝了水，韩敏坐在候车大厅的椅子上，疲乏到了极点。她用手撑着脑袋，很快就睡着了。

醒来的时候，她看了一眼墙上的大钟，已经是下午六点多了。中午那碗清汤寡水的面，早就消化完了，肚子又咕咕叫了起来。

韩敏一边盘算着晚上吃点儿什么最便宜的东西，一边把手伸到裤袋里去掏钱。不料一摸，竟发现裤袋里空空如也。她冷汗一下就冒了出来，站起来反复摸索裤包，钱是真没有了。她又赶紧找地上，可哪儿有钱呢？

韩敏意识到，自己坐在椅子上打盹的时候，身上的钱被小偷偷走了。虽然只有 30 块钱，却是她的全部财产。这下怎么办？别说是住宿了，连今天晚上的晚饭都泡汤了！

各种委屈和心酸，令她掉下泪来。她捂着脸，嘤嘤哭泣，旁边的人看到了，只感到好奇，没有一个人上前过问。

就这样，她在候车大厅的椅子上孤独而饥饿地度过了一个通宵。她现在身无分文，已不用担心被小偷光顾了。半夜的时候，她蜷缩着身体在连排长椅上睡去。

第二天早上七点过，韩敏就醒来了。火车站已经聚集了很多乘坐早班车的人。她去免费饮水处接了点水喝，又坐在了椅子上，此时她已经饿得前胸贴后背，浑身无力了。

接近中午的时候，韩敏实在是饥饿难耐到了极点。坐在她旁边候车的一家人，正吃着盒饭和卤鸭脖。特别是那个小男孩，吧唧着嘴，吃得满嘴是油。那香味不断钻进她的鼻子里，简直是种折磨。但她实在开不了口让人家施舍自己一点儿，因此只能时不时瞟上一眼，把口水咽进肚子里。

这一幕，被坐在对面的一个中年大叔瞧见了。其实，他已经注意韩敏许久了，这姑娘什么行李都没有，而且坐了这么久，根本没有关注过哪一趟列车的信息，一看就不是普通的旅客。

中年大叔坐到韩敏旁边，问道："姑娘，你是不是丢了钱包，没钱买吃的呀？"

几个小时过去了，终于有一个人过来关心和询问自己。韩敏的眼泪掉了下来，咬着嘴唇点了点头。

中年大叔也不多问，说道："你等着。"

他走到旁边一个贩卖各种副食的柜台前，买了一盒方便面和一根火腿肠，走回来递到韩敏手里，说道："你自己去泡开水吧。"

韩敏十分感激，说道："谢谢您，太谢谢了！"

大叔一摆手："没事，出门在外，谁还没个遇到难处的时候呀。"

韩敏再次道谢，然后走到免费供应开水的地方，撕开方便面的纸盖，注入开水……

中年大叔看着韩敏吃完了方便面，递上一张湿巾纸："给，擦下嘴吧。"

韩敏接过湿巾纸擦了一下，突然觉得纸巾挥发出了一股奇怪的味道，她皱起眉头，还没反应过来这是怎么回事，便觉得头脑昏沉，全身乏力，意识也逐渐模糊起来。

旁边的中年大叔观察着韩敏的眼神，等到她整个眼神彻底迷离之后，望了一下周围，发现没有人注意到他们，对韩敏说了一句："跟我走。"

韩敏听话地站了起来。她已经被迷药控制了心智，完全没觉得有任何不妥。所有的命令，她都会乖乖地接受并执行。

中年男人挽着韩敏的肩膀，和她一起走出了候车大厅。在旁观者看来，他们俩宛如一对父女，没有任何人会产生疑心。

他们走出火车站，进入旁边的一条小巷。这条巷子里有好几家小旅馆，中年男人随便选择了一家，对柜台面前负责登记的人说道："我和我闺女要坐下午四点的火车，开两个小时的钟点房，休息一下。”

旅馆的人瞄了韩敏一眼，见她并未提出异议，便办理了钟点房的入住。

中年男人拿到钥匙之后，挽着韩敏一起朝二楼的一个房间走去。他用钥匙打开门，进去之后，将门锁好。

他是一个惯犯，用同样的方法，对不下二十个单身女性下过手。这种迷药的特点是，吸入者会失去自我意识，完全听命于人，持续时间有两个小时之久。受害者醒来后，会完全忘记之前发生的事情。

今天觅到的猎物，是难得的上等货色。仅仅是想象接下来要做的事，已经令他欲火焚身了。他喘着粗气，浑身燥热，下半身蠢蠢欲动，恨不得立即“办事”。

但是这么好的货色，不能像吃快餐一样解决，必须好好享受一番。这个邪恶的中年人克制住欲念，对女孩说：“坐到床上去。”

韩敏照做了。中年男人脱掉了汗涔涔的外衣和裤子，穿着内裤走进了浴室，冲了一个热水澡。

几分钟后，他裹着浴巾走了出来，一步一步走向了今天的大餐。他对女孩说：“把你的衣服和裤子脱掉。”

韩敏双眼失神，完全丧失了反抗的意识。她乖乖地脱掉了T恤衫，又脱掉了牛仔短裤，全身只剩下内衣裤。

“躺在床上。”中年男人再次发令。

韩敏平躺在了床上，均匀、修长的身材和白皙的皮肤一览无余。男人露出邪恶的狞笑。最后一步，他要亲自操作，享受探索的乐趣。

他爬上床，双腿岔开骑在女孩上方，双手伸向了韩敏的胸部……

突然，他眼前出现了某种难以名状的事物。他以为是自己眼花了，然而很快便意识到这不是幻觉。他从没见过这么恐怖的东西，一瞬间“性致”全无，只剩下无穷的惊惧。他双眼瞪出了血丝，发出撕心裂肺的尖叫：

“啊——！！！”

十一

秘密阵营

星期日的上午，罗曼带着陈忡和黎芳，乘坐汽车到达了成都市。他们订的机票是下午四点十分。时间还很充裕，罗曼在市区找了一家中餐厅，打算吃完午饭再前往双流国际机场。

整个上午，陈忡的情绪都有些低落，摆在面前的回锅肉、水煮牛肉等经典川菜也提不起他的兴致。这也难怪，长这么大，他是第一次离开家，离开母亲。早上在懋县的车站，跟母亲分别的时候，他还是忍不住哭了。其实当着黎芳和老师的面哭鼻子，蛮丢脸的，但他真是难以自控。

黎芳倒是没有一丝伤感。那个空落落的家，对她来说只是一个居所，没有任何感情上的牵绊。她没有跟罗老师说，奶奶活着的时候，对她也不好——重男轻女的观念，不是从父辈开始的。

现在离开懋县前往首都，她感到无比兴奋。之前的十五年，黎芳一直待在懋县，几乎没去过别的任何地方。今天来到成都这个大城市，已经让她大开眼界了。而几个小时后，她就要到达中国最大的城市——北京，怎能不激动万分呢？

最关键的是，她是跟自己最喜欢的男孩一起去的。对未来的幸福生活，她简直是无限憧憬。

可是看到陈忡闷闷不乐的样子，黎芳压抑住了自己的兴奋和喜悦。她默默吃着饭，思忖着用某个话题，冲淡陈忡的伤感情绪。

“罗老师，我们一会儿要乘坐的飞机，会飞到多高呢？”

罗曼一边吃菜，一边说道：“普通民航的飞行高度，一般是在一万两千米左右。”

“天哪，一万两千米……”黎芳望着餐厅落地玻璃窗外蔚蓝色的天空，想象着他们一会儿就会置身其中。她用手肘碰了陈忡一下：“陈忡，你以前坐过飞机吗？”

陈忡苦笑了一下：“我坐没坐过你不知道吗？我连火车都没坐过，别说飞机了。”

黎芳说：“我们一会儿就要飞上天了，你不兴奋吗？”

陈忡点了一下头。其实对于这点，他确实是蛮期待的。

黎芳又问：“罗老师，北京是不是比懋县要大得多呀？”

罗曼笑了：“我这么跟你说吧，北京有一个中国国家图书馆，占地 7.24 公顷，建筑面积 14 万平方米。光是这个图书馆，就比懋县的县城要大。”

黎芳和陈忡都惊呆了：“一个图书馆，就比我们的县城大？”

罗曼说：“这个世界比你们想象的要大得多，你们如果一直待在懋县，是不会知道的。”

黎芳和陈忡一齐点头。他们深切地意识到，自己真是井底之蛙。

吃完饭，稍微休息了一会儿，他们便打车来到了双流国际机场。罗曼教他们如何办理登机牌，如何接受安检……

四点钟，他们登上了波音747。按照空姐的提示，系好了安全带。第一次乘坐飞机，陈忡和黎芳都有些紧张，罗曼告诉他们放轻松。

飞机开始助跑，冲入云霄。陈忡和黎芳趴在舷窗旁，贪婪而惊喜地看着地面上的建筑越来越小，车辆变得跟蚂蚁一般，不禁叹服人类和科技的力量有多么强大。第一次乘坐飞机的孩子，大抵如此。

飞行的过程中，陈忡和黎芳几乎一刻不停地望着窗外，欣赏着万米高空美丽的云海。罗曼则放平了座椅，打起盹来。

两个孩子并不知道，他们坐的是头等舱。他们以为飞机上所有的座位都是如此宽敞和舒适，乘客们享用的也是同样的美食和服务。

接近七点的时候，飞机平稳地降落在北京首都机场。下飞机后，罗曼摸出手机打了一个电话，然后带着两个孩子走到机场的停车场。

刚才在成都双流机场，陈忡和黎芳已经被机场大厅的宽敞和豪华震撼到了，而首都机场国际化的设计更是令他们瞠目结舌。他们看到了不同肤色的外国人，说着他们听不懂的语言，各种从没见过的服装和餐饮品牌令他们目不暇接。国际大都市的繁华程度，从首都机场便可见一斑。

一辆黑色奔驰轿车停在候车处，等候罗曼一行人。罗曼走上前去，拉开车门，对陈忡和黎芳说："这是来接我们的，走吧，上车。"

陈忡和黎芳钻进车内，看到开车的是一个戴着墨镜、一头短发的时髦女郎。她穿着凸显身材的修身衬衫，化着精致的妆容，面部轮廓分明，看上去有几分电影明星的风范。见到陈忡和黎芳后，时尚美女取下墨镜，微笑着跟他们打了个招呼："嗨。"

陈忡和黎芳有些局促地说："姐姐好。"

美女发出爽朗的笑声："你们两个好可爱。"

罗曼也上了车。美女说道："教授，您好。"

"你好，**齐薇**。"罗曼介绍道，"这是陈忡和黎芳。她是齐薇，我的助理。"

齐薇说："我们已经打过招呼了。之前电话里也听您提起过他们。"

罗曼点了下头，说："走吧，去**'集团'**。"

"好的。"齐薇应了一声，戴上墨镜，发动汽车驶出机场。

陈忡和黎芳对视了一眼，他们不知道"集团"指的是什么，也不便开口询问。

二十分钟后，汽车开到一片风景优美的低密度别墅区。这里是北京的郊区，周边全是售价几千万上亿的大户型独栋别墅。奔驰车驶入其中一套花园式别墅之中，进入车库。

停好车后，他们下车，走出车库。陈忡和黎芳立刻被这套高档别墅以及周边的美丽景色吸引了。这套三层高的欧式别墅位于花园之中，各种花卉和植物经过精心栽培和修剪，令人赏心悦目。房子的正对面是偌大一个游泳池，池水清澈透底，宛如蔚蓝海水。两旁绿树成荫，环境幽静清雅。

陈忡和黎芳长这么大，只在电视上看过这么漂亮的房子。此刻置身于此，心中感慨万千。这地方仅仅是参观一下，已是大饱眼福了，他们根本不敢想，之后能居住在这种美景如画的地方。

罗曼微笑道："以后这里就是你们的家了。"

陈忡和黎芳惊呆了，心中的感受难以形容。罗曼拍着陈忡的肩膀说："走吧，到屋里去参观一下。"

四个人一起走进室内。这套别墅内外都是标准的欧式风格，华丽而富有格调。光可鉴人的地砖上铺着羊毛地毯，客厅大概有 80 平方米，层高接近 6 米，悬挂着巨大的水晶吊灯。沙发是全牛皮的，大理石餐桌上摆放着插有鲜花的花瓶和精致的骨瓷餐具……

陈忡和黎芳只感到目不暇接，犹如初入大观园的刘姥姥，对每一件事物都叹为观止。齐薇觉得他们目瞪口呆的表情十分好笑，但是出于礼貌，忍住了。

这时，楼下的一个房间里走出来一个高大英俊的年轻男人。他喊道："教授，您回来了！"

"嗯。"罗曼点头，指着陈忡说，"这就是我电话里跟你说过的陈忡。陈忡，这是我的另一个助理，莫雷。"

莫雷伸出手来："你好，陈忡。"

陈忡从没跟人如此正式地握过手，况且这个叫莫雷的帅哥足足比他高出两个头，更令他感到自惭形秽。他局促地伸出手去跟莫雷握了一下，说道："你好。"

接着不同的房间里又走出来三个人。罗曼分别跟他们介绍道：

"这是厨师老王，他擅长做中餐、西餐和日式料理，你们每天想吃什么菜，可以提前告诉他。没有特别要求的话，他会自主安排。

"这是菲佣 Mary，她负责各种家务。你们换下来的衣物，只需要放在房间的置物篮内，Mary 会帮你们洗好、熨烫，放进衣柜。

"司机崔平，你们就叫他崔叔吧。日后你们想要去北京城的什么地方逛逛，崔叔会开车陪同。只是你们出去之前，最好是告知我一声，好吗？"

陈忡和黎芳呆滞地点了点头，仿佛置身于幻梦之中。

"这套房子很大，总共三层楼，有八个房间。你们以后慢慢熟悉吧。现在，我带你们去自己的房间。"罗曼说。

莫雷和齐薇跟着他们一起走到二楼。罗曼指着两个相邻的房间说："这两个房间，随便你们挑选。反正大小和布置都是差不多的。"

说着，他推开其中一个房间的门。映入眼帘的，是巨大的落地窗和华美的窗帘。一张两米宽的大床摆放在正中间，屋内还有书桌、衣柜和单独的卫生间，整个房间大概有六十多平方米，比陈忡以前整个家还要大。

"我一个人……住这么大的房间？"陈忡愕然。

“你们想两个人一起住吗？”齐薇眨了下眼睛，故意逗他们，“其实我觉得这是个好主意。”

陈忡和黎芳立即羞红了脸。陈忡说：“我不是这个意思，只是……这也太浪费了。”

“你慢慢会适应的。”罗曼对他说。

莫雷说了声“对了”，转身跑下楼去，过会儿拿了两个崭新的苹果手机回来，分别递给陈忡和黎芳：“这是新款的 iPhone7 plus，就算我送给你们的见面礼吧。”

陈忡他们虽然不知道这款手机值多少钱，但想来必定价格不菲。他俩个性淳朴，摆着手说：“啊，这么贵重的礼物……”

“收下吧，”罗曼说，“是我叫莫雷买的。你肯定也想随时跟你妈妈联系吧。”

陈忡和黎芳对视一眼，收下了手机，说道：“谢谢。”

罗曼对莫雷和齐薇说：“好了，你们先下去吧。我想单独跟他们说几句话。”

两个人点头，走出房间，将房门带拢了。

罗曼坐到书桌旁的一张椅子上，并招呼陈忡和黎芳坐在他对面的床沿上，望着他们俩说：“以后，你们就把这里当成家，在这里学习、生活，相信很快就会适应新的生活了。”

陈忡问：“罗老师，您呢？也住在这里吗？”

罗曼点头道：“是的，我住在三楼的卧室。齐薇和莫雷也住在三楼。厨师、菲佣和司机住在一楼。”

他顿了一下，说道：“有件事情，我要提前说一下。那就是，我们虽然住在一套房子里，但应该尊重彼此的隐私。所以在没经得对方同意的情况下，不要擅自进入别人的房间。当然，你们俩之间除外。”

陈忡和黎芳虽然都出身贫穷家庭，但礼数还是懂的。他俩一起点头，表示明白。

罗曼迟疑了片刻，似乎有些话难以启齿，却是必须要说的："我相信你们能做到，但以防万一，我还是得强调一句——**不管出于何种原因，你们千万不要到莫雷和齐薇的房间去。特别是莫雷在房间里的时候。**"

陈忡和黎芳为之一怔。他们俩都是老实人，说不会到别人的房间去，就肯定会做到，绝非心口不一。但是罗老师特别强调这个，倒令他们心生疑惑。**莫雷的房间里，有什么不可告人的秘密吗？**

陈忡很想问"为什么"，但他清楚罗老师的个性——能说的，他自然会说；如果他不想说，问了也没用。所以他忍住了。

罗曼说："反正这一点，你们切记。另外就是，陈忡，你跟你母亲时常联系，这个没有问题。但是你不要告诉她这里的具体地址。她知道这一点，对你和她都不利。"

陈忡默默点头，然后望着罗曼说道："罗老师，我也想问您一个问题。"

"问吧。"

"北京的教授，都这么有钱吗？买得起这么大的房子？"

罗曼笑道："当然不是。这不是我个人的资产。"

陈忡说："对，刚才在车上的时候，我听您说'集团'。那这套房子，是集团的财产？"

"没错。"

"什么集团呢？"

罗曼缄默一刻，说道："这些事情，我以后都会慢慢告诉你的。这两天你们先熟悉一下环境，什么都不用做。三天之后，**我会给你们一个任务。**"

"什么任务？"陈忡问。

罗曼神秘一笑："到时候就知道了。"

十二

神秘死亡

迷药的药效在一个多小时后失效了，韩敏的意识逐渐清醒。她完全记不得之前发生了什么事，仿佛刚从睡梦中醒来。睁开眼看到的一幕，令她惊恐万分——她躺在小旅馆的床上，身上只穿着内衣，**腿边趴着一个几乎全身赤裸的中年男人。**

更可怕的是，这个男人双眼圆睁，脸部肌肉僵硬，一动不动，显然已经死去多时了。

韩敏恐惧地捂住嘴，并下意识地把一旁的被子拉扯过来遮挡住身体。她浑身瑟瑟发抖，无法理解这是何种状况。竭力思索，能想起的最近的事，便是在火车站的候车大厅内，一个中年大叔给她买了一盒方便面……

对了，她端视床上这具尸体的脸，想起来了——这就是那个“好心的中年大叔”。

虽然并不清楚发生了什么事，但眼前这种暧昧而危险的状况，任何女人都能猜到几分。她唯一不明白的是，这个打算迷奸她的男人，怎么会死了呢？

尸体上没有任何外伤。也许是过于激动，诱发了高血压或心肌梗死？但这已经不重要了。重要的是，她现在该怎么办？

韩敏迅速地穿上衣服，从床上下来。她竭力让自己保持冷静的思考，但她很快意识到，自己的选择只有两个：

第一，报警，向警察说明情况。

第二，悄悄地离开这家旅馆。

韩敏思维清晰，她眉头紧蹙，发现这两个选择，都有对自己不利的成分。

如果选择报警的话，她该怎样证明，自己才是受害者呢？警察来到现场看到的，只会是一个中年男人死在了这张床上，而她，倒成了犯罪嫌疑人。她自己都不知道这段时间到底发生了什么，该如何向警察说明？

况且她是一个外地人，没有身份证和任何能证明自己身份的东西，无论从哪个角度看，这样的人都十分可疑。警察凭什么相信她的一面之词呢？

还有一个问题，报警的话，警察势必会问她是从什么地方来到关山市的。她不可能说谎。然后，警察就会打电话给里县的同事，从而得知，之前便有两起命案，与她有关。而她在来到关山市的第一天，就又发生了一起命案。别说是警察了，就连她本人都觉得自己可疑。

不行，不能报警。警察一旦意识到我是一个危险人物，是不会轻易把我放走的。她思忖着。但是，如果选择悄悄离开这家旅馆，也有很大的风险。

关键就在于她不知道这一两个小时内，到底发生了些什么，有哪些人见过她，知道她跟这个男人一起来到了这家旅馆。如果她就这样溜走，而目击者把她的衣着、样貌特征告诉警察，被警察抓住，更是跳进黄河也洗不清了。

但是——韩敏分析，这个男人既然用这种卑劣的手段把自己弄到旅馆打算实施迷奸，自然也不会大张旗鼓、明目张胆吧？想来他应该是极度小心谨慎，尽量避免让人看到行踪才是。

就在她思前想后，还没拿定主意的时候，门外突然传来了敲门声。

韩敏倏然紧张起来，惊惶地扭过头，望向屋门。

是旅馆的服务员："你好，你们订的两个小时的钟点房，已经到时间了，还要加钟吗？"

韩敏不敢出声，心脏怦怦直跳。她注意到了"你们"这个词，可见旅馆服务员非常清楚，这个房间里起码有两个人。

服务员见没人回答，加大了音量："里面有人吗？你们的钟点房到时间了。"

见还是无人应答，女服务员提示道："我要进来了。"

韩敏全身的毛孔都竖立起来了，她不敢再不开腔。在服务员用钥匙打开门之前，她说道："等一下，别进来。"

门外的服务员停止开门，说道："你们的时间到了。"

韩敏说："再加一个小时，出来的时候付钱。"

门外沉寂了几秒："好吧。"

听见脚步声离开的声音，韩敏松了一口气。她不敢在这里多待下去了，必须尽快做出抉择。

如果报警的话，十有八九会被警察扣留甚至拘禁。悄悄溜走，尚且有彻底摆脱的机会。权衡之后，韩敏打算冒险一试。但她非常聪明，知道不能就这样离开，必须想办法伪造现场，不然尸体就这样摆在床上，实在是太像谋杀了。

她费了九牛二虎之力，把这具重达150斤以上的尸体拖到了卫生间。这个男人本来就全身赤裸，只有腰间裹着浴巾。被人发现的时候，给人的感觉应该是他在洗完澡后突发疾病而亡吧。

韩敏浑身是汗，她打开龙头洗了一个冷水脸。然后，她注意到了中年男人脱下来的，放在卫生间盥洗台上的衣物。

韩敏翻找这个男人的裤兜，从里面搜出了三百多块钱和一部手机。她需要这些钱，但她不想造成这个男人遭到了洗劫的感觉，只拿了200元，把剩下的钱和手机塞了回去。

之后的难点，便是如何离开这家旅馆了。就这样走出去吗？在走廊和前台，都有可能被人看见自己的样貌。但是房间里，没有任何能遮挡面容的东西。

韩敏想到了一个办法。她将门打开一点，观察走廊上有没有人路过。等到没人的时候，她迅速走出房间，将门带拢。

然后，她低着头，用手捂住嘴，如果遇到有人迎面走来，她就轻声咳嗽，假装成患病的样子，主要目的是挡住半边脸。

通过走廊之后，她站在二楼到一楼的楼梯间，从这里恰好可以看到前台的状况。旅馆的前台现在只有服务员，她等候了一会儿，看见几个提着行李的人走进旅馆，到前台办理入住。

机会来了。她趁服务员不注意的时候，捂着脸下楼，悄然走出了旅馆。出门的时候，她的心脏怦怦直跳，生怕服务员认出了她，或者把她叫住。

幸运的是，并没有发生这样的事。她顺利地走出了旅馆。然后，她几乎是小跑着离开了这条巷子，来到熙来攘往的大街上。

正好有一辆公交车开了过来，在站台前停下。韩敏根本不管这是哪一路公交车、开往何处，就跳上了车。她要做的是尽快离开这里。

如果她没猜错的话，卫生间里的尸体，会在最多半个小时内被发现。然后这家小旅馆就会炸开锅，警察赶至展开调查。

虽然离开的时候，她相信没有引起任何人的注意。但她无法保证进入这家旅馆的时候，有没有给人留下印象。她现在要做的，是赶快改变自己的衣着和外貌特征。

公交车开了两站路后，韩敏下了车。这条街叫什么名字、这是哪里，都不重要。反正整个城市对她来说都是陌生的。她之所以下车，是因为她看到了街道两旁的几家服装店。

韩敏走进一家看起来最不起眼，也可能是最低档的服装店。她根本没心思精挑细选，目的只是找到一套跟自己身上颜色和款式差别最大的衣服。很快她发现了一条黑色连衣裙，价格是160元，很好，在她能支付的范畴。

女店员找出一条尺码适合的给她试穿。韩敏换上连衣裙后，在穿衣镜前照了一下，很合身，跟之前的白色T恤、牛仔短裤差别也比较大。她对女店员说："这条裙子我买了，穿走。麻烦你把换下来的衣服帮我装起来吧。"

女店员说了声"好的"，用一个纸袋把韩敏换下来的T恤和短裤装好。韩敏付了钱，走出这家店。

拐过街口，她走到一条僻静的小巷。观察周围没人经过的时候，她把T恤丢进了街边的垃圾箱。然后，她继续往前走，把短裤和纸袋扔进了另一条街的垃圾箱内。

光换装是不够的。韩敏走进一条小街的发廊，对理发师说："我想换一个发型，帮我剪个清爽的短发吧。"

理发师说："你的脸型很适合时尚、帅气一点儿的短碎发，要不要尝试一下？"

韩敏说："可以。"

半个小时后，她变成了干净利落的短碎发造型，相较之前的齐肩刘海发型，减少了一些女性的温婉，多了几分英气。漂亮与否倒是其次，关键是，改换发型和衣着之后，她跟之前相比，真是判若两人。她相信，现在就算回到那家旅馆，服务员也未必能把她认出来。这就足够了。

韩敏付了30元理发的钱，走出发廊。加上坐公交车用掉的两元钱，她身上只剩8元钱了。

韩敏叹了口气，她似乎又回到了原点。如果没法找到一份工作，她又将面临露宿街头的命运。特别是，她现在连火车站都没法去了。

刚才在发廊，她看了墙上的挂钟，现在是下午四点。再过三个小时左右，天色就会暗下来，进入晚上了。短短的三个小时，能找到一份工作吗？简直是痴人说梦。就算是有身份证和学历的人，恐怕也很难办到吧。

突然，她想起了汽车站旁边那条街上，“芳芳按摩店”的娟姐说过的一句话——“等逼到那份上，你会回来的”。

天哪，我在想什么？！她双手捂住发烫的脸颊，几乎想给自己两耳光，让自己清醒过来。就算是沦落至此，我也不能去那种地方！

离天黑还有两个小时，不能放弃希望，必须试着去找一份正当的工作。她对自己说。我可以跟老板商量，我不要工钱，只要包吃住就行，总有一家餐馆会要我的。

韩敏打起精神，沿街寻找小餐馆、小吃店或者火锅店之类的餐饮商家。她唯一的工作经验就是在火锅店当服务员，她也觉得自己只能胜任这样的工作。

但是，跟之前一样，询问了好几家店，都不招人。其中一家夜宵店的老板听说韩敏一分钱工资不要，倒是有几分兴趣。但是听说她连身份证都没有的时候，他表示不敢接收这样的人。

韩敏看出来了，老板担心的是遇到逃犯之类的人，怕到时候落个窝藏的罪名。讽刺的是，她还真是个逃犯。虽然她并没有杀人，但直觉告诉她，**那个中年男人的死，不可能跟她毫无关系**。

韩敏意识到，她不能再对任何餐馆老板说，她只求吃住，不要工资了，这样简直疑点重重。要是某个敏感的餐馆老板报了警，她可就吃不了兜着走了。

一晃就到下午五点多了。韩敏经历了这么多事，又累又饿，但她舍不得花掉身上仅剩的 8 块钱。在找到工作之前，这 8 块钱是她唯一的精神支柱。

又拐过一条街，她打算再碰碰运气。在走向一家中餐馆之前，她路过了一家家政服务公司。无意中瞥到了公司玻璃门上贴着的一张招聘启事，上面写着：

招聘清洁员、保洁员两名。性别不限、年龄不限、学历不限。能吃苦耐劳。

保底工资 2000 元加提成。

韩敏呆呆地看着这张招聘启事，突然想起了发生在自己身上好几次的“神秘清洁事件”。

我……能不能利用这项“特殊技能”来做清洁，获得这份工作呢？

但是，我该怎样向老板说明这一情况？而且这样做，岂不是等于公开了这个“特殊能力”？这真的合适吗……

她陷入了迷茫。

随即，她想到了一个折中的办法，深吸一口气，推开了家政公司的玻璃门。

十三

对赌游戏

这家家政公司位于二楼，规模很小，只有一间接待室、一个杂物间和一间“总经理办公室”。现在是五点多，估计快到下班时间了，接待室里一个人都没有。

韩敏看见总经理办公室的门是虚掩着的，她走了过去，轻轻敲了敲门：“你好。”

里面传出一个男人的声音：“哪位？请进。”

韩敏推开门走了进去，看到办公桌前坐着一个身穿白色短袖衬衫、年龄二十七八岁的男士，估计就是这家公司的总经理了。她还没开口，对方问道：“你好，你是想请阿姨打扫卫生吗？”

韩敏摇头道：“不是，我是看到楼下的玻璃门上贴的招聘启事，您这儿是要招清洁员、保洁员吗？”

“对。”经理说道，“你是……家里有什么农村亲戚，想找工作吗？”

韩敏的脸有些泛红，说道：“不，是我本人想要应聘。”

经理露出吃惊的神情：“你本人？来应聘清洁工？”

韩敏说：“不可以吗……我看到招聘启事上说，年龄、性别、学历都不限……”

经理站了起来，打量了她一番，说道：“不是这个问题。只是……你让我缓缓，我从来没遇到过这种事。”

韩敏尴尬地站在原地，有点儿不知所措。

须臾，经理问道：“你是什么学历呀？”

韩敏不知道该怎么回答了，她不想把之前出车祸、失忆的事情说出来。但她也不想说出“我也不知道我是什么学历”这种让人生疑的话。她试图避开这个问题，说道：“招聘启事上不是说，不限学历的吗？”

“对，是不限学历。但我感到好奇，你能告诉我吗？”经理执意要知道。

韩敏只能胡诌了：“大学……专科。”

经理难以置信地说：“你一个大专生，又这么年轻漂亮，怎么会来应聘清洁工？做这工作的，一般都是农村大妈、下岗职工之类的，你愿意当一个清洁工？”

“没事，我觉得这工作……挺适合我的。”

经理眯着眼瞧了她一阵儿，说道：“我们一个月的保底工资才 2000 块，就算加上提成，也最多三千出头。”

韩敏说：“可以，我愿意。”

经理问：“你会打扫卫生吗？这可是脏活累活呀，马桶呀什么的都得刷干净。

韩敏连连点头：“没问题，我比一般人打扫得干净多了。”

经理挠着脑袋，显然今天这事儿让他有点儿摸不着头脑。过了一会儿，他说道："你要真愿意干这活，也行，那你把身份证给我看一下吧。"

来了。韩敏知道，这是一个无法回避的问题。她找工作困难，主要就是卡在这事儿上了。她低着头说："我的身份证丢了……"

"什么，没有身份证？"经理一听，明白了几分，"那我怎么敢让你在公司上班呀？"

韩敏说："我不是坏人，我可以跟你保证，我只是……"

经理摆了摆手，示意她不用说了："没有身份证是绝对不行的。我们家政公司派到客户家里打扫卫生的清洁员，身份必须明确。你没有身份证，我知道你是什么人？有没有案底呀？万一——我是说万一啊，你手脚不干净，拿了客户家里什么值钱的东西，然后跑了，我找谁去？报案都不知道让警察抓谁！"

"不会的，我绝对不会的！请你相信我，好吗？"韩敏苦苦哀求。

经理不耐烦地挥了挥手："你跟我保证也没用。我们公司是有原则的，你走吧，我也要下班了。"

韩敏再次碰壁，心中无比沮丧。她悲哀地打算出门，走了几步，转过身说道："我能帮你赚钱，赚大钱。"

经理嗤笑一声，说道："行了吧，我们就是家小小的家政公司，赚不了大钱。难不成帮客户打扫一次卫生，收他个七八千？你觉得可能吗？"

韩敏说："七八千可能没法收，但是两三千一次，是可能的——**如果我去做卫生的话。**"

经理用疑惑的眼神望着她，问道："什么意思？"

韩敏说："我可以在半个小时之内，把一套住房打扫得干干净净，一尘不染。"

"行了行了，你就吹吧。"经理觉得自己是在浪费时间，他做出要离开的举动，"我都算是能吹的了，你比我还能吹。"

韩敏用身体挡住他："你不相信，可以马上试验一下。我刚才已经观察过了，你这个办公室，好久都没有打扫过了吧？你给我半个小时，或者二十分钟也行，我就能把这个办公室彻底打扫干净。"

经理从没见过这么缠人的应聘者，他不耐烦地说道："我没这工夫跟你瞎耗，走走走！下班了，我要关门了。"

韩敏使出激将法："你敢跟我打个赌吗？"

经理斜睨着她："赌什么？"

"如果我做到了——在半个小时之内把你的办公室彻底打扫干净——你就给我这份工作；如果我没做到……"说到这儿停了下来，她也不知道如果赌输了的话，应该怎么办。

经理有了点兴趣："说呀，如果你没做到，就怎样？"

韩敏说："你说吧。"

这经理是个26岁的单身男人，独自居住，这家家政公司是他创业开的第一家公司。今天这事儿还真是前所未有，一个年轻美女送上门来，死活要在他这儿上班，还玩什么打赌。听这意思，要是她赌输了的话，可以对她提出某个要求？想到这儿，他内心一阵躁动，忍不住坏笑一声，转身对美女说道："要是你没做到，就当我女朋友，今晚跟我回家，可以吗？"

韩敏脸红耳烫，知道他在打什么鬼主意。但现在已经接近六点了，她要是没法获得一份工作（最好是能预支点工资），今晚真的要露宿街头了，那更加危险。她咬咬牙，说道："好吧！"

经理说："咱们先说好啊，什么叫'彻底打扫干净'——窗户、地板、桌子、柜子，包括桌子上的摆设——这间屋子里所有的一切，都得打扫干净才行。总之，要达到我们公司上门去给客户做清洁的标准，有问题吗？"

"没问题。"

"那好，"经理看了一下手表，"现在是五点五十分，六点二十之前做完。

你开始吧。”

韩敏说：“我打扫卫生有个条件，房间里不能有其他人。你得出去，半个小时之后再进来检查。”

“行。那我在外面等你。”说着，经理朝屋外走去。韩敏打算将门锁好。

“等一下，你就这么打扫呀？抹布、墩布什么东西都不拿？你用手擦桌子呀？”

“哦……”韩敏这才意识到好歹应该做个样子，“我忘了，这些工具在哪儿？”

经理满腹狐疑地望着她，指了一下杂物间的位置。韩敏去里面随便拿了一个抹布和一把墩布，走回办公室，把门锁上了。

经理捂着嘴，忍住没有笑出来。这女孩拿进去的抹布和墩布都是干的，办公室里面又没水。她用干墩布和抹布，就能把这间屋打扫得“一尘不染”？而且她连擦玻璃用的清洁剂和双面刮都没拿。这样一个全无半点经验的外行，还敢夸下海口，在半个小时内打扫彻底，简直是痴人说梦。

经理做这行已经有一年多了，他心里非常清楚，就算是一个熟手，要把他那间半个月没有打扫过的办公室彻底打扫干净，最快也得两个小时。别的不说，光是擦那几扇玻璃，就得一个多小时。这女孩，是不是太天真？

结果没有任何悬念。他只需要在接待室玩半个小时的手机，就能把这个貌美如花的女孩带回家了。他激动地左手捏紧拳头，心中大喊一声：耶！吃定了！感谢老天送我这样一份“厚礼”！

走进办公室的韩敏，把抹布、墩布丢在一旁，坐到了办公桌前的皮转椅上。她双手平放在桌子上，当作枕头，头搁在手臂上，闭上眼睛。她知道，只要顺利入睡，半个小时之后，这间屋子就会彻底干净了。前面几次都是这样的，她相信这次也不会例外。

但是，这次毕竟跟之前的情况不同。她跟这个男人打了赌，是绝对不能输的。然而，她这样想，这份压力便带来了焦灼感，令她无法安然入眠。她越睡不着，又越发焦急，陷入了恶性循环。

况且，她也并不是有百分之百把握的。这种事情毕竟只出现过三次，没法保证会百试不爽。万一这次恰好“失灵”了，该怎么办？

好了好了，别瞎想了，时间已经过去好几分钟了。她试图催眠自己：之前不就已经很疲倦了吗？放空思想，很快就能睡着了……

经理掐着表，六点二十一到，他就站起来，走到办公室门口，敲了敲门：“好了吗？打扫干净了吧？”

里面没人回应。他有些疑惑，心想这女孩不会是跳窗跑了吧？立即摸出钥匙，说道：“我进来了啊！”

他打开办公室的门，推门一看——女孩坐在办公桌前的转椅上，双眼空洞、神情呆滞，像是遭受了什么重大打击。他走了过去，用食指在办公桌上随便一抹，翻过来一看，满手指的灰。他讥讽道：“嗤，打扫得真‘干净’呀，跟之前一模一样。”

毫无疑问，韩敏在这半个小时内，并没有睡着。除了内心的焦灼之外，还有另一个她之前没有料到的因素，影响了入睡——现在是下班高峰期，外面车水马龙，各种汽车鸣笛、路人喧哗的声音，令她根本无法入眠。

经理懒得做样子去检查地板、窗户了，这个结果完全在他的预料之内。他走过去，一屁股坐在了办公桌上，对韩敏说道：“虽说是君子一言，驷马难追，但小女子说出的话，也不能不算数吧？这可不是我要占你便宜啊，是你自己提出要跟我赌的。现在输了，得愿赌服输吧？”

韩敏心中说不出的颓丧和委屈，眼泪在眼眶里打转，她强忍着眼里的泪水，说道：“你想怎么样？”

“什么我想怎么样？之前不是说好了吗？你输了的话，就跟我回家呗。当不当女朋友另说，起码得有个‘一夜情’吧？”他把脸凑过去，坏笑着说，“放心吧，哥身强力壮，活儿好着呢，亏不了你。”

韩敏把脸扭过去，厌恶地骂道：“下流！”

“欸，这叫什么话？怎么叫下流呢，风流还差不多。男人不风流，怎么能快活呢，你说对吧？”说着，一只手搭在了韩敏的肩膀上。

韩敏把他的手一下甩开，这个举动却让经理以为她是欲拒还迎，心中的欲火烧得更旺了。他解开衬衣上面的两颗扣子，露出厚实的胸肌，说道：“干脆咱们也别去我家了，就在这儿吧，反正办公室里也没人……”

韩敏接连两次落入色狼之手，心中的憋屈和愤懑无从诉说。她大叫一声“不要”便迅速退到办公室的墙边，双手护在胸前，放声痛哭起来。

经理见她真的哭了出来，知道不可能是“欲拒还迎”了。他有些失望地撇了下嘴，把衣服扣子扣好，然后烦躁地喝了一声：“好了！别哭了！我最烦女人哭了！”

韩敏被他这声大喝吓得哆嗦了一下。她望向经理，见他已经没了“那个意思”，稍微安心了一点儿。

经理转过身去，用手把顶起来的西装裤子费劲地按了下去。片刻后，他扭过头说道：“你走吧。”

韩敏如获大释。这时，她心里反而产生了一丝愧疚感。她知道，毕竟是自己理亏。是她找上门来的，也是她提出要打赌的。现在赌输了，她多少有点儿反悔和耍赖的意思。这个男人身高一米八以上，身材健硕，他真要硬来的话，估计反抗也没用。韩敏眼睁睁看着他把“火”压了下去，可见他也不是一个坏人，心里倒有几分歉疚了。

韩敏说了一声：“对不起。”朝办公室外面走去了。

“等一下，”经理叫住她，“你是外地人，又丢了身份证和钱包，对吧？”

韩敏回过头，“嗯”了一声。

“那你打算怎么办呢？没在我这儿找到工作，别的地方也不可能要你吧？”

韩敏凄然道：“没事，我大不了今天晚上不睡觉，明天再接着找工作……”

经理长叹一口气，摇了摇头，说道：“算了算了，别说得这么悲催。走吧，去我家。”

韩敏愣住了，低声道：“那不还是一样吗……”

“什么‘还是一样’？”经理白了她一眼，“我之前说带你回家，是真想把你‘那个’了。现在我说的不是一回事，你去我家住一晚上吧。我家有两个卧室，我不会占你便宜的！”

韩敏拿不准该不该相信他，迟疑道：“真的吗？”

“当然是真的，男子汉大丈夫，说到做到！”他拍着胸脯保证道，随即又撇了下嘴，“谁像你，愿赌不服输。害我憋出内伤……”

韩敏被他这句话和脸上的表情逗得想笑，又觉得露出笑颜显得轻浮，只好绷着嘴，把笑意硬生生压抑住了。

“走吧，我都饿了，先去吃饭！”经理命令般地说道。韩敏听话地跟着他离开了办公室。

走到楼下的时候，经理突然望着她，问道：“对了，你叫什么名字呀？”

“韩敏。”

“我叫**夏赢**。”他伸出手来，“虽然已经打过交道了，还是正式认识一下吧。”

韩敏伸出手，跟他握了一下。这个时候，她才认真地观察了一下这个男生的长相——眉目分明，面容俊朗，皮肤是健康的小麦色——居然是个阳光型男。

“走，去吃饭了。”夏赢大方地牵着韩敏过了街，韩敏竟觉得心中小鹿乱撞。

然而他们并没走进某家餐馆，而是进入了一家药店。韩敏困惑地问道：“怎么了，你生病了吗？”

“没有，我买几个套。一会儿可能要用。”

“你……”韩敏的脸一下红到了脖子根。

“哈哈哈哈，我开玩笑的！”夏赢发出爽朗的大笑，“对不起，看到你一脸严肃的样子，我就忍不住想逗你，太好玩了！”

韩敏很无语。她在心中叹息——跟着这个男人回家，真是明智的选择吗？

十四

“千万计划”

陈忡和黎芳在别墅里住了两天，渐渐适应了这里的生活。其间没有发生什么特殊的事情。罗曼教授、齐薇和莫雷都很亲切，让他们俩感到身心愉悦。

这两天，陈忡用手机跟母亲视频通话。母亲得知他现在住在这么好的地方，过着上等人的生活，备感欣慰，知道罗曼教授当初所言不虚。

第三天的早餐结束后，罗曼在餐桌上说道：“陈忡，还有黎芳，记得三天前我跟你们说过的话吧？从今天开始，我会给你们安排一个任务。”

陈忡和黎芳连连点头，他们一直想着这事，十分好奇。陈忡问道：“什么任务呀，罗教授（到这里的第二天，他们俩就跟着齐薇等人称呼罗曼为教授了）？”

罗曼冲莫雷使了个眼色。莫雷心领神会，到一楼的某个房间去，拿了一个沉甸甸的皮箱出来，摆在餐桌上面。罗曼对齐薇说："你把崔平叫过来一下。"

片刻，齐薇把司机崔平——一个30岁左右、看起来十分沉稳的男人带来了。崔平跟教授点头问好。罗曼说："你坐下来吧，我们要说的事情跟你有关。"

司机落座后，罗曼对莫雷说："把箱子打开。"

莫雷打开这个皮箱，然后将皮箱推到陈忡和黎芳面前，面向他们。

陈忡和黎芳的目光接触到箱子里的东西，同时睁大了眼睛，露出惊愕的表情。

整整一箱子的钱，并且一沓一沓码得整整齐齐。他们俩在梦里都没见过这么多钱。陈忡记得母亲曾经跟自己说过，家里有一张8000块钱的存折，是母亲辛辛苦苦积攒下来，准备给他交高中学费的。

"这是一百万现金。"罗曼说，"我给你们的任务就是——**今天之内，你们俩把这笔钱全部花完**。"

"什么？"陈忡张口结舌，黎芳也惊呆了。

"你们没有听错，"罗曼逐字逐句地强调道，"现在是上午八点半，今天晚上九点之前，你们必须把这一百万全部花出去。"

"为什么？"陈忡问道。

"不为什么。"罗曼说，"这就是我给你们安排的任务。陈忡，你一直想知道关于自己的秘密，对吧？那么，你必须完成这个任务，我才会告诉你这个秘密。不然的话，我是不会说的。"

陈忡和黎芳表情复杂地对视在一起："但是，我……"

"我知道，你从来没花过这么多钱，也没见过这么多钱，自然不知道怎样才能在一天之内把这些钱花掉。但你很聪明，我相信你能办到的——靠你的摸索和领悟。"罗曼说。

陈忡面有难色地说："罗教授，我觉得，这也太奢侈浪费了。天哪，一百万，我妈妈起早贪黑一天，才赚百十块。而我要在一天内花掉这么多钱……

如果把这些钱寄给我妈妈，她就不用这么辛苦了，可以过上好日子了。"

罗曼伸出手，握住陈忡的手，说道："陈忡，我知道你是个孝顺的孩子，处处为母亲着想。你的品质令我感动。我跟你保证，只要你完成这个任务，我绝对会让你妈妈过上好日子。我之前也跟她保证过的，你记得吗？"

陈忡轻轻点了点头。

"所以，你不要有任何心理负担，就把这当成是我给你出的一道考题，你只需要全力去完成就行了。而且，你只有完成了这道考题，才能在未来的日子里真正地帮上你妈妈。"

陈忡和罗曼对视了半分钟，点头道："好吧。"

罗曼满意地笑了一下，说："那好，现在我来说一下这个考试的**规则**，你们听好了，不要犯规，不能作弊。

"第一，这笔钱只能用于个人消费，仅限你们两个人。也就是说，你们可以用这笔钱买任何自己喜欢的东西：衣服、食品等，但是不能把钱送给别人，或者让其他人帮你们花钱。还有，买的东西必须是跟你们自己有关的。比如说，你们不能买一堆东西回来送给我或者齐薇、莫雷，这算犯规。

"第二，不能刻意浪费。比如说到某家餐厅点一百道菜看着玩儿，这也不行。得根据你们自身的需求来进行消费。

"第三，这笔钱不能用来买房子、车子之类的'大东西'。当然你们也买不了，你们没有北京市的户口。但是有些大件物品是不需要户口就能买的，比如家具家电什么的，这就属于我说的'大东西'。你们买了也不知道该堆在哪儿，我们这套房子里更不需要这些。"

陈忡和黎芳点头，表示明白了。

罗曼说："简单地说——你们不能买任何需要商家送货上门的东西。你们买的东西，你俩自己就能拿回来，懂了吗？"

"知道了。"陈忡说。

罗曼点了下头，继续道："第四，这笔钱只能用于消费，不能用作投资。比如股票、基金、期货、比特币、贵金属之类的，都不能买。"

陈忡苦笑道："我本来就不懂，也不会买这些东西。"

齐薇和莫雷笑了一下。罗曼接着说："最后一条，以下一些特殊商品不能买：古董、字画、珠宝玉器之类的。首先，这些东西你们不懂行情，极有可能被骗；第二，买了你们也用不着。"

陈忡和黎芳颔首表示明白了。罗曼说："好了，就是这几条规则，你们记好。一会儿，司机崔平会开车全程陪同你们。但是去北京城的什么地方、买什么东西、去哪儿消费，全部由你们决定，他不能给出任何意见和提示。"

罗曼对司机说："小崔，你听明白了吧？如果你提醒了他们，哪怕是不小心的，你就会失去这份工作了。"

崔平点头道："我知道了，教授。"

罗曼看了下手表："那就开始吧，现在刚过上午九点，晚上九点之前必须到家。你们有接近十二个小时的时间，我相信你们能办到的。记得把每样消费的收据带回来，让我检查一下。"

"好的。"陈忡和黎芳站起来，准备"挑战任务"了。黎芳有些担忧地说："教授，我们就这样拎着一百万现金在大街上走？"

罗曼说："小崔帮你们提箱子吧，他跟在后面，跟你们保持一段距离。你们要用钱的时候，示意他过来付钱就行了。"

崔平和陈忡两人一起点头。齐薇在一旁双手托着下巴，羡慕地说："这种好事怎么没落在我身上？我也好想挑战这个任务。"

罗曼笑了一下："你用得着'挑战'吗？不到一个小时，你就能把这一百万给我花出去。"

齐薇吐了下舌头，她本来就是开玩笑的。陈忡不敢再浪费时间，对罗曼说道："教授，那我们出去了。"

"好的。"罗曼突然想起了什么，说道，"对了，事先跟你们说一下。**这个任务的周期是十天，不是只有今天一天。**"

陈帅惊呆了："十天？您是说，每天我们都要花掉一百万？"

"对，**十天一共一千万**。而且有个要求，每天消费的场所，购买的物品不能重复。"

陈帅和黎芳张口结舌，面面相觑。一千万。他们的父母工作一辈子，甚至两辈子，都不可能赚到这么多钱，而他们要在十天之内把这些钱全部挥霍掉。这个任务，简直是在挑战他们的心理承受能力。

崔平把奔驰车从车库里开了出来，陈帅和黎芳上了车，坐在汽车后排。装着一百万现金的箱子，放在副驾驶的位置。

罗曼看着车子驶出别墅区，齐薇在一旁说道：**"教授，我大概猜到您的用意了。您这招儿可真狠呀。"**

罗曼瞄了齐薇一眼，眼神凌厉。齐薇缩了下脖子，说道："我回房间去了。"

罗曼伫立在原地，一只手轻轻捏着下巴，显得若有所思。

良久，他从裤包里摸出手机，拨通一个号码。电话接通后，说道：**"'琉璃'，你还没有找到'她'吗？"**

对方不知道说了些什么。罗曼面有愠色地说道："好吧，我再给你一些时间，你继续找。一旦有什么消息，立即向我汇报。"

挂了电话，他凝视远方，眼神深不可测。

车子开到了大道上，崔平把车停在路边，问道："我们去哪儿？"

陈帅和黎芳都是第一次到北京，完全没有概念。陈帅脱口而出："北京什么地方最热闹？"

崔平面露难色："陈帅，你可别为难我呀。"

陈帅这才想起罗曼教授跟司机嘱咐过的话。但是在他的印象中，罗老师应该不是这么严厉和较真的人，所以说道："你就带我们去一个热闹点的商业区，应该没问题吧。这辆车上就只有我们三个人，只要咱们不说出去，谁又知道你有没有帮过我呢？”

本来他只是随口一说，没想到听了这话，崔平竟然脸色大变，有几分紧张地说道：“算了吧，我可不敢违背罗教授的意思，**他的手段……**”

他猛然打住，意识到失言了，迅速岔开话题：“好了，你们快决定吧，到底去哪儿？”

陈忡和黎芳对视了一下。他们都听到崔平说的那半句话了，但是不太明白这意味着什么，也不便询问。想了一会儿，陈忡说：“要不，去天安门广场吧。北京我就只知道天安门了。”

黎芳补充了一句：“还有故宫和颐和园。”

陈忡说：“但那是景区，应该花不出去这么多钱吧？”

黎芳说：“天安门广场又有什么好花钱的？”

陈忡思忖着说：“虽然我没来过北京，但在课文上学过，天安门广场应该在整个北京市的中心。广场上当然没什么可以花钱的地方，但只要到了市中心，应该会有很多商场吧？”

崔平在心里暗忖，这小子虽然是个土包子，但确实聪明。他的思考方向，是完全正确的。但他并未展露出任何表情，只是问道：“你们商量好了吗？是不是去天安门？”

“对，去天安门。”陈忡决定了。

奔驰车朝天安门的方向开去。

陈忡和黎芳对北京市严重缺乏了解和认识。他们虽然知道北京很大，但也没想到大到了这种程度。从郊外的别墅区开到位于市中心的天安门，加上路上有点儿堵，竟然用了两个多小时。

一路上，陈忡和黎芳贪婪地看着车窗外鳞次栉比的高楼大厦、造型独特的现代建筑，感叹着大都市的高端和繁华。车子开到天安门广场的时候，他们俩更是被雄伟壮观的天安门震撼了。两个多小时的时间不知不觉就过去了，等他们反应过来的时候，已经接近中午十二点了，一百万还一分钱都没花出去，他俩有些急了，又没法儿询问司机。陈忡只有对崔平说："麻烦你朝前面开吧。"

车子沿着东长安街行驶，一路上，陈忡观察着街道两旁的建筑。皇城墙遗址、中国公安部总部大楼、长安大厦、中华人民共和国商务部……这些地方都没法进行消费呀。陈忡额头上开始出汗了。

终于，一个购物广场出现在他的视线范围内。陈忡说道："去这儿吧。"

"好的。"崔平应了一声，把车开进了购物广场的地下停车场。

乘坐电梯来到商场的一楼，提着一箱子现金的崔平便刻意跟他们保持了一段距离，按照罗曼教授交代的那样，默默地跟在陈忡和黎芳后面，不做任何表态和提示。现在是中午，商场里的人纷纷进入各家餐厅。这层楼起码有三十多家餐饮店，北京菜、川菜、粤菜、西餐、日料、泰国菜……看得他们眼花缭乱，不知道该做何选择。

这时黎芳用手肘碰了下陈忡，指着一家店说："你看，这儿有家肯德基。"

陈忡说："你吃过肯德基吗？"

"没有，"黎芳说，"但我以前班上有同学吃过。她说肯德基挺贵的。"

"有多贵？"

"这我就不知道了，她没说这么详细。"

陈忡说："管他呢，只要贵就好。走，咱们就吃肯德基！"

于是，两人走进肯德基餐厅。崔平也跟着进去了。

陈忡一眼就看到了餐厅正前方的餐牌和价格。汉堡是二十多块钱一个，炸鸡、烤翅什么的基本上就是十几块，饮料也是十几元一杯——如果跟懋县的消费水平相比，确实是不便宜了，但今天的任务是花掉一百万。肯德基的人均消费顶天了也就 100 块钱，距离他们的目标，实在是差得太远了。

其实闻着店内的炸鸡香味，两人都很想吃。但是鉴于要完成任务，他们只有忍了，走出了肯德基。

在商场内又寻觅了一阵，陈忡发现了一家看上去挺高档的，以北京烤鸭为特色的店。他对黎芳说：“北京烤鸭驰名中外，估计价格也不便宜，要不吃这个吧。”

“行。”

他们走进了这家烤鸭店。服务员迎上前来招呼道：“您好，两位吗？”

陈忡正要说“三位”，崔平走了上来，对他们说：“不，我不跟你们一起吃。教授交代过的，我不能参与你们的任何消费。”

陈忡说：“就吃顿饭，不至于吧。你一个人又能帮我们吃多少钱？”

“不行，一分钱都不行。”崔平连连摆手，“你们吃，我在旁边随便吃点儿东西，一会儿过来帮你们买单就行了。”

服务员纳闷地看着他们，显然没弄懂这番对话是什么意思。

陈忡叹了口气，说：“好吧。”然后对服务员说，“就我们两位。”

服务员领他们到一张两人位的小餐桌坐下，递上菜单。陈忡和黎芳共同看菜单，他们关心的根本不是菜品本身，而是每道菜后面的那个数字。

黎芳指给陈忡看：“你看，葱烧辽参，486元一份；松露佛跳墙，398元；椰汁炖官燕，528元；原只南非干鲍，878元——这么贵呀。”

服务员说：“您别光看这最贵的菜呀，咱们这儿也有不贵的。比如这个，清汤狮子头，38元一份。”

陈忡说：“不，我们就是要贵的。就上刚才那四样菜吧。”

服务员愣了一下：“您确定吗？”

“是的。”

这服务员显然有点儿懵了。这俩小孩看起来就十四五岁，穿得也有点儿寒碜，可点起菜来比有些大老板还阔气。刚才那四样菜，几乎是他们这家店最贵的菜了。要不是听到刚才那个拎着皮箱的男人说“我一会儿来买单”，他可能会怀疑这两人是不是来吃霸王餐的了。

服务员例行惯例地询问道："咱们家最出名的是烤鸭，两位不来一只吗？"

陈忡问："烤鸭多少钱一只？"

"198 元。"

陈忡说："行吧，那来一只。"

黎芳提醒道："罗教授说了，不能刻意浪费，咱们两个人吃得下五道菜吗？"

陈忡说："管他呢，我饿了。咱们俩敞开肚皮吃！"

服务员又问："两位需要什么酒水吗？"

陈忡看了一下菜单上的酒水价格，有些失望地说："最贵的无糖蓝莓汁，才 55 块钱呀……"

服务员说："咱们这儿也有红酒，一千多一瓶……不过，两位应该是未成年人吧？"

陈忡"嗯"了一声，说："那算了吧，不要红酒，就要两杯蓝莓汁吧。"

"好的，那我下单了，两位请稍等。"

不一会儿，几道美食呈现在了他们眼前。鲍鱼、燕窝、海参这些名贵食材加上顶级厨师的烹饪，是陈忡和黎芳从来没吃过的极品美味。他们大快朵颐，吃得酣畅淋漓。周围的食客们纷纷侧目，今儿他们也算是长见识了，两个十多岁的小孩，吃了一桌价值两千多的菜。关键是这两人的穿着打扮又不像是富二代，这就让人有点儿摸不着头脑了。

陈忡和黎芳吃得撑肠拄腹，可还是没能把一桌菜吃完，但是也剩得不多了。黎芳说："这应该不算刻意浪费吧？"

"肯定不算，走吧。"陈忡说。

崔平已经等候在一旁了，他叫来服务员买单。这顿饭一共吃了 2600 元。

走出餐厅，陈忡看了一眼手机上显示的时间，有几分焦急地说："已经一点半了，咱们才用出去两千多块钱，这简直是九牛一毛呀！距离晚上九点钟，只有七个半小时了。”

黎芳提醒道：“你忘了回去还要两个小时吗？只剩五个半小时了！”

“哎呀，对呀！”陈忡一拍脑袋，“那得抓紧了！”

他们俩快步朝商场的二楼走去，加快了逛街购物的节奏。二楼主要是一些名牌服装店。走进几家店看了一下，价格倒是不菲，但服装风格不太符合他们的年龄和身份，过于成熟了，也就只能作罢。

商场的三楼有一家苹果体验店。陈忡被最新款的 iPad Pro 吸引了。抛开任务不说，这算是他逛商场看到的最喜欢的一样东西了，毫不犹豫就买了两台 12.9 英寸、256G 版的，一台 11488 元。在这儿一共花掉了两万多。

随后，他们又来到了商场的四楼和五楼。陈忡毕竟还是一个 15 岁都不到的孩子，心理年龄也比较小，对什么高档时装呀、精品摆件呀、高级洋酒呀，一点儿兴趣都没有。他感兴趣的还是小孩儿喜欢的玩具。在五楼的一家玩具城选了一辆高级玩具车和一架遥控飞机。不过再高级始终是玩具，又能贵到哪儿去呢？只花掉了两千多块钱。

至于黎芳，她真没找到什么既适合自己又很喜欢的东西。逛了一大圈，买的东西只有两盒马卡龙和一盒手工巧克力，五百多块钱。

下午四点的时候，陈忡和黎芳发现，他们用出去的钱只有不到 3 万元。只有三个小时了，他们还要用掉 97 万元。这时，他们才真着急了，意识到要在一天之内把这么多钱花出去，对他们来说，真是一件非常困难的事情。

这家商场已经逛完了。陈忡对崔平说：“我们马上离开这里，去下一个地方！”

车子从地下停车场开到地面的街道上。刚开了一小会儿，一栋高耸入云、磅礴大气的高楼出现在眼前。陈忡喊道：“等一下，我们去那里吧。”

崔平心中微微一震。陈忡说的这栋楼，是**国贸大厦**，这是全北京消费最高的地方之一。他在心中暗忖，这小子是运气好，还是有眼光呢？居然能在对北京城完全不了解的情况下，凭感觉找到了国贸这样的地方。

黎芳则完全不知道这栋大厦是干吗的。她有些担心地说道：“这里面是做什么的，你知道吗？”

陈忡说：“我不知道，但是你看，它的对面还有一个银泰中心。这两栋建筑物的门口，都有一些人提着购物袋从里面出来，这说明里面肯定是可以购物的。而且这栋楼（国贸大厦）是这条街上最高的一栋楼，外表看上去也很高端，里面卖的东西一定不便宜。”

听到陈忡的分析，崔平心中暗暗有些佩服。罗曼教授不远千里、费尽心思把这小子从一个小县城找来，看来这小子果然不是池中之物。

车子在国贸大厦旁边的一条街停下。然后，崔平陪同陈忡和黎芳走进了大厦。

国贸大厦比刚才那家商城更奢华，人气却反而要差一点儿。陈忡猜想是这里卖的东西更贵的缘故。他和黎芳两人对所谓的“奢侈品品牌”没有丝毫了解，只是凭本能觉得，这些拼不出来读音的外国品牌，必然价格不菲，但这正是他们需要的。

陈忡观察了一阵，跟黎芳走进了 Hermès 专卖店内。之所以选择这家，是因为店内除了店员几乎一个人都没有。想必是店内的东西，不是一般人消费得起的吧。

崔平没有跟着进去，提着皮箱在店门口等候。

Hermès 的店员们看到两个十几岁的小孩进店来了，没有一个上前招呼。作为顶级奢侈品牌店的店员，他们太清楚目标客户群是哪些人了。只是略微瞄了一眼，他们就能精准地判断出，这两个小孩的衣服、鞋子加起来不会超过 300 块钱，脸上茫然的神情更是暴露了他们连这家店的店名都读不出来。一进店他俩身上的乡土气息就扑面而来，给他们介绍店里的商品简直是浪费时间。对他们而言，这里面摆着的商品跟故宫博物院里陈列的古董没有任何区别——反正都不可能带回家。只要看到第一件商品的价格，他们就会吓得目瞪口呆，然后落荒而逃。这不奇怪，每家奢侈品店都会时不时迎来这种完全不在状况的客人。

陈忡和黎芳看到了玻璃柜上的一款女士皮包，他们关心的只有价格。黎芳数着标牌上的数字："个、十、百、千、万、十万……天哪，一个包包，要20万？"

店员们听到她的话，了然地笑笑，把头扭过去，聊起天来。

陈忡想了想，说："这个包我买了送给你吧。"

黎芳吓了一跳，连连摆手："不行，不行，我哪儿配得上这么贵的包？"

陈忡说："什么配得上配不上的，我们这不是完成任务吗？这是个女包，我总不可能买给自己吧。"

黎芳说："那你选个男士包吧。我真的不要，这么贵的包背在身上，我走路都得小心翼翼的了。要是搞丢了弄坏了，我不得心疼死呀？"

陈忡叹息道："你忘了吗，罗教授早上跟我们说的，从今天开始，连续十天，我们每天都要花掉一百万呢。你要是连20万的包都接受不了，我们怎么花掉这一千万呀？"

黎芳有些不安地说："你说罗教授为什么要让我们这么做呀？"

陈忡说："我哪儿知道呀？"

黎芳迟疑地说："陈忡，我们……真的要完成这么奇怪的任务吗？花掉这么多钱，我心里真是不安到了极点……你说，教授以后不会要我们还这笔钱吧？"

陈忡吓了一跳，说："不可能吧？你信不过罗教授？"

黎芳为难地说："也不是信不过……就是觉得，这事儿太奇怪了。天底下哪有这种任务？"

陈忡想了想，说："我还是相信罗老师……不，罗教授的。我觉得他不会害我。再说了，他又不是不了解我们家的情况。就算把我卖了，也不值一千万呀。"

黎芳说：“反正我心里就是不踏实。陈忡，我们非得完成这个任务吗？要不算了吧，我们就跟罗教授说，我们尽力了，还是花不完……”

“不行，我必须完成这个任务。罗教授说了，只有这样，他才会告诉我，关于我背后长藓的秘密。”

黎芳不说话了。陈忡说：“好了，咱们别聊下去了，只有两个多小时了，我们还得花掉 97 万呢！”

说着，他朝收银台那边的几个店员喊道：“你好，这个包能拿给我看看吗？”

几个店员都不想伺候这种摆明了不会真买的主，互相有些推诿。最后，一个身材高挑的男店员不紧不慢地走了过来，指着陈忡看中的那款女包问道：“您好，您说的是这款包吗？”

“是的，麻烦你拿给我看看吧。”陈忡说。

店员说：“不好意思，这款包是全球限量版的，中国地区只有 3 个。要买这款包，必须先在咱们店消费 20 万以上才行，而且仅限皮具。”

陈忡先是怔了一下，然后问道：“你的意思是，要买这款包，必须先消费 20 万？也就是说，一共要花 40 万，才能买到这款包？”

“是的。”店员不咸不淡地回答。心里说：快走吧，小弟弟，妈妈叫你回家吃饭了。

“太好了！”陈忡高兴地说。一次就能花掉 40 万，这家店真是帮大忙了。

店员愣住了，问道：“您……决定买这款包了吗？”

“对，我买了。”陈忡说，“那 20 万的东西，你就帮我推荐一下吧。男士包或者别的什么东西都行，反正凑成 20 万就行了。”

店员舌头都有点儿捋不直了，也没有刚才的走秀男模气质了，结结巴巴地说：“好的，那……那麻烦您看看这两款包好吗？我觉得应该跟您挺搭的……”

陈忡只想快点儿完成任务，对什么包适合自己之类的一点儿不在乎。男店员给他推荐的两款男士单肩包，一款 7 万多元，一款 9 万多元，他只是看了一眼，都没有背在身上试一下，就说道："可以，我觉得不错，就这两款吧。但是还是没达到 20 万呀。"

男店员说："那我再帮您选一款皮夹好吗，这样就有 20 万了。"

陈忡豪爽地说："行。皮夹你就看着办吧，帮我随便挑一个，凑够 20 万就行了。我主要是想要那款限量的包。"

"好……好的，请您稍等，我这就去跟您选皮夹。"男店员匆匆去了。

不一会儿，男店员拿着两款男包、一个皮夹和那个全球限量版的鳄鱼皮女包走到收银台，告诉负责收银的女同事，这几样价值 40 万的东西，这位先生全买了。这家店的所有店员眼神全都凌乱了。他们并不是没有见过这种一掷千金的款爷。但是这两位，真是让他们集体走眼了。

男店员问道："先生，您是刷卡、支付宝还是微信？"

崔平见陈忡他们选好了东西，已经走过来了，说道："付现。"然后打开皮箱，拿出 40 万现金摆在收银台上，"你们清点一下吧。"

陈忡、黎芳和他们的"保镖"走出这家店的时候，Hermès 的店员们在心里发誓，以后就算走进来一个穿拖鞋背心的农民工，他们也一定当爷伺候着。

有了这家店的经验，陈忡心里也不急了。他知道，自己选对地方了，这儿果然是个高消费的场所。一下就用出去了 40 万，那剩下的 50 多万，想来也不成问题。他们闲庭信步地逛了一会儿，走进了 Patek Philippe 的店内。并不是因为喜欢腕表，而是陈忡在国贸商城里选不出更适合他们的东西了。

Patek Philippe 的店员跟 Hermès 的店员一样的毛病，有点儿以貌取人。但这次不同的是，眼尖的店员很快就注意到了挎在黎芳肩上那款 Hermès 限量版的包包，以及陈忡背着的同样价值不菲的单肩包。店员用接近瞬移的速度靠了过来，热情地跟他们介绍 Patek Philippe 的各款名表。

最后，陈忡给自己买了一款价值 26 万多一点儿的 18K 白金自动机械表，给黎芳买了一款价值 29 万的 18K 玫瑰金女士腕表。这两款名表戴在他们手腕上熠熠生辉，跟 Hermès 包包相得益彰。更令人高兴的是，他们的“任务”基本算是完成了。最后还剩一万多块钱，随便怎么都能用出去了。

走出 Patek Philippe，黎芳自嘲道：“我身上这件衣服是在懋县的夜市上买的，29 块钱。这块表能买一万件这样的衣服——你说这叫什么事呀？”

戴着名表，背着名包，陈忡也感觉到自己身上的衣服寒酸了。这就是心理学中的“配套效应”——人在拥有了一件新物品后，便会不断配置与其相适应的物品来达到心理上的平衡。陈忡说道：“不是还有一万多块钱吗，我们去买两件像样点的衣服。”

这次，他们不敢专挑最贵的奢侈品店了。好在国贸商城很大，并非只有奢侈品店，也有低一个档次和价位的品牌店。陈忡和黎芳走进一家风格比较适合年轻人的服装店。他们身上的名表、名包犹如在脸上写着“有钱人出没，请注意”这句话。服装店的店员们热情地跟他们推荐各种当季新款服装……

陈忡和黎芳各买了两套新衣服，换下来的旧衣服他们都不想带回去了，扔进了商城的垃圾桶里。

衣服买完之后，只剩下两百多块钱了。距离七点钟还有一个小时。他们开心极了，晚饭不用找高档餐厅吃了，可以去吃他们从没吃过的、盼望已久的肯德基了。

八点五十分，奔驰车开回了位于京城郊外的别墅。罗曼教授在客厅内看书，当他看到身穿名牌服装、背着 Hermès 包包、戴着 Patek Philippe 名表的陈忡和黎芳回到家里的时候，几乎都不用问，便知道结果了，哈哈大笑道：“陈忡，我就知道你一定能办到的。”

陈忡把今天消费的所有票据全部交给罗曼，说道：“教授，任务完成了。”

罗曼微笑道：“很好，但是记住我早上跟你说过的，明天，包括后面的几天，你们不能在同样的地方，买同样的东西。”

有了今天的经验，陈忡不认为这是什么难事。他说：“好的，我肯定能完成任务。”

“那我会在十天之后，把你的秘密告诉你。”

“一言为定，教授。”

“一言为定。”

罗曼说：“好了，今天你们肯定也累了。回到你们各自的房间，洗漱休息了吧。”

“好的，教授。”陈忡和黎芳跟罗曼道了晚安，从楼梯走上二楼。

罗曼望着他们的背影，脸上露出难以捉摸的笑意。

十五

谁杀了他

夏嬴开着车，把韩敏带到了关山市一条著名的美食街。停好车后，他对韩敏说：“别看这儿多数都是大排档，要吃最正宗的美食，就得来这种地方。大酒店什么的没意思，都一个样。”

韩敏看着这条十分接地气、热闹非凡的美食街，心里有几分亲切。夏嬴当然不知道，她以前就在这样的美食街上班，只是从来没有作为客人光顾过。

夏嬴径直走向一家招牌叫“谭记爆炒小龙虾”的店。这家店店堂不大，但是门口有很大一个坝子，摆了若干张折叠桌和沙滩椅。食客们就坐在露天坝里大啖龙虾、田螺，喝着冰镇啤酒，好不快活。

夏嬴看来是这家店的常客了，他选了一个位子坐下来后，菜单都不看，就跟伙计说道：“一份香辣小龙虾，一份蒜蓉小龙虾，再来个皮蛋、拍黄瓜，两瓶冰镇啤酒——欸，你要喝啤酒吗？”

韩敏摇了摇头。夏赢对伙计说：“那给她来杯冰镇酸梅汤吧。”

伙计应了一声，传菜去了。韩敏之前毕竟在餐饮行业待过，不由自主地观察这家店的生意状况，发现偌大一个坝子，接近二十张桌子，几乎都坐满了，生意明显比别家要好。她说道：“这家店门口有这么大一个坝子可以利用，真是得天独厚。”

夏赢说：“任何事情都是有两面性的，有这个坝子固然是好，等于把他的店扩大了几倍，但也是有弊端的。”

“什么弊端？”

夏赢说：“有一次，我跟几个朋友在这儿吃夜宵。整个坝子也是坐满了人，没想到突然天降暴雨。那雨大得呀，撑伞都来不及。所有客人全都落荒而逃。二十桌客人的菜钱，一桌都没收到，老板亏大了！”

韩敏觉得好笑，说道：“你们也太那个了吧，下雨就全跑了，好歹把账给结了呀。”

夏赢瞪着眼睛说：“结账？那菜全被雨淋湿了，怎么吃呀？老板好意思叫我们结账吗？”

“那倒也是。”韩敏叹了口气，“看来真是这样，任何事物都是有两面性的。”

又闲聊了一会儿，两份让人垂涎欲滴的小龙虾端上了桌。夏赢把一次性手套分给韩敏，说道：“开动，这家的龙虾特别好吃！”

韩敏看着面前香味扑鼻的小龙虾，虽然食指大动，但是却发现，她根本不知道该怎么吃小龙虾。她陷入了沉思，是失忆造成的吗？还是说，她以前生活的地方没有小龙虾这种东西，所以从来没吃过？

夏赢见韩敏望着龙虾发愣，催促道：“吃呀，愣着干吗？”

韩敏只有学着夏赢的样，把龙虾的头掰掉，再一点点地去剥虾壳，没有经验的她，不小心把虾壳扎进了指甲缝里，疼得叫了一声。

夏赢看见韩敏被虾壳扎到了，不客气地说道："你怎么这么笨呀，龙虾都不会剥，就你这生活技能，还来应聘清洁工，真是够了。"

韩敏被他说得有点儿气恼，不料夏赢嘴上在骂，却把自己剥好的一只龙虾放到她碗里，说："算了算了，我帮你剥！"

韩敏有些感动，又有点儿不好意思，说道："不用，你自己吃吧。"

"别废话了，快吃，蘸点蒜蓉更好吃！"

韩敏吃着夏赢为她剥好的虾肉，心里淌过一丝暖流。她搞不懂夏赢这个人到底是什么样的性格了。说他霸道吧，这种时候又有几分体贴；说他吊儿郎当吧，招聘的时候又挺有原则……唉，也许就跟事物具有两面性一样，人是更复杂的生物吧。

吃完了晚饭，夏赢开车带韩敏回家。他家在关山市的滨江路，26 楼，能看到美丽的夜景和江景。

跨进大门，韩敏看到的是一个典型的单身汉的家。客厅的茶几上散乱地摆着空啤酒罐、书籍、餐巾纸、杯子和遥控器等物品，沙发靠背也是七歪八斜的，地板倒不算特别脏，但是也不干净。韩敏说道："你自己不就是开家政公司的吗？怎么不把家里打扫干净一点儿？"

夏赢说："你以为我叫公司的清洁工来家里打扫，就不用付钱呀？创业初期，能省点儿就省点儿呗。"

韩敏暗忖，就这一点来看，他这人还不错，起码没有压榨员工的剩余价值。

这个家果然如夏赢之前所说，是一个两居室的房子。除了一间主卧，还有一个客房。夏赢把两个房间的门都打开，对韩敏说："主卧是一米八的大床，客房的床就只有一米二了，你睡哪儿？"

韩敏说："我当然是睡客房。"

夏赢挑着眉毛说："其实我那张大床又软又舒服，你真的不过来跟我一起睡吗……”

韩敏做出要走的架势：“你再说这种话，我不在这儿住了。”

“好了好了，”夏赢一把拉住她，“逗你玩儿的，你怎么这么开不起玩笑？你就睡客房吧，不过客房没人住，很久没做过卫生了，你将就一下啊。”

韩敏说：“没关系。”没有流落街头，已经很不错了。

夏赢说：“那你先去洗澡吧。欸，你只有一套衣服吗？没有换洗的？”

韩敏低头“嗯”了一声。夏赢想了想，走到主卧去，在衣柜里拿了一件自己的T恤和沙滩裤出来，说道：“我家里没有女生的衣服，你就暂时穿我的吧，可以当睡衣穿。”

韩敏迟疑了一下，接过衣服，说了声“谢谢”。

夏赢把韩敏带到卫生间，拿了一条新毛巾和一把新牙刷给她，跟她简单说了一下热水器的操作方法，出去了。

昨晚在火车站坐了一宿，今天又走了这么久的路，韩敏身上又黏又汗，早就期望能洗个热水澡了。她打开水龙头，让温热的水柱冲刷着她身上的汗渍和疲惫，感觉十分舒服。

洗完澡后，她穿着起码比她的衣服大三个尺码的男士T恤和短裤走出卫生间。夏赢在客房里，打开了空调，铺上了凉席，正用一张帕子擦着凉席。韩敏看见他满头大汗的样子，心里涌出感激之情，说道：“谢谢，我自己来吧。”

“算了吧，你这么笨，根本就不像是会做事的样子。”夏赢说。

被他骂“笨”，韩敏没有感到不高兴，心里反倒有点儿温暖。她渐渐发现，夏赢这人就是嘴欠，其实是个体贴的暖男。

夏赢把客房简单打扫了一下，说：“今天你就将就着住吧，明天我叫人来把房子彻底打扫一下。毕竟有女生住进来，不能这么邋邋遢遢的了。”

韩敏本以为他只收留自己一晚上，现在听这意思，好像打算让她在这儿长住下去。她不好意思地说道：“我……我明天早上就出去找工作。找到工作就搬出去，不会麻烦你太久的。”

夏嬴摆了摆手，说：“我看呀，你要找到工作，难。你学历、身份证什么都没有，哪儿会要你呀？”

韩敏沮丧地垂下头。夏嬴说：“算了，别想这么多了，先好好睡一觉，明天早上再说吧。”

韩敏默默点了点头，正要关上门，夏嬴说了声“等一下”，把门锁上插着的钥匙拔了下来，递给韩敏：“这个放你房间里吧。”

韩敏不解，问道：“为什么？”

夏嬴说：“我那方面火气旺，怕夜里忍不住，到你房间来把你‘啪啪’了，你还是锁上门保险点。”

韩敏脸颊发烫，感到哭笑不得。她无言地接过钥匙，正要锁门，夏嬴又把门挡住了，嬉皮笑脸地说：“不过，你要是想通了，我倒是随时欢迎你过来‘夜袭’，我晚上裸睡的哦！”

韩敏脸红到了脖子根，把门使劲关拢了，嗔怒道：“你以为我跟你一样呀！”

门外传来夏嬴大笑的声音。韩敏面红耳赤地坐在床上，忽然意识到一个问题——我是处女吗？我以前……有没有过那种经历？

强烈的倦意向她袭来，她暂时不想思考任何问题了。空调吹出的凉爽的风和才擦干净的凉席让她无比舒服惬意。她躺在床上，盖上凉被，很快就睡着了。

夏嬴没有这么早睡的习惯。他洗了澡，裹着浴巾回到自己的卧室，大概是真盼着韩敏过来夜袭，他连卧室门都没关，躺在床上看了会儿球赛，然后扯掉浴巾，裹上被子睡了。

第二天早上，韩敏醒来后，看了一下放在床头柜上的小闹钟，八点十分。她穿好自己的衣服，打开门走了出去。昨天晚上睡得非常安稳，精神和体力都恢复了。

走出卧室，她看到夏嬴只穿着一条平角内裤，从厨房端着两个盘子走到餐桌旁。她有些不好意思地把目光移到别处，说道：“你……怎么穿成这样？”

夏嬴说：“这是我家啊！要不是考虑到你，我内裤都不穿呢。”话虽这样说，他还是赶紧回到主卧，把衣服裤子穿上了。

韩敏去卫生间洗漱完毕，看到穿戴整齐的夏嬴坐在了餐桌旁，招呼道：“过来吃早饭吧！”

韩敏走过去，看到餐盘里有一个煎蛋、一根火腿肠和两片抹上了果酱的面包，还有一杯牛奶。她不由自主地说：“哇，你还会做饭呀。”

夏嬴“嘁”了一声，说：“这算什么，哪天我露一手，做一桌好菜给你吃。”

韩敏坐下来吃早餐。不知道是真的味道好，还是别的什么原因，她觉得每一样都很美味。

吃完早餐后，夏嬴对韩敏说：“我要到公司去了，你呢？真的要去找工作吗？”

韩敏说：“不管怎样，我都要试试。”

“那随便你吧。”夏嬴说，“这样，我给你一把房门钥匙。你没找到工作呢，就回来。”

韩敏愣了，没想到仅仅认识一天，夏嬴就对她如此信任，竟然愿意把家里的钥匙给自己，她心中十分感动。

备用钥匙放在客房，夏嬴走进房间去拿。但他进去了好久都没出来。几分钟后，夏嬴喊道：“那谁……韩敏，你进来一下。”

韩敏走进客房，问道：“怎么了？”

夏嬴一脸惊诧地望着她：**“你打扫了这个房间？”**

韩敏心里“咯噔”一声，发现自己竟然把这茬儿给忘了。早上起来后，她根本没关注这个问题，现在仔细一看，才发现这个房间里的地板、窗玻璃、书柜、书桌，包括桌子上的物件，全都一尘不染了。只要她一睡着，并且房间里只有她一个人，这种怪事就必然会发生，她都不感到吃惊了。

但夏赢十分吃惊，再次问道："你什么时候打扫的？"

韩敏本来就想应聘清洁员，昨天没成功，这下倒是无心插柳了。她说："我昨天不是跟你说过了吗？我可以在很短的时间内把房间打扫干净。"

夏赢望着她："很短的时间？你什么时候打扫的？"

韩敏只能胡诌了："就是今天早上，起床之后，用了二十多分钟吧。"

夏赢想都没想就摇头道："这不可能。"

"有什么不可能的？不是已经打扫干净了吗？"

夏赢收起平常不正经的表情，一脸严肃地说：**"你没跟我说实话。"**

他这个样子让韩敏有些心虚，抿着嘴不开腔了。

夏赢说："我是七点半起来的，洗漱完之后，就在厨房做早餐。你说你那个时候在做卫生？那你告诉我，我们家的墩布、抹布放在哪儿？"

韩敏被问住了，夏赢看她的样子就是不知道。他走到阳台，把干的墩布和抹布拿到韩敏面前，说道："你自己瞧瞧，这抹布和墩布都快成木乃伊了，你敢说你今天用过？"

韩敏哑口无言了。夏赢环顾着整间屋，说道："我刚才仔细检查了一遍，这间屋子干净得简直不正常。桌子、柜子倒也就算了，床下都一点儿灰尘没有，简直匪夷所思！"

韩敏嗫嚅道："你连床下都看了？"

夏赢说："我这把备用钥匙，就放在客房的床下！我刚才趴下来一看，真是吓了一跳。"他严肃地望着韩敏，"你告诉我，在没有任何工具的情况下，你是怎么做到的？"

韩敏不知道该怎么回答，她想岔开话题，也给自己一个思考的时间："都八点半了，你先去公司吧，晚上回来再说。"

"不，"夏赢说道，"你不告诉我实情，我不会去公司的。这件事太奇怪了，我是做这行的，我知道这根本不可能。”

突然，夏赢想起了昨天下午韩敏来应聘的时候，提出能在很短的时间内打扫干净办公室，她当时就没打算使用任何清洁用具。他疑惑地望着韩敏，问道：“你到底有什么特殊的本事？”

话既然说到这份儿上了，韩敏索性就顺着他的话往下说了：“对，我就是有一种特殊的本事，能够不借助任何工具，在短时间内把一套房子打扫得干干净净。你现在明白，我昨天不是在跟你吹牛了吧？”

夏赢张口结舌地看着韩敏，问道：“你究竟是怎么办到的，告诉我吧，我太好奇了！”

韩敏不想告诉夏赢，其实她自己都不知道这是怎么回事，只是迫于无奈，才打算用这种“特异功能”来应聘和赚钱的。她避重就轻地说道：“抱歉，这是我的商业机密，我不能告诉你。但是如果你同意的话，我可以在你的公司上班。”

“同意，我当然同意。”夏赢忙不迭地说点头道，“你打扫过的房间，干净程度令人咋舌，简直太牛了！”

韩敏明白，她已经占据了主动权，便即时提出要求：“好，我可以在你的公司上班，但是我有两个条件。”

“你说。”

“第一，不管我到哪家去打扫卫生，这个家里绝对不能有除了我之外的第二个人。原因刚才已经说过了，这是我的商业机密，不能泄露。这一点，要提前跟客户说好，他们能接受这点，我才上门服务。”

夏赢说：“没问题。很多客户对我们公司的清洁员都十分信任，不会在场监督。”

韩敏点了下头，说：“第二个条件就是，不管你或者任何人，对于我的特殊本事有多好奇，都不要询问我原因。把我问烦了，我就辞职不干了。”

夏赢心里其实好奇到了极点，但是韩敏特意提出这一点，他也就不便多问了。考虑片刻，他答应了下来：“好吧。”

韩敏问：“那我今天就跟你到公司？如果有合适的客户，我就可以去打扫了。”

夏赢转动着脑筋，说道：“别忙，你先让我想想。你这种神奇的清洁方式，完全是一个噱头呀。我想，应该没有哪家家政公司能推出这样的服务吧？”

“对，仅此一家。”韩敏说，“现在你知道，我昨天为什么说，如果是我到客户家打扫卫生，一次可以收费两三千元了吧。”

夏赢眼睛一亮：“没错，我们可以推出一种**‘新型清洁方式’**——你确定能让客户的家中变得一尘不染吗？”

这种事发生过好多次了，韩敏心中有数：“对，我确定。”

夏赢的手掌和拳头击打在了一起：“太棒了，我们就推出这样一项独一无二的高端清洁服务，只针对有钱人的。两三千块钱，对他们来说根本不算什么！”

说完这句话，夏赢满面红光地望着韩敏，对这个女生产生了无限的兴趣，感觉自己捡到宝了。

可他不知道的是，大概一个月前，一家火锅店的老板娘也跟他产生过同样的想法。但是，麻烦在不久后就上身了。

夏赢开车跟韩敏一起来到公司，他简单跟韩敏介绍了一下公司的业务范围和工作方式。虽然名为家政公司，但他们主要的业务就是进行室内清洁，并未提供月嫂、育婴等服务。夏赢作为总经理，负责接受顾客的提前预约，然后安排公司签约的清洁员到客户家做清洁。清洁员们不用坐班，根据就近原则前往相应的客户家即可。公司目前的运营状况还不错，所以夏赢才发布了招聘启事，想增加两名清洁员。

走进办公室，夏赢从抽屉里拿出一份聘用合同，对韩敏说：“你在这份合同上签个字，就是我们公司的正式员工了。工资方面，不会亏待你的。保底月薪2000元，公司给你上五险一金，然后你每做一单，会有30%的提成，你看可以吗？”

“可以。”韩敏说，“你不介意我没有身份证这件事了吗？”

夏赢叹了口气：“唉，按道理说，我这算是违规操作。但是你有这种特殊的本事，就只能特殊情况特殊处理了。再说了——疑人不用，用人不疑。我相信你。如果出了什么问题，我负全责。”

这番话说得韩敏心里暖暖的。她说了声“谢谢”，简单看了一下聘用合同，在乙方一栏签上了自己的名字。其实她心里清楚，夏赢让她签这份合同，也就是走个形式罢了，因为她没有身份证，“韩敏”这个名字也是自己说的，几乎不具备什么法律效应。理论上，这和在合同上签安吉丽娜·朱莉的名字也没什么区别。

夏赢收好合同，然后从钱包里摸出2000元现金，对韩敏说道：“这个月的保底工资，我先预支给你吧。你身上不能一点儿钱都没有。拿这钱买几件换洗的衣服，然后你到客户家去，不管坐公交车还是别的什么交通工具，你自己先垫付，把小票留起来，可以在公司报账。”

韩敏接过钱，再次表示感谢。夏赢说：“今天暂时没你什么事儿，你现在就出去买衣服吧。中午回来，咱们一起吃饭。”

“好的。”韩敏答应道。

“对了，我这儿有个旧手机，你先拿去用吧。不然你在外面，没法儿联系。”夏赢从抽屉里拿出一个六成新的iPhone5S，递给韩敏，“虽然是老款，但不影响使用。”

“谢谢夏总，”韩敏感激地说，“我先用着，等赚了钱买了新手机就还给你。”

“嗨，成了员工，称呼都变了。”夏赢摆着手说，“别叫夏总，听着生分，就叫我夏赢吧。”

韩敏不置可否地淡然笑了一下，说道："那我就在这附近买几件衣服，中午就回来。"

"去吧。"

韩敏走出家政公司，获得了工作和预支工资的她，心情十分愉悦。但她并未忘记昨天在火车站旁边的小旅馆发生的事，一瞬间又变得忧虑起来。

毫无疑问，小旅馆的人已经发现房间里的尸体了。警察自然也介入了。但是这件事——起码目前看来——并未激起太大的波浪。街头巷尾，没有听到谁在谈论这件事。这种状况，是韩敏求之不得的。

但她又有些费解。小旅馆的人不可能没有意识到中年男人的死跟之前在这个房间里后来又"神秘消失"的年轻女人有关系。他们当然也会把这个线索提供给警方。那警方为什么直到现在都没有任何动静呢？

她猜想，原因可能有两个：第一，警方认为，中年男人的死，可能是一场意外事故，而不是谋杀，所以没有立案调查；第二，警察实际上已经暗中展开调查了，只是她不知道罢了。

如果是第一种情况的话，就谢天谢地了，等于这事儿已经结束了。但如果是第二种情况，意味着她这段时间必须谨慎行事，保持低调，不能让警方或者任何人注意到她，以免引来麻烦。

这样的话……我利用"特殊能力"到客户家去做清洁，是不是一个明智的选择呢？韩敏有些疑虑地想。但她很快意识到，她根本就没有选择，如果不是遇到夏赢，他肯收留自己并提供工作，她现在不知道在什么地方瞎晃荡呢。一个身份证都没有的外地女人，如果被警察注意到了，把她带到小旅馆，让旅馆的人指认……

韩敏不敢再往下想了，她甚至不敢在街上多逗留。旁边就有一家大型超市，里面应该有衣服卖吧。她进入超市，迅速选购了一些内衣和夏装，打算回公司。

突然，她想到一个至关重要的问题——**去客户家打扫卫生，意味着她必须在**

客户的家里睡着才行。假如像昨天那样，在夏嬴的办公室死活睡不着，那就尴尬了。

韩敏眉头紧蹙，她不可能任何时候都处于疲倦状态，这个问题该怎么解决呢？

她走出超市，在街道上一边思索，一边徘徊。这时，她路过了昨天夏嬴带她进去过的那家药店，看到药店的墙上贴着一张广告：治疗失眠，请选用 ×× 牌舒乐安定。

安眠药？

韩敏迟疑片刻，决定进店咨询一下。她的想法是，如果能不借助药品就睡着，当然是最好的。但是如果实在不行，也没有别的办法了。

她走到柜台前，咨询药店的大姐："你好，我最近天天都失眠，看到这个舒乐安定的广告，想买一盒，回去试试。"

药店大姐说："安定是特殊药物，不能直接买。不过我们店有坐堂的执照医师，你去咨询一下老师，让他帮你开药吧。"

韩敏走到坐堂医生的面前，假装憔悴地说自己连续几天失眠，深受困扰。医生问了她最近的一些身体和精神状况，韩敏胡乱编了几句。最后，医生说："这药我不能一次性给你开太多，只能先开一盒，是十天左右的量。你之后如果还需要的话，我再给你开。"

"好的，谢谢。"韩敏说。

医生叮嘱道："这个牌子的舒乐安定虽然副作用比较小，但是也不能长期服用，更不可自己滥用，以免产生药物依赖性。一次最多吃两颗。"

"好的，"韩敏问道，"吃两颗的话，大概多久能睡着呢？"

医生说："这个药的药效是比较好的。如果身边没有干扰的话，应该十多分钟之内就能睡着。"

"我知道了，谢谢医生。"

韩敏拿着医生开的单子买了一盒舒乐安定。她把药揣在裤兜里，以备不时之需。这件事，她不打算让夏赢知道。

回到家政公司，正好是中午时分。夏赢打电话叫了外卖，两人就在办公室里吃饭。

正吃着，夏赢接到一个电话，是公司的一个清洁员打来的，说老公突然生病了，必须陪同前往医院，今天下午本来要去一个客户家打扫卫生，看夏总能不能跟客户解释一下，改到明天或者后天。

夏赢爽快地说："没事，张姐，你先把你老公照顾好。客户这边我来安排，你就别管了。"

挂了电话，夏赢陷入思考。韩敏刚才在旁边听到了电话的内容，说道："要不，让我去试试？"

夏赢说："我今天上午正琢磨这事儿呢，毕竟你完全没接受过培训，直接上岗，合适吗？"

韩敏说："你不放心我吗？"

夏赢挠着脑袋说："也不是不放心，只是……这事儿实在不合常理，你又不让我打听，所以心里有点儿没底。"

韩敏理解夏赢的顾虑，其实她心里也不是特别有底。想了想，她说道："要不这样吧。你让我去试试，如果没有打扫干净，你就跟客户解释一下，说我是个新手，这次就不收费了，明天再派别的清洁员过去。"

夏赢考虑片刻，点头道："好吧，就这样。"

韩敏提醒道："那你得提前跟客户说，我打扫卫生的时候，家里不能有别的人。"

夏赢说："你放心吧，这个是老客户了。她不会盯着你打扫的。你到她家之后，她就会出去上班了，晚上才会回来验收。"

"那就好。"韩敏说。

夏嬴跟韩敏说了一个地址，韩敏摇头表示自己完全不知道这个小区在哪儿。夏嬴这才想起她是一个外地人。他拿出一张纸条，把客户的地址和具体哪栋楼、门牌号都写在上面，说道："你打车去吧，跟司机说这个地址就行了，来回车费公司报账。"

"好的，那我去了。"

"等会儿，"夏嬴叫住她，"你就这么空手去呀，什么工具都不带？"

韩敏说："你早上不是已经知道了吗？我打扫卫生不需要这些工具。"

夏嬴说："就算是这样，你也得带上。好歹做个样子给客户看吧，不然客户会起疑心的。"

"好吧。"

夏嬴去储物间拿了一套打扫卫生的工具出来，交给韩敏。韩敏提着折叠式水桶、手套、玻璃清洁器等工具出门了。

走出公司，韩敏拦了一辆出租车，按照纸条上写的，告诉司机目的地。十分钟后，就来到了客户所在的小区。

按下门铃，开门的屋主是一个 30 岁左右的女性。韩敏说道："您好，我是夏洁家政公司的保洁员，来给您打扫卫生的。"

女主人说："新来的吧？以前没见过你。"

"是的。"

"那你可得打扫彻底一点儿啊。"女主人说，"我昨天才从国外回来，家里二十多天没住人，脏得不行了。你一个人，打扫得过来吗？"

"应该可以的。"韩敏说。

"那行，我去上班了。你慢慢打扫啊，我晚上回来看你打扫的成果。"

"行，交给我吧，您慢走。"

女主人出去了。韩敏环顾这个家一圈，又到每个房间去看了一遍。这是一套三居室的房子，面积 120 平方米左右。果然如女主人所说，家里很久没住人了，地板、飘窗、桌面和所有物件上，都积了厚厚的一层灰。关键是，这个家里有很多小摆件。估计女主人是个经常游历各国，又喜爱各类手工艺品的人。家里几乎每个地方都摆放着这类小玩意儿，给清洁员带来了极大的困扰。如果是一般打扫卫生的人，应该会十分头疼吧。

不过韩敏本来就是用“非常规”方式来打扫卫生的，所以也无所谓。她坐在客厅的沙发上，尝试着进入睡眠状态。

她的手触碰到了裤包里的手机，心里颤动了一下。

之前，她在火锅店的宿舍里，就借小玉的手机来录过自己睡着后发生的事。此刻，她犹豫着——**我应该再录一次吗？**

这个家里很清静，没有任何人会来打扰她，也不会再发生手机被别人拿走的情况。她只需要像上次那样做，然后看拍下的手机视频，就能弄清真相了。

但是，一切条件都符合的时候，韩敏反而迟疑了。

因为她想起了徐燕看完视频后，那张惊恐万状的脸，以及她惨死时的可怕模样。

本能告诉她，这件事背后的真相可能十分恐怖。她不知道自己能不能接受这个事实。

人性就是这样，有些时候，当人们预感到自己即将面临某个可怕的事实的时候，会选择掩耳盗铃、自欺欺人，就像一些重症缠身的人坚持不到医院确诊一样。如果不知道自己身患绝症，或许还能多活一段时间。倘若听到医生口中说出“癌症”两个字，恐怕会当场崩溃。精神全面垮塌，自然就活不了多久了。

韩敏的心态，就跟这种状况十分相似。她不敢面对能预想到的可怕事实，索性选择不去探索和触碰它。

她把已经摸出来的手机重新揣回了裤兜。告诉自己——算了吧，就这样下去，也许更好……

她脱掉拖鞋，全身平躺在沙发上，闭上眼睛。吃完午饭后本来就有些困倦，不用借助安眠药，她也很快就入眠了。

两点半的时候，她醒来了。睁开眼的第一件事，就是看屋子被打扫干净没有。结果没有出乎意料，整间屋子简直焕然一新了。

韩敏又到每间卧室，包括厨房和卫生间都查看了一遍。确定每个房间都变干净之后，她才收拾好清洁工具，离开客户的家。

打车回到公司，夏羸见她这么快就回来了，愕然道："你出去才一个多小时呀，就打扫干净了？"

韩敏点头道："全都打扫干净了。"

"哇噻，你太厉害了，一人顶俩呀。不，顶仨！"夏羸感叹道。

韩敏笑了一下，对夏羸说："虽然我效率高，但是一天最多只能到一个客户家去做清洁，而且最好就是中午这个时段。"

"为什么？"夏羸问。

韩敏没法说"因为中午最容易睡着"，只有搪塞道："没什么，我觉得这个时段是效率最高的。"

"行，"夏羸说，"就这样。你一天去一处就行了。"

韩敏说："对了，今天这家的客户没有拿钱给我哦。"

"没关系，她是老客户了。一般都是下午下班之后，回到家检验一下，然后微信转款给我。"夏羸说。

"嗯，好的。"

夏羸说："今天下午就没什么事了，你要不就在公司的接待室休息一下吧，那儿有书报什么的可以看。如果有客人上门咨询，你也可以接待一下。"

"行。"韩敏离开总经理办公室，去接待室了。

夏羸刚才忍住没有问一句话——"这么短的时间，你真的打扫干净了吗"，他不希望韩敏觉得自己老是信不过她。反正客户一会儿要在微信上付款给他，到时候问一下客户的反馈吧。

然而几个小时过去了，一直到下午六点，这个客户也没有任何消息反馈，也没把清洁费打过来。夏赢心里有点儿不踏实了——不会是韩敏打扫得不彻底，客户生气了吧？这个客户以前都是在五点半以前，就把费用打过来了。

这点儿钱倒是小事，要是得罪了客户，公司少一个老顾客不说，对口碑也有影响。夏赢有点儿沉不住气了，他用办公室的座机拨打了这个客户的电话。

“喂，您好，萱姐吗？我是夏洁家政公司的经理夏赢。”

“哦，你好。”

“我是想问一下，您对我们今天的新清洁员做的卫生满意吗？如果不满意的话，我再叫一个有经验的清洁员过来帮您重新打扫一下。”

女客户说：“不好意思啊，我今天有点事，还没有回家，不知道她打扫得怎么样。我回去看了之后再说好吗？”

原来是这样。“好的，再见。”

挂了电话，夏赢看了下手表，到下班时间了。他走出总经理办公室，对外面的韩敏说道：“下班了，走，吃饭！”

韩敏说：“我已经领了工资了，就自己找地方吃饭吧。”

夏赢说：“一起吃呀，反正一会儿咱们要一起回家。”

韩敏想了想，说：“那我们 AA 制吧，我不能每顿都让你请客呀……”

“嗨！这种小事情你就不用在意了！”夏赢拉着她的手往外走，“工作的时候呢，我是你的领导。下班之后，咱们就是同居密友了。我一个大男人，怎么可能跟女生 AA 制？走，今天带你去吃一家特别靠谱的烤鱼！”

韩敏红着脸，跟夏赢一起走出了公司。“同居密友”这个说法听起来有些暧昧，当然以夏赢的性格，也是开玩笑的。不管怎么样，她并不反感，反而有些高兴。

“特别靠谱的烤鱼”确实靠谱。韩敏发现，夏赢是一个资深吃货，熟知这座城市每一个角落的饕餮老店。他的美食理念是，一周之内，晚餐绝不重样。跟他在一起，每天都充满了新鲜感。

晚饭过后，他们在滨江路散了一会儿步，就回到住所了。韩敏很喜欢关山市这条美丽的滨江路。

韩敏先进卫生间洗澡。夏赢打开电视看球赛。手机响了起来，他看了一眼来电显示，是那个女客户打来的。他差点儿忘了这事儿了。

“萱姐吗？您回家了？”

“是的，夏经理。我现在在家里。”对方的语气有些急促，“今天来我家打扫卫生的那个女孩儿是谁？”

夏赢心里咯噔了一下，听这语气有点儿不对。他说道：“嗯……是我们公司新招聘的清洁员，怎么了吗，萱姐？”

“她一个人打扫的？”

“对呀，她到您家的时候，不就是一个人吗？”

对方还要确认一次：“后来你没有再派别的清洁员过来了？”

“没有，”夏赢忐忑地问道，“怎么了？您不会是丢什么东西了吧？”

谁知对方根本没回答他的问题，语气激动地说道：“夏经理，这个女孩儿简直太棒了！我都不知道她是怎么做到的，我的家从来没有这么干净过！干净得不可思议！以后能不能指定她到我家来打扫卫生？我可以付双倍的钱！”

夏赢愣了半晌，随即心花怒放：“萱姐，您满意就好，我本来还担心她是新手，怕没有给您打扫彻底呢。”

“她是新手？不可能吧？”女客户语调夸张地说，“难不成清洁员也有‘天才’一说？你简直难以想象我家干净到了哪种程度！地板、玻璃、家具什么的就不说了。家里的每一样摆设和手工艺品，全都变得一尘不染！对了，还有墙面，客厅的墙面本来被我朋友的小孩踢脏了，现在一片雪白。唉，她是怎么打扫的呀？怎么能把墙面都弄干净的？”

夏赢也回答不出来，只能含糊其词："嘿嘿，这个是我们的商业机密，我们有特殊的方法能帮您处理干净墙面。"

"太棒了，夏经理。"女客户赞不绝口，"一会儿我就转给你 200 元。以后都要她来我家打扫卫生，说定了啊。"

夏赢说："不用，不用，您满意就好。费用不用多给，还是 100 元。"

"不，夏经理，她付出的劳动真的值这个钱。说实话，我觉得 200 元都少了。"

"啊，是吗？能得到您的肯定真是太好了，哈哈……"

跟客户道了再见之后，夏赢挂断了电话，心情久久不能平静，在客厅里来回踱步。

韩敏洗完澡出来，看到夏赢满面红光地在客厅里走来走去，问道："你在干吗？"

夏赢激动地走过去，双手拍在韩敏肩膀上："你简直是个奇迹。"

"啊？"

"下午的那个客户刚才打了电话来，对你赞不绝口，说她家从来没有这么干净过。她主动给了两倍的清洁费。"

"是吗，那太好了。"韩敏开玩笑地说道，"所以我说嘛，我在你公司工作的话，会帮你赚大钱的。"

对于这一点，夏赢一点儿都不怀疑。他说："我现在有个想法，还不成熟，等我想好了告诉你。"

"什么想法？说说看吧。"韩敏好奇地问。

"就是我之前说的'新型清洁业务'。这件事要进行宣传营销，噱头做足，我相信能给我们公司带来惊人的口碑和效益。"夏赢兴奋地说。

韩敏抿着嘴唇，不置可否。虽然她并不清楚夏赢的具体想法，但是隐约觉得有点儿不安。她后悔刚才说那句玩笑话了。

夏赢说："这事我先想想，想好了再跟你商量。你去房间休息吧，要不看会儿电视？"

韩敏说："我还是回房间休息吧。"

"行。"

韩敏进屋之后，夏赢走到阳台上，思索着自己的那个计划，心潮澎湃。

九点过，他洗完澡后回到自己的卧室，习惯性地躺在床上看了一会儿微信朋友圈和手机新闻。

一则本地新闻映入他的眼帘，标题是：**"火车站旁旅馆发生命案，中年男子离奇死亡"**。

夏赢点进去看详细报道。大致内容是：

昨天下午，本地火车站旁边的一家小旅馆内，一个中年男人全身赤裸地死在卫生间内。据旅馆工作人员说，该男子之前是带着一个面容姣好的年轻女子进入旅馆的，开了两个小时的钟点房。两小时后，服务员到房门口提醒他们时间到了，当时得到女子的回应，要续加一个小时。

一个小时后，服务员再次前往该房间的时候，得不到里面的任何回应，便用钥匙打开了门，在卫生间发现了赤裸男子的尸体，而年轻女子已不知所终。

警方赶到后，法医检查了尸体，暂时没有发现男子的死亡原因，案情扑朔迷离。警方认为，该男子的死亡可能跟之前一起进入房间的年轻女子有极大关系，在此提醒广大市民，如果在市区看到20岁左右、中长发型、形迹可疑的女子，请提高警惕，并立即报警。不排除该女子是危险人物的可能性。案件还在进一步侦破之中。

年轻女子，面容姣好。这两个关键提示引起了夏赢的警惕，他的眉毛皱了起来。

只有"中长发型"这一点对不上号，但发型是最容易改变的特征。况且他注意到了，韩敏的短发修剪得很整齐，明显是刚理过发。

不会吧？难道……

夏嬴双手揉搓着太阳穴，想要把这个可怕的念头从脑子里驱散出去。面容姣好的年轻女人何其多，哪会恰好就是她呢？

要是这则新闻中对这个女人的长相有更详尽的描述就好了。夏嬴感到奇怪，旅馆的门口不是都会安装摄像头的吗？为什么新闻中完全没提到这一点呢？难道摄像头所处的位置，恰好没能拍到她的面孔？

夏嬴开始仔细回想这两天跟韩敏接触的过程，这姑娘的面相、谈吐和举止，让人怎样都无法跟“女杀人犯”这四个字联系起来。但俗话说“知人知面不知心”，谁又能保证她不会是一个危险人物呢？毕竟她来历不明，还自带“特殊技能”，简直是谜一般的存在。

想到这里，夏嬴突然有些心惊。刚才接到客户的反馈，令他情绪激荡，暂时失去了冷静的判断。现在心绪渐渐平静，恢复理性思考，才猛然惊醒——韩敏在一个小时内，将一套面积 100 平方米的房子打扫得一尘不染，这根本不是一般人能办到的事情！

作为家政服务行业的从业者，夏嬴对一个清洁工在一个小时内能做到的事情再清楚不过了。不管韩敏使用什么特殊的方法，要做到这一点都是不可能的。**除非，她不是人类**。

这个想法，令夏嬴感到毛骨悚然。

他想起了新闻里的一句话——“法医暂时无法判断该男子的死亡原因”。虽然男子“离奇死亡之谜”跟韩敏的“特殊清洁法”看不出什么必然的联系。但两者是有共同点的，那就是——都带有**“未知”**的属性。

不行，我不能稀里糊涂地让一个特殊而可疑的人住在我的家里。夏嬴思忖着，**我得想办法试探她一下才行**。

十六

天价药物

北京东直门外大街，一家由挪威夫妇经营的环境优雅的咖啡店内，陈忡和黎芳坐在店内悠闲地喝着下午茶。这是“任务”的最后一天。在之前的九天里，他们俩几乎光顾了整个北京城所有的繁华区域，走进了不下五十家顶级奢侈品店，买了价值几百万的服装、鞋子、皮具、手表等物品，成为了好几家店的终身 VIP 会员。

其中最贵的一样东西，是一台 papalab yc-3300 “全可见色域相机”，这台相机的价格刚好是一百万，是在任务期的第五天买的。这显然是任务完成得最轻松的一天。

其实陈忡根本就不懂摄影，更不知道该怎么操作这台天价相机。但他对摄影有些兴趣，打算以后学习。

经过连续十天的高消费训练，陈忡和黎芳对于迅速把钱抛撒出去这件事，已经驾轻就熟了。最后这一天，他们上午就完成了任务，所以此刻轻松地坐在咖啡店里，享受着悠闲而惬意的午后时光。

今天黎芳身上穿的，是 COVHERlab 白色印花连衣裙和 Dior 小牛皮露跟凉鞋，加上腕表和配饰，全身价值六十万左右。发型是昨天才做的，经过顶级造型师的设计和打理，变成了时尚的烟灰色短发。在顶级名牌服装的包裹之下，整个人不只是光鲜亮丽，气质都比之前高雅了许多。坐在她对面的陈忡亦然。和十天前相比，他们俩简直是脱胎换骨、判若两人。

黎芳用金属小勺轻轻搅动着骨瓷咖啡杯里散发着浓香的蓝山咖啡，对陈忡说道："谢谢你，陈忡。"

陈忡本来在翻一本杂志，抬起头来问道："谢我什么？怎么突然这么说呢？"

"谢谢你带我到北京来，让我过上了这样的生活。或者说，让我知道，世界上还有这样的生活。"

陈忡笑了一下，说："我以前也不知道。"

黎芳感慨地说道："你相信吗，就算我现在站在我父母面前，他们也认不出这是我，只会以为这是一个跟我长得很像的女生罢了。"

"你跟刚从懋县来的时候比，差别确实太大了。"

"十天前，我还是一个会为了一毛两毛跟菜贩讨价还价的穷姑娘，可现在花出去几十上百万，眼睛都不会眨一下。我把可以在懋县买三套房子的钱穿在身上，居然没觉得有什么不自在了。你知道吗，第一天的时候，我把那个 Hermès 包包当成瓷器一样对待，就像它掉在地上会摔碎一样。现在呢，它就放在我旁边的椅子上，我觉得它就是一个包包罢了。"

"是啊，"陈忡长叹一口气，同样感慨万千，"才十天，我们都变得不像我们了。"

"如果没有遇到罗教授，没有到北京来，我们恐怕一辈子都会是原来那样吧。”

陈忡点了点头：“所以你感谢我，就是因为拜我所赐，你才过上了上等人的生活？”

黎芳摇头道：“不，我在乎的并不是这些。而是你让我获得了自信和尊严，并让我知道，人生有多么奇妙。你知道吗，我甚至在想，就算下一秒死去，我也是此生无憾了。”

陈忡抓住黎芳的手说：“别说这种傻话，咱们的人生还长着呢。你忘了吗？我们还要结婚呢。”

黎芳的脸一下就红了，娇羞地把手缩回来，嗔怪道：“讨厌，现在说这个干吗？”她抿着嘴偷笑了一阵，抬起眼帘说道，**“陈忡，认识你是我一生中最幸运的事。”**

陈忡咧嘴笑起来：“希望你永远都会这样觉得。”

由于今天的任务已经完成了，喝完下午茶后，陈忡告诉司机崔平，可以回去了。

车子在下午四点钟的时候开回了别墅。陈忡把最后一天的消费小票交给罗教授。罗曼满意地笑道：“你们已经完成这个任务了。”

陈忡急促地说：“教授，那按照约定，您可以把关于我的秘密告诉我了吧？”

“当然，我肯定会遵守承诺的。”罗曼说道，“不过在那之前，先回答我一个问题吧——这十天，你的感受是什么？”

陈忡望向黎芳。罗曼说道：“别问黎芳，你就告诉我，你自己的感受是什么。”

陈忡想了想，如实说道：“一开始我觉得很不适应，因为太奢侈浪费了，后来渐渐就习惯这种高消费了。”他套用黎芳的话，“最大的感受是，我变得自信了吧。”

罗曼微微颔首，说道：“太好了，我就是希望你能变得自信。此外，我安排这个任务，还有另一个目的。”

陈忡望着教授。

“我希望通过这件事——也就是让你亲手花掉一千万——让你明白**自己的价值**。”罗曼说。

“我的……价值？”陈忡露出疑惑的表情。

“对，只有这样，我才能让你切身体会到，一千万对你来说意味着什么，而你自身的价值又意味着什么。”

“恐怕我……不太明白。”陈忡说。

“没关系，今天先休息一下，明天你就明白了。”罗曼说，“明天上午，我约了一个客人在这里见面。到时候你跟我一起，我就说你是我的一个学生。我跟他交流的过程中，你只需要做到一点，那就是——**不要说话**。你在一旁安静地听我们交谈就可以了。不管你多么吃惊，尽量不要表现出来，更不要透露你的身份，记住了吗？”

陈忡点头表示知道了，但他关心的始终是跟自己有关的问题：“教授，那你答应我的，告诉我……”

罗曼打断他的话，说道：“你还不明白吗？我要你跟我一起，就是让你亲自感受你想要知道的一切。之前我在你家里的时候，就跟你说过，鉴于你对我的信任，所有的事情，我都不想瞒着你。**陈忡，我要你知道一件事：我绝对不是在利用你，而是把你的价值最大限度地发挥出来。**”

陈忡愣愣地望着罗教授。罗曼说道：“好了，回房间去休息吧。我们今天不谈这件事了。”

陈忡整晚都在想着罗曼教授说的那些语焉不详、寓意不明的话，辗转反侧，一宿没有睡好。第二天很早就起来了，洗漱完毕，他揉搓着眼睛走到餐厅。

罗曼教授已经起床了，在餐厅一边看报纸一边吃早餐。齐薇、莫雷他们估计跟黎芳一样，还在睡觉。陈忡跟罗教授道了一声早安，坐了过去，跟他一起吃早餐。

罗曼看着陈忡因为没休息好而发黑的眼圈，说道："我有点儿后悔昨天跟你说那些话了，你肯定整晚都在想这是什么意思，所以没睡好，对吧？"

陈忡"嗯"了一声。罗曼说："你真是个急性子，一天都等不及。看来以后我不能再提前透露什么给你了。"

陈忡露出有点儿不知所措的表情。罗曼笑道："我开玩笑的，好了，快吃早餐吧，最好是喝点咖啡，提提神。要是一会儿在客人面前表现出没精打采的样子，会有点儿失礼。虽然是他有求于我们，但对方毕竟是大人物，面子还是要给的。"

陈忡问："哪个大人物呀？"

"商界的，说了你也不懂。快吃早餐吧，客人九点钟就会到了。"罗曼说。

陈忡点头，开始吃沙拉和三明治，并照罗教授说的，喝了一大杯咖啡，精神果然好多了。

之后，他坐在客厅看书，不断地看时间。九点钟的时候，门铃响了。他噌地一下站起来，知道是客人来了。

菲佣 Mary 把门打开，一个四十多岁、衣着得体的中年男人站在门口。罗曼迎了上去，跟对方握手寒暄。陈忡看出来，这个男人对罗教授十分尊敬，甚至是谦恭。

罗曼说："刘董，这边请，到我的书房坐坐吧。"

"好的，好的。"这位董事长连声应允，在罗曼的带领下，朝一楼的书房走去。罗曼用眼神示意陈忡一起进来。

这间书房有四十多平方米，两侧是整壁的黑胡桃木书架，正中间是面向庭院的大落地窗，视野开阔，赏心悦目。坐在窗前喝茶看书，是种莫大的享受。

这个书房是罗曼最喜欢的房间，所以很多时候，也把它作为一个小会客厅。

教授口中的商界大亨，这位刘董事长，却对如此优雅的环境不甚关心。他的神情中带着一丝忧郁和焦灼，显然有要事跟罗曼教授商榷。

罗曼请刘董事长坐在靠窗的皮沙发上，招呼陈忡也落座。刘董显得有些不解，问道："这位是？"

"我的一个学生，"罗曼说，"刘董不必介意，在他面前也无须讳言，他是我最信任的学生，未来也会成为我的助手，参与打理我的一些事务。所以我带他一起会客，从小进行培养。"

"这么小的年纪就能成为罗教授的助手，真是年轻有为，前途无量啊。"刘董望着陈忡感叹道。

陈忡礼貌地说了一句"谢谢"。罗曼对他的态度十分满意。

菲佣端上来一壶咖啡，分盛到三个咖啡杯中，茶几上两个精致的瓷杯中分别装着方糖和植脂末。罗曼对菲佣说："谢谢你，Mary，你先出去吧。"

Mary 依言离开书房，将门轻轻带拢。

罗曼说："刘董，咱们之前电话沟通过，那咱们就闲话少说，言归正传吧。"

"好的，罗教授。"刘董事长说，"我的情况，您已经了解了。犬子才 13 岁，不幸患上脑癌。我几乎带他跑遍了全世界顶级的医院，但是没有一家医院的医生有把握成功实施手术。现在癌细胞已经扩散，压迫视神经，几乎导致失明。而医生告诉我，犬子的生命，最多只有一个月了。罗教授，我儿子才 13 岁，现在只有您能救他了！"

陈忡能看出，这位董事长爱子心切，说这番话的时候，倘若不是努力遏制情绪，恐怕会声泪俱下。罗曼教授是生物学教授，听这意思，刘董事长是想拜托罗教授医治自己的儿子。但是这关我什么事呢？陈忡纳闷地想。

罗曼点头道："明白了。不过，有一点我很好奇，刘董是怎么打听到我可以治疗癌症的呢？"

刘董事长说："我知道这件事您没有对外公开。是我的一个挚友告诉我的，他说您这儿有某种神奇的药，可以治愈一切癌症。是真的吗，罗教授？"

"是真的，"罗曼承认道，"正如您所说，这件事我从来没有对外公开过。所以知道这件事的人非常之少。相信刘董也不会轻易把这件事告诉身边的人，否则的话，患了癌症的人都来找我，这种极其稀少的药，恐怕就不会落到您手里了。"

刘董事长是聪明人，立即明白了罗曼的意思，表态道："罗教授，您放心，我不会轻易告诉别人的。"

罗曼轻轻颔首，说道："刘董救子心切，感人肺腑，我也就不卖关子了——这种药我有，也可以提供给您一些，让您治好令郎的病。唯一的问题是——**价格**。"

听到罗曼教授的前半段话，刘董事长已经激动不已了。他赶紧说道："价格不是问题。为了救我儿子的命，多少钱我都愿意出。"

"话还是别说早了，刘董就不问问我这种药怎么卖吗？"

"请罗教授明言。"

罗曼说道："谈价格之前，我先说一个前提——希望刘董事长不要打听这种药的由来。您能做到吗？"

"能，能。"

"那就好。"罗曼一字一顿地说道，"这种药的价格是——**1亿元1克**。"

虽然刘董事长已经做好了心理准备，还是被这个天价震惊了。他试探着问道："那治疗我儿子的脑癌，需要多少克呢？"

罗曼说："脑癌是癌症中最难医治的一种，而且您刚才说，癌细胞已经扩散了，这又为治疗增加了难度。所以以我的经验来判断，要想彻底治好令郎的脑癌，大概需要一盎司吧。"

刘董事长张开了嘴，脑子里迅速计算着一盎司等于多少克，几秒钟后，他额头上浸出了冷汗，说道：“您的意思是，要 28 克左右……也就是，28 亿？”

“对。”罗曼平静地说道。

刘董事长缓缓垂下头，许久没有说话。罗曼说：“我知道这是个天价。但是请您理解，这种药世间罕有，我手里面也不多。物以稀为贵，所以……”

“我明白，我明白……”刘董事长嗫嚅道，“请您让我想想。”

“好的，您可以过几天再答复我。”罗曼说。

“不，不用过几天。您给我几分钟就好，我就在这里想想，可以吗？”

“当然可以。”

罗曼瞄了陈忡一眼，看到他张口结舌，显然也被这个天价吓到了。这不奇怪，连刘董这种身家百亿以上的人，也要仔细斟酌一番，普通人听到 28 亿这个数字，不吓得目瞪口呆才怪呢。

不只是几分钟，十分钟都过去了，刘董事长仍在思考，并未给出答复。罗曼轻轻咳了两声，说道：“28 亿，确实是一个太过庞大的数字。用这笔钱，再生养一百个孩子也绰绰有余了。刘董如果觉得为难，不妨直说，我完全理解。”

“不，罗教授，我不是在思考值不值得的问题。”刘董事长抬起头来说道，“我儿子是独一无二、不可替代的，我愿意花 28 亿救他的命。”

“那您在考虑什么呢？”

刘董事长说：“我之前本来是想，如果可能的话，这种药我打算多买一些，以备不时之需。但是说实话，这个价格确实超出了我之前的想象……”

没等他说完，罗曼便开口道：“我要知道您在考虑这个，早就跟您直说了。您打算囤一些货，这是不可能的。抛开价格不谈，我的原则是，这种药只用来救命，给真正需要的人，不可能放到黑市上去‘炒’，让价格再翻个两三倍。”

“不不，罗教授，您误会了。”刘董事长赶紧解释道，“我不是想去炒这种药，或者卖掉它。我想多买一些，只是害怕未来的日子里，自己或是我爱的人，再出现类似的情况。我不敢保证到时候还能不能买到这种药，或者说还能不能买得起。”

罗曼摇头道：“这也是不可能的。您知道，任何药品都有有效期。我不敢保证这种药放个十年八年，还能保持药效。”

刘董事长说道：“我明白了，那我就买一盎司吧。用 28 亿救我儿子的命。”他顿了一下，问道，“罗教授，这种药真的百分之百能治好我儿子的癌症吗？”

罗曼说：“我能保证的是，这种药百分之百能治好癌症。如果是别的病，就难说了。您确定是脑癌，不存在误诊的可能性吧？”

刘董事长笃定地说：“半年来我们去过不下二十家医院，每家医院诊断的结果都是脑癌。”

“那就没问题，肯定能治好。”罗曼说，“这药你先拿回去给你儿子吃，等他病好了，你再把钱打到我账上就行了。”

刘董事长颇感意外地说：“您免费让我把价值 28 亿的药拿去试用？”

罗曼说：“对，不出意外的话，您儿子一个月内就会康复了。到时候再付钱不迟。”

刘董事长说：“那我需要写一张欠条，或者收据什么的给您吗？”

罗曼摆手道：“不用，您拿去用就行了。刘董的财力和人品，我肯定是相信的。”

刘董事长在商场摸爬滚打几十年，各种豪气云天的大老板都见过，但还是第一次见识敢把价值 28 亿元的物品无条件“赊”出来的人。罗曼教授的豪爽和大气令他佩服得五体投地。

罗曼说了声“请等一下”，离开书房，亲自去拿药了。不一会儿，他回来了，手里提着一个在汽车上用的那种便捷式冰箱。他坐下来，打开冰箱，将里面唯一的东西拿了出来——**一个装着“绿色苔藓”的小玻璃瓶**。

看到这个玻璃瓶的时候，坐在沙发上的陈忡差点儿失声惊叫了出来。虽然之前已经有几分预感了，但是亲眼见证的时候，他还是震惊得无以复加。罗教授说的这种“药”，价值几十亿元的天价物品，竟然就是从他背上刮下来的“苔藓”！

罗曼望了陈忡一眼，用眼神示意他不要表现得如此惊诧，以免被刘董事长看出端倪。陈忡想起了教授昨天叮嘱过他的话——不管多么吃惊，尽量不要表现出来，更不能透露身份。他努力控制情绪，让自己起码看上去保持平静。

罗曼教授把小玻璃瓶放在茶几上，对刘董事长说：“这就是那种药，分量刚好是一盎司。”

刘董事长小心翼翼地拿起瓶子，在手心里转动着，仔细观看，然后问道：“这药看起来像是某种天然苔藓？”

罗曼盯着他的眼睛。刘董事长一下明白了，之前罗教授说过，不要打听这种药的由来。他说了声“对不起”，换了个问题：“这种药，该如何服用呢？”

罗曼说：“拿回去，用一个小勺子把这种绿色的物质舀出来，让您儿子直接服用。黏在底部的，可以用纯净水涮一下，再喝下去。相信不用我说，您也不会把这么贵的药浪费一丁点儿吧。”

“那是当然。”刘董事长说，“一次性全部吃完吗？”

“对。”

“然后呢？”

“就可以了呀。”罗曼轻描淡写地说，“接下来你就等着奇迹发生吧。”

刘董事长由衷地感叹道：“真是太不可思议了。”

罗曼笑道：“这句话，还是留到您儿子的病痊愈的时候再说吧。”

“太感谢了，罗教授！”刘董事长站起来跟罗曼握手，“等我儿子的病好了，我一定带他登门道谢！然后给您开一张 28 亿元的支票。”

罗曼也站了起来，微笑着说：“好的，欢迎一个月以后，您和令郎来我家做客。”

“那这个药，必须放在冰箱里带回去吗？”

“最好是这样。低温冷藏能最大限度地保持药效。”

“好的，回去之后，我让助理把冰箱给您送回来。”

罗曼发出爽朗的大笑：“不用了，你要支付我 28 亿元，区区一个冰箱算什么？”

刘董事长再次道谢，小心翼翼地抱着冰箱离开了。罗曼和陈忡送他到书房门口，菲佣 Mary 把刘董事长送出大门。

罗曼把书房的门关上，重新坐回到沙发上，喝了一口加糖的咖啡，对陈忡说：“问吧，我知道你现在有很多问题想问我。”

陈忡走到罗曼面前坐下，问道：“我身上长的苔藓，真的可以治疗癌症？”

“你刚才不是在场吗？你不会以为我是在骗他吧？”罗曼放下咖啡杯，“当然是真的。”

“您是什么时候知道这件事的？”陈忡问。

罗曼捏着下巴想了想：**“大概在我 30 岁那年吧。”**

陈忡惊诧地张大了嘴：“您的意思是，十多年前？但是……怎么可能？那个时候，您不可能认识我。而且，我也许还没出生呢！”

罗曼双手交叠，淡然一笑，说道：“没错，那个时候我当然不知道你的存在。**但是你为什么会认为，你是世界上第一个‘苔藓人’呢？”**

十七

终极秘密

夏嬴走到客房的门口，轻轻敲门，问道："韩敏，你还没睡吧？"

现在是晚上九点多，韩敏中午睡了午觉，自然没有这么早入睡。她放下手中的书，问道："没睡，有什么事吗？"

"我有点儿饿了，想吃点夜宵，你要吃吗？"

"我没饿。你晚上没吃饱吗？这么快就饿了。"

"你把门打开再说吧。这么隔着门说话，累。"

韩敏从床上下来，打开门，看到夏嬴笑嘻嘻地端着一盘烧烤站在门口。她说："你已经点了外卖了？"

"对呀，陪我吃一点儿吧。"夏嬴说。

韩敏无法拒绝，跟夏嬴一起朝阳台上走去。这套江景房的阳台挺大，摆了一套类似星巴克户外座位那样的休闲桌椅。此刻，玻璃圆桌上有一瓶香槟酒和两个喝香槟的杯子。夏赢把那盘烧烤放在桌子上，说道："香槟配烧烤，夜风配江景——怎么样，不错吧？"

韩敏走到阳台栏杆旁，俯瞰灯火灿烂的城市夜景，轻柔而凉爽的江风吹拂着她的脸庞，她闭上眼睛，觉得这一刻真是太美好了。

夏赢往两个杯子里倒入香槟，招呼韩敏坐下来。夏赢端起酒杯，跟韩敏轻轻碰杯，说道："Cheers。"

韩敏呷了一口香槟酒，是苹果味的，入口十分清甜。在这迷醉的夏夜，还有一丝浪漫的味道。

夏赢拿了两串烤牛肉给韩敏。韩敏其实一点儿都不饿，但还是接了过来，细细品尝。

夏赢一边吃着烧烤，一边有一搭没一搭地跟韩敏聊着天。他的目的，是要让韩敏彻底放松下来，然后在一个适当的时机，进行试探。

夏赢摸出手机，先拍了几张夜景和江景，谎称发朋友圈，然后"顺便"看了下手机新闻。

"啊！"夏赢叫了一声，他假装才看到这则新闻。

果不其然，韩敏问道："怎么了？"

夏赢说："一则本地新闻，火车站附近的小旅馆发生了一起离奇的命案，一个中年男人裸体死在了旅馆的卫生间内。"

说完这句话，他望向韩敏，看到韩敏的脸瞬间就变白了，面露惊惶之色。显然她完全没料到夏赢会突如其来地说出这句话，所以没能掩藏住内心的惶恐不安，表露了出来。仅仅通过这一个神情，夏赢心里已经明白七八分了，他的心一下攥紧了，表面上却装作什么都不知道的样子，用谈论新闻事件的语气说道："法医暂时没有查出这个男人的死亡原因，真是奇怪啊。"

韩敏试着问道："那警察知不知道……这个男人是怎么死的呢？"

夏嬴把手机递给韩敏："要不你自己看吧。"

韩敏接过手机仔细浏览这则新闻，她的心脏怦怦直跳，却要尽量装出平静的样子。即便如此，在看到某些跟自己息息相关的内容时，脸上还是难以抑制地掠过了紧张慌乱的神色。这些细微的表情，都被夏嬴捕捉到了。他已经完全能确定，新闻中提到的这个年轻女子，就是韩敏，不用再进行任何试探和验证了。

现在的问题是，请神容易送神难，该怎么把韩敏打发走呢？不管是直接还是间接地提出，都是有风险的。韩敏既然能干掉那个男人，想必自己也不是她的对手。

韩敏看完新闻后，把手机还给了夏嬴。夏嬴默不作声地接过手机，两个人之间出现了一阵尴尬的沉默。夏嬴实在是不知道该说什么好，另一个原因是，他心里或多或少地出现了恐惧的阴影。

韩敏当然更加敏感。新闻里明确提到了"面容姣好、20岁左右年轻女子"这样的特征。而发生命案的这一天，正好就是她到夏嬴的公司应聘的那天。她刚理了发，又没有身份证，当时几乎是求着夏嬴的公司收留自己。这不叫"形迹可疑"叫什么呢？

韩敏偷瞄了夏嬴一眼，看到夏嬴表情凝重，眉头微蹙，知道他显然已经怀疑甚至断定是自己了。他们俩虽然谁都没有捅破这张纸，但彼此已是心照不宣。

隔了好一会儿，韩敏忍不住打破僵局："你想说什么，就说吧。"

夏嬴扭过头望着她："你认为我想说什么呢？"

"你想说什么就说呗……"

夏嬴是个血气方刚的男生，突然厌恶起自己这种扭扭捏捏的状态起来。他心一横，挑明道："够了，咱们都别打哑谜了。你直接告诉我吧，新闻里说的这个女生，是不是你？"

话都说到这份上了，隐瞒也失去了意义，反而是欲盖弥彰。韩敏也横下心来承认了："对，是我。"

虽然之前心里已经有了答案，但听到韩敏亲口承认，夏嬴还是倒吸了一口凉气，他问道："不会是你杀了这个男人吧？"

"不！不是我杀了他！"韩敏立即辩解道，"我也不知道这是怎么回事！"

夏嬴突然意识到在阳台上谈论这事有点儿不妥，有可能被邻居听到。他对韩敏说："我们进屋说吧。"

两人走进客厅。一人坐在沙发上，一人坐在餐椅上，面对着面。夏嬴问道："那是怎么回事，你告诉我吧。"

事到如今，没法再隐瞒之前的事了。韩敏索性从一个月前说起，把自己出了车祸后失忆，在里县的火锅店打工，中间发生好几起"神秘清洁事件"，徐燕偷看视频后意外身亡，她是如何到了关山市，然后在火车站被那个中年男人用迷药弄到小旅馆，醒来后发现这个男人已经死在了床上——所有的一切，都毫无保留地告诉了夏嬴。

并非她不想有所保留，只是遮遮掩掩避重就轻，会导致无法自圆其说，会更令人生疑。而且她知道，在这一系列的事件当中，她并没有做错什么。而围绕在她身边的"神秘清洁"现象，她也确实不知道真相。这么久了，终于能把心里藏着的秘密一吐为快。讲完之后，她有一种说不出的轻松感。至于夏嬴是否相信，只能由他自己了。

听完了韩敏的故事，夏嬴有一种人生观被颠覆的感觉。他不是一个想象力贫乏的人，但韩敏的故事实在是太过离奇。可问题是，直觉告诉他，韩敏说的一切都是真的，她并没有撒谎。如此看来，这事真是世界上一个新的"未解之谜"了。

韩敏说："我可以发誓，刚刚说的句句都是实话。我在里县打工的那家火锅店叫'郑屠夫火锅店'，不信的话，你可以去向那家店的老板和店员求证。"

夏嬴说："不用了，我相信你说的。但问题是，围绕你发生的这些怪事，到底是怎么回事呢？”

韩敏无奈地说：“我也不知道呀。”

“你就不想弄清楚吗？”夏嬴说，“今天晚上，你就可以用手机录下你睡着后发生的事。”

韩敏咬着嘴唇犹豫许久，说道：“其实我今天下午在那个客户的家中，就想过要不要这样做了。但是……我始终有点儿担心，怕自己不能接受这个事实，所以选择了掩耳盗铃。”

夏嬴心里其实也觉得这事儿太过玄乎。他的人生格言中，一直信奉“难得糊涂”这句话。以往的一些经验告诉他，这句话真是太有道理了。有些事情，了解得太过清楚透彻，反而会引来不必要的麻烦和困扰，甚至是危险——那个徐燕，不就是最好的例子吗？既然韩敏自己都不想弄清楚，他又何必去蹚这浑水呢？这种时候，明哲保身，才是上策吧。

于是跳过了这个话题，说道：“那小旅馆里发生的事情，你有没有分析过，这又是怎么回事呢？那个色狼明显是想迷奸你，他之前还好端端的，怎么会突然就死了？要说是心脏病发作什么的，那也太巧了点儿吧？再说了，急性心肌梗死的人，尸体是有明显特征的。但新闻里说法医暂时无法判断死因，证明他不会是心脏病突发这么简单。”

夏嬴都把话说到这份儿上了，韩敏当然明白他的意思：“你就是想说，他的死，跟我有关系呗。”

“难道你不这样觉得吗？”

韩敏烦闷地说：“我不知道。我真的不知道这是怎么回事。”

夏嬴试图帮她理清头绪：“你已经被迷药控制了心智，毫无抵抗能力，按说这色狼应该得手了才对。但是你说，你醒来的时候，身上是穿着内衣裤的，对吧？”

韩敏低着头“嗯”了一声。

“那就说明，这个男人是在准备强暴你之前死亡的。因为他不可能在完事儿之后，还帮你穿好内衣裤吧。”

韩敏若有所思地点着头。

夏赢沉思了一阵，做出了一个大胆的推论：“嗯……你看，‘清洁事件’都是在你睡着或者失去意识的情况下发生的，而这个男人准备对你‘下手’的时候，你也正好处于失去自我意识的状态。那是否有这种可能呢——**有某种‘东西’一直在暗中帮助或保护着你。当你处于无意识状态的时候，‘它’就会自行启动，做出一些难以置信的事情。**”

“比如……**杀死那个企图对我下手的男人？**”韩敏艰难地说出这句话。

夏赢深吸一口气，说道：“我想不出别的可能了。如果真是这样，那跟你在一起的人，应该都存在危险吧……”

韩敏听出他的言下之意了。她眼神黯淡下去，讷讷道：“我明白了，我不会让你担惊受怕的。谢谢你，夏赢，你是个好人。我的确不该让你蒙受危险。”

说着，她站了起来，朝大门口走去。夏赢听她这么说，心中十分难受，他很想说出几句挽留的话，哪怕是象征性的，但他的喉咙像被什么东西堵住了似的，始终没能发出声音。

韩敏心中的悲凉和难过更是难以言喻。但她忍住了，没有让自己在夏赢面前掉下泪来。她回屋把衣物收拾好，装在一个纸袋里。离开之前，想起了什么，掏出裤兜里的手机和剩余的一千多块钱，放在了餐桌上，说道：“对不起，夏总，不能在你这儿上班了。你预支给我的工资，我自然没脸带走，还给你吧。”

夏赢憋了好久才说出话来：“没事，这钱你拿去吧，好歹可以住旅店什么的。”

韩敏悲恻地说道：“不用了，我没有身份证，拿着钱也住不了店。”她抬起头来，不想让夏赢感觉自己是在博取同情，强装笑颜地说道，“没事，船到桥头自然直，我肯定能想到办法的。说不定还能遇见你这样的好人呢。再见，夏总。”

说完这句话，她终于控制不住情绪，眼泪夺眶而出。她迅速转过身去，打开门，走了。

夏羸呆呆地看着韩敏离开。门关上的一刻，他感觉自己的心仿佛从悬崖上坠落了下去，胸腔里什么都没有了，空落落的。他黯然地倒在沙发上，双手掩面，将一口浊气沉重而缓慢地吐了出来。

在沙发上心绪复杂地躺了十多分钟，夏羸听到外面一声沉闷的雷声，接着，夏天的暴雨倾盆而至。他坐起来，呆呆地望着阳台外的瓢泼大雨，突然铆足劲给了自己一大嘴巴。

夏羸，你他妈还是男人吗？！他在心中痛骂自己。大晚上把一个身无分文的姑娘赶出了家！韩敏是不是坏人，你真的看不出来吗？你这个白痴！

他从沙发上噌地跳了起来，走到门口，拿出鞋柜抽屉里的一把雨伞，冲出了家门。

夏羸无法判断韩敏是朝哪个方向走的，他只有凭直觉选择了一个方向，撑着伞大步流星地朝前走去，一路上搜索着韩敏的身影。这么大的雨，他相信韩敏没有走远。但他不敢肯定韩敏有没有进入某家商场内躲雨，如果是这样，找到她的希望就十分渺茫了。

雨大得惊人。雨伞在这种情况下几乎没起到什么作用，除了头顶，他浑身都被淋湿了。夏羸走到这条街的尽头，是一个十字路口。他头都大了，这样下去，只会出现更多的岔路，怎么可能找得到呢？

这时，他看到了停在路边房檐下的几辆共享单车，做出一个决定。他把伞扔掉，用手机扫码打开了单车的锁，然后骑着自行车冲进了雨夜，一边骑车，一边大喊道：“韩敏！”

街道上现在几乎一个行人都没有，一些在房檐下躲雨的人，惊讶地看着这个被大雨淋成落汤鸡、骑着单车穿梭在电闪雷鸣中的小伙子。

夏嬴骑着车几乎把周围的街道全都找了一遍。他一遍一遍呼喊着韩敏的名字，声嘶力竭、喉咙沙哑，仍然没有放弃……

一个多小时后，他疲惫而失落地伫立在街头，感到心灰意冷。韩敏就像是消融在这雨夜中了一般，无论如何都找不到了。

几分钟后，夏嬴心头一震，猛然想起一个地方。这是他唯一的希望了。

他骑着单车，朝家旁边的滨江路狂奔而去。

夜晚的滨江路，特别是这样大雨滂沱的雨夜，自然是一个人都没有，所以之前，夏嬴完全没朝这个方向想。但他刚才突然想起，之前跟韩敏一起在滨江路散步的时候，韩敏说过非常喜欢滨江路上每隔一段就修建的凉亭。他们在其中一个凉亭坐了一会儿，韩敏说这里吹着江风，看着江景，非常舒服。

夏嬴骑着车挨个凉亭地找。终于，他眼睛一亮，在其中一个凉亭里，看到了他熟悉的身影。如果没记错的话，这正是他们之前散步时休息过的那个凉亭。

夏嬴把单车停在路边，一步一步朝凉亭走去。韩敏坐在凉亭的长凳上，背对着他，并没有看到夏嬴出现在了自己身后。

夏嬴没有直接呼喊韩敏的名字，他看到韩敏在冷雨夜中，双手抱着肩膀，瑟缩着身体，心中百感交集。他伫立在韩敏身后，任由雨水倾盆而下。

然而，一分钟后，韩敏似乎本能地感觉到了什么。她倏然回头，看到了站在身后淋着雨的夏嬴，不禁“啊”的一声叫了出来，说道：“你……你怎么在这儿？”

“对不起，韩敏。”夏嬴声音沙哑地说。雨水顺着他的脸滴落下来，看起来像满脸的泪。

“你没有什么对不起我的，”韩敏说，“真的，你没有向警察告发我，我已经很感谢了。”

夏嬴抹了把脸，抓住韩敏的手，说道：“走，跟我回家。”

韩敏把手抽了回来，说道：“你不怕跟我在一起，不安全吗……”

“我不怕。”夏赢说，“这场雨把我淋醒了。你之前在火锅店，或者别的地方，不是都没有伤害到身边的人吗？至于小旅馆那个男人，那是他咎由自取。我相信只要别人不做出伤害你的行为，你的‘能力’是不会贸然发动攻击的。”

虽然韩敏对自己的“特殊能力”也缺乏了解，但直觉告诉她，正是夏赢说的这样。她突然觉得，目前，夏赢是这个世界上最了解她的人了。

然而，她始终无法保证自己的“能力”会不会意外地伤害到夏赢。刚才独自坐在凉亭里，她清楚地意识到了一件事——尽管才接触短短几天，但她已经爱上夏赢了。分开虽然不舍，但这也是确保夏赢安全的最好的方式。现在夏赢冒着大雨来找到她，要她回家，她内心是非常感动的，可是又有些迟疑。万一发生意外，她无法承受这样的结果。

韩敏说道：“不管怎么样，我始终是一个特殊的人。身上带着尚未解开的谜团，你跟我在一起，难免……”

没等他说完，夏赢突然做出了一个令她猝不及防的举动。他一把将韩敏拥入怀中，冰冷的双唇贴到她温润的嘴唇上，两人的体温都在瞬间升温了。韩敏一开始试图将夏赢推开，但很快就不再挣扎了，全身无力。她伸出双臂紧紧地搂住夏赢，嘴唇变得柔和、顺从。

他们吻了一分多钟才分开，彼此都是脸红心跳。夏赢说：“你看，我刚才强吻了你，你的‘守护神’也没有攻击我呀，说明它还是有判断力的。”

韩敏捶了他的胸口一下，嗔怪道：“傻瓜，你拿命来试吗？”

夏赢对她说：“记得我跟你说过的话吗？‘用人不疑，疑人不用’。这句话现在应该改成‘爱人不疑，疑人不爱’。我喜欢你，韩敏，所以我会接受你的一切，包括你身上的谜团——让我们一起解开这个谜，好吗？”

韩敏潸然泪下，她什么都不想说了，紧紧地抱住夏赢。这么久以来，她第一次如此感谢上天和命运。

“回家吧。”夏赢说。韩敏点了点头，随即说道：“可是，这么大的雨……”

“这雨一时半会儿是停不了了，可我们不能一直待在这儿呀。”夏赢说，“反正我全身都湿透了，无所谓了。”

想了想，他把上衣脱下来，拧干雨水，搭在韩敏头上，说道：“只能这样了，咱们跑回去吧！”

韩敏笑了起来，说道：“好啊！”

他俩一起冲进雨中，夏赢光着膀子，一双大手一直把衣服搭在韩敏头上。他们一起变成了落汤鸡，心里却无比快乐和幸福。

回到家之后，夏赢对韩敏说：“你先去洗澡吧，不然会感冒的。”

韩敏说：“不，你先去洗，你淋雨的时间比我长。”

夏赢说：“没事，我身体这么壮，淋点雨不会感冒的。”

韩敏还要推让，夏赢说：“算了，别争了，咱们一起洗吧。”

“讨厌，你又来了！”韩敏打了他一下，朝卫生间走去了。夏赢哈哈大笑。

两人分别洗完了澡，吹干了头发，全身既干爽又舒服。现在已经是晚上十一点半了，但谁都没有睡意。夏赢煮了一锅黑糖红枣糖水，两人坐在餐桌前一边喝着糖水，一边聊着今后的打算。

“你是怎么想的呢？”夏赢问，“还是你暂时不想揭开这个谜团？”

经过今天晚上的事，韩敏更加惧怕得知真相了。实际上她惧怕的是，这个真相会毁了她现在拥有的一切。她“嗯”了一声，说道：“我还是觉得暂时不要去触碰真相吧。如果以后遇到非揭开真相不可的情况，再说吧。”

夏赢也比较赞成这种顺其自然的做法。他说：“好的，我尊重你的选择。”又问，“那你以后打算做什么呢？”

韩敏说：“你不想让我在公司上班了吗？”

夏赢挠着脑袋说：“本来我还在构想一个利用你的特殊技能来赚钱的办法。可是现在，你成了我女朋友，我突然觉得让你去做清洁，有点儿不合适了……”

韩敏低着头，嗫嚅道：“谁成你女朋友了呀……”

夏赢瞪大眼睛说："我刚才跟你深情告白，你可没有拒绝呀！不会现在反悔吧？那我再来一次？"

韩敏"扑哧"一声笑了出来，红着脸说道："好了好了，不用再表白了。"顿了几秒，柔声道，"我答应你就是了。"

夏赢咧着嘴笑起来。这个大男孩笑起来有两个酒窝，很可爱。韩敏最爱看他笑的样子。

他们接着讨论刚才的问题。韩敏说："就算我是你女朋友，跟工作也没有关系呀，我为什么不能继续上班？"

夏赢说："如果我开的是文化公司、设计公司，让你在公司当个白领，那当然可以。但是让自己女朋友出去给客户打扫卫生，这也太委屈你了。"

韩敏说："没关系的，我去打扫卫生，实际上手指头都没动一下。就像今天下午，我只是在那个女客户家睡了个午觉，醒来时家里就全变干净了，没有什么好委屈的。"她笑道，"这个特长不用起来，反倒是可惜了。"

见夏赢还是有些不情愿，韩敏抓着他的手说道："夏赢，我想帮你，也想发挥自己的'特长'做一些事，我希望自己是有价值的，你明白吗？"

夏赢略略点了点头，说道："好吧。但是，我不想让你当一个普通的清洁员，我要把这件事变得'**高级**'起来。"

十八

我是苔藓人

在罗曼教授宽敞优雅的书房里，陈忡呆住了，说道：“您叫我什么？**‘苔藓人’**？”

“抱歉，这个称呼没有任何贬义或者不礼貌的成分，我只是沿用了**李时珍**的说法罢了。”罗曼说。

“李时珍，您说的是明朝著名的医药学家李时珍？”陈忡在历史课上学过。

“对，李时珍所著的《本草纲目》，把药物分为水、火、土、金石、草、谷、菜、果、木、器服、虫、鳞、介、禽、兽、人共16部，包括60类。草、木、虫、果等入药，不难理解，但最后一部**‘人’**——你知道是什么意思吗？”

陈忡骇然道：“人……也是药的一种？”

罗曼笑了：“不是把人当成药，而是人身上的某些部分，有入药的价值。比如说，用童子尿作为药引，你听说过吧？”

陈仲点头道：“我知道，我们老家的中医就曾经给我的一个婶娘开过这样的药方，当时用的还是我的尿呢。”

罗曼说：“对，这就是以‘人’为药的一个例子，除了童子尿之外，人的指甲和头发经过煅烧，也可入药。人乳，甚至人体内的结石，都是一味中药。”

陈仲关心的是自己的情况：“那我背上长的苔藓……”

罗曼示意他别着急，听自己慢慢说：“我刚才说的，是一般的情况，因为童子尿、头发、指甲什么的，是每个人都有的。但背后长苔藓的人，非常特殊。你知道全世界现在有多少个‘苔藓人’吗？”

陈仲茫然地摇着头。

罗曼竖起一根手指头。

陈仲惊愕道：“只有一个？”

“对，就是你。”罗曼说。

“您……怎么知道呢？”

罗曼说：“我当然知道，我还知道更多的事情。你要继续听下去吗？”

“当然要。”陈仲迫切地问道，“您刚才说，沿用了李时珍的说法，意思是《本草纲目》中，记载了跟我一样的‘苔藓人’？”

“不，”罗曼摇头道，“《本草纲目》中记载的全部是常规药物。而‘苔藓人’显然是特殊的。所以李时珍只是把自己见到这个奇人，也就是‘苔藓人’的事，记录在了一部医学笔记中。

“原文比较长，我背不下来了，大概讲的是：明朝时候，山东淄川的一个村子，有一个背后长绿色苔藓的人。这个人以为自己患了怪病，便四处求医，却没有哪个大夫见过这种病，自然无从诊治。这件事传到了李时珍的耳朵里，他来到淄川的村子，见到了这个病人。研究之后，他发现这种绿色苔藓并非疾病，反而是一种罕见的良药，能治肿瘤——也就是我们现在说的癌症。他把此人称为‘苔藓人’。这个称呼，就是这么来的。”

陈忡听得呆了：“这么说，明朝时候，世界上就有跟我一样的‘苔藓人’了？”

罗曼说：“未必是明朝才有的，说不定更早的时候就有了，只是缺乏记载罢了。”

陈忡说：“但是从明朝到现在，有四百多年了，为什么没有听到过任何关于‘苔藓人’的报道呢？”

罗曼说：“两种可能。第一，在这几百年中，其实是出现过苔藓人的，只是因为各种原因，这个人并没有引起关注，所以未有记载；第二种可能是，这种特殊的基因并不是每代都会继承的，这就让‘苔藓人’出现的概率变得更低了。”

陈忡愣了半晌，才明白过来罗教授说的是什么意思，他惊愕万分地说道：“您的意思是，李时珍记载的那个明朝的‘苔藓人’，是我的……**祖先**？”

罗曼凝视着他的眼睛说：“对，你终于理解了。所以你现在明白了吧，你的存在简直是个奇迹。”

陈忡难以置信地张着嘴，许久没有说出话来。好一阵之后，他才讷讷道：“可是，我的父母……还有爷爷奶奶、外公外婆，都不是‘苔藓人’呀，为什么我会是？”

罗曼说：“你没听懂我刚才说的吗？这种特殊的基因不会每代遗传，可能是**‘返祖遗传’**。所谓的返祖遗传，就是指你继承到的是上面好几代的某个祖宗的特殊基因。**简单地说就是，像你们这样的奇人，是几百年才会出一个的。**”

陈忡想起了罗教授在课堂上跟他们讲过的各种奇人，他说道：“我就是您之前提到过的‘奇人’，或者说‘变异人’，对吗？”

罗曼定睛望着陈忡，说道：**“我们这一类人，有一个统一的称呼，叫作‘特异人’。意思是：具有特殊基因或者变异体质的人。”**

陈忡和罗曼教授对视了好几秒，愕然道：“教授，您刚才说**‘我们’……**”

“对，我们。”罗曼平和地承认道。

陈忡脸上的汗毛竖了起来：“您的意思是，您也是‘特异人’？”

罗曼说：**“对，不止我，齐薇、莫雷，他们俩也是。”**

陈忡愣了半晌，说道：“可是，我没看出来你们有什么特别呀。”

罗曼笑道：“如果你不告诉别人你背后长藓的事，谁又会知道你是特殊的呢？”

陈忡明白了，他试探着问道：“教授，那您能告诉我，你们‘特异’在哪儿吗？”

罗曼说：“反正不是背后长藓。**我们每个人的特异之处都不一样**。但有一点是共同的，那就是——**我们只有在某种特殊情况下，才会发生‘变异’**。”

陈忡问道：“我也是吗？”

“当然，你仔细想想，你背后的藓不是每天都在长，对吧？”

陈忡说：“对，可是每次背后痒，也就是长藓的时候，都不是什么特殊情况呀。早上、白天，晚上都长过。”

罗曼说：“但晚上居多，对吧？而且长藓的时候，通常还会伴随轻微的腿痛，是吗？”

陈忡呆住了，说道：“您怎么知道？”

罗曼说：“那种腿痛，叫作‘生长痛’，是每个人长高时都会经历的生理性疼痛。说到这里，你该知道你每次长藓的‘特殊情况’是什么了吧？”

陈忡是聪明人，一点就通：**“每次我长高的时候，就是这种藓生长的时候？”**

罗曼轻轻点头。

陈忡立即意识到了问题所在：“但是，我不会一直长高下去的。”

“对，男生一般到 24 岁左右，就会停止长高了。而身高猛增的年龄段，就是 12 岁到 18 岁之间这六年。”罗曼说，“你今年 15 岁，正好是长高的最佳时期。但是过了这几年，长高的速度就会慢慢缓下来。到 24 岁之后，你就会变成一个普通人了。”

陈忡的心情有些复杂，说不清楚“变成普通人”是否是一件好事。他迷茫地问道：“教授，这意味着什么呢？”

罗曼望着他的眼睛，说道：**“意味着你要明白自己的价值，你是全世界最‘贵’的一个人**。保护好自己，是你要做的最重要的事，也是我让你到北京来，待在我身边的目的。”

陈忡不解地说道：“为什么我需要被保护呢？我会有什么危险吗？”

罗曼叹了一口气：“你这样说，表示你还是太天真了。这个世界上，虽然没有多少人知道关于‘苔藓人’的事，但也绝非只有我一个。设想一下，假如你被某个坏人盯上了，他完全可能把你——包括你母亲——绑架或拘禁起来，逼迫你不断为他们提供价值连城的‘苔藓’，奴役你长达十年之久。”

听完这席话，陈忡的脸都吓白了。罗曼宽慰道：“现在你不用担心这个问题了，因为你跟我在一起。我会保证你的安全，只要你听我的话，按我说的去做。”

陈忡连连点头：“我会的，教授。我需要做什么呢？”

罗曼温和地摸了他的脑袋一下，笑道：“你需要做的就是好好学习，过好每一天。家庭教师我已经帮你请好了，都是我精挑细选的名师，而且绝对能够信任。从明天开始，你和黎芳就在家里开始学习吧。”

陈忡苦笑了一下，说道：“别人读书学习，是为了今后能找到一份收入丰厚的工作，‘我’值这么多钱，学习的意义是什么呢？”

罗曼望着陈忡，严肃地说道：“陈忡，我要你记住，学习的意义不仅是为了找到一份好工作，从来都不是。学习是为了丰富你的心灵，充实你的人生，还有更重要的——**让你知道自己存在的意义，以及我们这些‘特异人’存在于这个世界上的意义**。上帝创造我们这些与众不同的人，是有他的用意的。这个用意，需要我们用一生去探索。”

这番话震撼人心，陈忡颇受触动，认真地点头道："我明白了，教授。"

罗曼颔首，说道："至于你背后长的藓，你刚才已经知道它的价值了。1克等于1亿元——这仅仅是现在的价格。随着你逐渐长大，直至最后长高停止，这种藓会变得越来越珍贵，它的价值会不断上涨，这是必然的。"

陈忡难以置信地说："现在已经是天价了，再往上涨的话，真的会有人愿意花几十上百亿来买这种藓吗？"

罗曼说："你记住，他们并不是在买这种藓，而是用钱来买自己或者他们所爱的人的生命。"

陈忡抿着嘴思考了一阵，说道："那么……普通人怎么办呢？他们不可能有这么多钱。"

罗曼叹息了一声，说道："这是一个沉重的话题。不管这种藓价值多少，甚至我们免费赠送，它也不可能救得了世界上所有的癌症患者。物以稀为贵，这是整个世界的法则，也是我们无法改变的事实。"

见陈忡还是低着头不说话，罗曼明白他的心思，说道："陈忡，我知道你心地善良。我答应你，如果以后遇到你非常想帮助的人，我们可以免费赠送一些'苔藓'，救他（她）的命，好吗？"

陈忡这才抬起头来，点头道："好的。"

"但你必须答应我，不向任何人——黎芳除外——透露你是价值连城的'苔藓人'的秘密。原因你已经知道了。在坏人眼中，你就是一个移动的金库。"罗曼说，"你身上长的所有苔藓，都由我亲自来帮你处理和交易。你本人是不能跟任何人单独'谈生意'的，那会暴露你的身份和身价，你懂我的意思吧？"

陈忡颔首。对罗曼教授，他是绝对信任的。然而，他也提出了一个问题——其实刚才就问过一次，被罗曼避重就轻地岔开了："教授，您能告诉我，您和齐薇、莫雷的特异之处吗？"

罗曼说："我会告诉你的，但不是现在。记得我跟你说过的吗？理解和接受这些事实，需要一个过程。一下子知道太多，会让你难以消化的。”

陈忡听话地点头，有些懊恼地说道：“我从小就长这种藓，以前全都刮下来丢掉了。现在想起来……”

“这些被你丢掉的藓，可以买下半个北京城。”罗曼开玩笑地说，“不过往好的方面想吧。还好你在 15 岁这一年遇到了我，不然的话，你可能一辈子都不会意识到这种藓的价值。”

陈忡一边点头，一边说道：“对了，教授，您当初是怎么知道，我是‘苔藓人’的呢？”

罗曼神秘地一笑，说道：**“这就跟我的‘特异之处’有关了**。以后慢慢告诉你吧。”

十九

全城“黑科技”

两天后，关山市夏洁家政公司推出了一项引人注目的“新型高科技清洁业务”。广告内容是这样的：

不管您的家是这样——

（图片：家中布满灰尘，一年半载没有住过人的样子。）

还是这样——

（图片：各种琐碎的小型摆件、繁杂的家具，打扫难度很大。）

或者这样——

（图片：墙上、地上全是小孩的涂鸦、墨汁和颜料。）

我们能在一个小时内，将您的房子打扫得一尘不染。收费2000元一次。公司承诺：**如果打扫得不彻底，除了免收费用之外，还会赔偿客户10万元的损失。**

这则消息是在微信公众号和朋友圈中发布的，流传开后，引起了大众的关注和好奇。大家议论纷纷，讨论的焦点主要集中在四个问题上：

1. 多少个清洁员进行打扫？

2. “一尘不染”是种形容，还是真的能做到让整套房子的每个角落都一尘不染？

3. 赔付客户10万元损失，是否会兑现？

4. 所谓的“新型高科技清洁业务”，是噱头还是真有这种黑科技？

夏赢在公众号的评论区一一进行解答：

1. 只有一个清洁员进行打扫。

2. 一尘不染并非形容，就是字面上的意思。

3. 赔付问题，如果客户不放心，可以在打扫之前先签订合同。

4. “新型高科技清洁业务”的内容和形式，是商业机密，无可奉告（他顺便强调了一下，清洁过程中房子里不能有其他人在）。

看到公司的负责人做出以上回复，人们的想象力和好奇心被彻底点燃了。一个人，在一个小时内将整套房子打扫得一尘不染，可能吗？

很多人认为，这绝对是一个夸夸其谈的骗局，因为从没听说过有这样的黑科技。即便是纽约、东京这样的国际大都市，打扫卫生不还是得用抹布、墩布老老实实干吗？大不了使用充电式吸尘器或者扫地机器人，可这些机器也不是万能的，对地上、墙上的一些污迹还是无可奈何。况且房子面积大的话，再加上家具、摆设之类的琐碎细节，要想在一个小时内打扫得干干净净，根本就是天方夜谭。

另外一些人则认为，管他是真是假，试试再说。反正公司承诺可以先签合同，一个小时没打扫干净更好，赔钱！

不管怎么说，这件事一时之间成了人们茶余饭后的谈资、关山市的热门话题。很多人跃跃欲试，打算一试。

其实制定“一个小时”这个限制，夏嬴也是捏了一把汗的。他非常清楚，能不能做到这一点，主要取决于韩敏能不能在这一个小时内睡着。关于这点，他反复征询了韩敏。韩敏跟他保证，只要做清洁的时间是在午饭之后——人一天中最疲倦的时候——就没有问题。

韩敏并没有告诉夏嬴，她之所以有这样的自信，还有一个原因，那就是一直揣在她裤包里的那盒安眠药。

消息发布之后，公司很快就接到了一些客户打来的电话，打算体验这种高科技清洁业务。夏嬴按先后顺序进行安排，告诉客户们，这种新型服务一天只能进行一次，且只能在下午一点左右开始。

第一单业务，是夏嬴开着车跟韩敏一起前往客户家的。这是关山市的高档住宅区，客户家是一套220平方米的豪宅。

走进这个家中，夏嬴惊呆了。不知道屋主是故意给他们制造难度，还是邋遢成性，整个家脏得不一般，特别是厨房的台面上，全是油污和各种难以清除的印迹。这套房子的客厅还连着一个十多平方米的大露台，放着自行车和另外一些杂物。夏嬴用眼神询问韩敏是否有把握，韩敏轻轻点了点头，但是她跟屋主提出了一点：“我的打扫范围仅限室内，不包括露台，请谅解。”

屋主问：“为什么呢？”

经历了这么多次清洁事件，韩敏对自己的“能力”十分了解——她只能对某个相对封闭的环境进行打扫。露台是半公共区域，且在户外，超出了她的能力范畴。但是这个原因显然没法跟客户明说，她只有避重就轻地解释道："主要是我们的这种新型技术，是只针对室内的，请您理解。"

屋主想了想，大概是觉得光是室内，已是不可能完成的任务了，便欣然同意了。

夏嬴拿出准备好的合同，跟客户签了，然后说道："之前已经跟您交代过了，我们公司的清洁员在打扫的时候，屋内是不能有人的。您看……"

屋主爽朗地说："没问题，不就一个小时吗？我出去喝杯咖啡，一会儿再回来。"

"感谢您的配合。"

夏嬴和客户一起走出了房子。夏嬴再次用眼神探询韩敏是否有把握，韩敏报以自信的微笑。

为了保证自己能睡着，韩敏中午吃得比较饱。胃肠的消化蠕动需要更多的血液，流入大脑的血液相对减少，引起暂时性的脑供氧减少，所以人午饭后会犯困——她就是利用了这一点。

韩敏把每间屋的房门都打开，然后关上了客厅到露台的大落地窗，包括生活阳台的门窗，让房子成为一个相对封闭的空间。然后，她把手机闹铃设到五十分钟之后，平躺在沙发上，闭上眼睛，很快就睡着了。

夏嬴并未走远，他也跟那个客户一样，走进了小区附近的一家咖啡厅——只不过不是同一家。他喝着咖啡，心思全都在韩敏身上，不知道第一单业务，能否成功。要是出了什么差池，他也有所准备，为了公司的口碑和声誉，失信是万万不可的。他的钱包里，揣了一张有 10 万元的银行卡。

一个小时很快就到了。夏嬴提前走进了这个小区，在门口碰到了同样返回家中的客户。他们一起乘坐电梯上楼，客户用钥匙打开了家门。

之前吃惊的是夏嬴，现在变成客户惊诧不已了。这个家与之前相比，简直像换了套房子，干净得让人难以置信。

夏赢悬着的一颗心放了下来。韩敏走过来，对客户说道：“已经彻底打扫干净了，请您验收吧。”

屋主挨着到每间屋去检查，一边用手摸着洁净如新的地板和家具，一边啧啧称奇。他用手机拍着照，感叹道：“太难以置信了，你是怎么做到的？”

韩敏微微一笑，说道：“不好意思，商业机密，无可奉告。”

每间屋都看完后，夏赢问道：“您满意吧？”

屋主是个豪爽的男人：“非常满意！我无话可说，你们确实做到了一尘不染！”

说着毫不迟疑地支付了2000元清洁费，并表示一定会帮他们大力宣传，连声称赞“太神奇了”。

离开客户的家，夏赢开心得把韩敏抱了起来。对于这种新型清洁业务未来的火爆程度，他不再有丝毫的怀疑。而韩敏对于能实现自己的价值，能帮夏赢赚到钱，也十分高兴。两人有说有笑，开着车到一家甜品店去吃冰激凌了。

这天下午，这个客户发出的朋友圈和微博便迅速流传开了。很多人看到清洁前后的对比图之后，都感到不可思议。当然也有不少的人质疑，怀疑这个客户是夏洁家政公司的“托儿”，是联手炒作的。这客户也不多解释，只说了一句——不相信，你们自己验证呗。

之后，夏赢公司的座机和他本人的手机都被打爆了。预约的客户排到了一个月之后。这些人的目的显然不只是打扫卫生，而是为了满足猎奇的心理和亲自验证此事是否属实。人类总是热衷于探索和追逐新鲜事物的。

韩敏每天中午做一单。在生物钟的作用下，几乎不需要闹铃了，安眠药更是一次都没吃过。她每到一个客户的家，就关上门窗，美美地睡上一个午觉，醒来后房子自然就已经干净了。世界上简直没有比这更轻松惬意的工作了。

随着做的单数越来越多，人们（特别是关山市的人）开始意识到，这件事不是一个噱头和骗局了。这夏洁家政公司当真有某种“黑科技”，能够做到迅速清洁房间，并且干净程度超乎想象。一时之间，对自己的家进行一次“新型清洁业务”，俨然成了关山市的新时尚，人们趋之若鹜。从众心理的驱使下，仿佛谁家没有体验过这种新型服务，就落伍了一般。预约这种新型清洁业务的人，已经排到了明年。

新闻媒体自然注意到了发生在本市的这一新鲜事。各路记者、媒体来到夏洁家政公司，意图进行采访，但都被夏赢以“商业机密，不便透露”为由谢绝了。即便如此，夏洁家政公司仍然声名鹊起，这种神秘的“黑科技”也被人们津津乐道，引发无穷猜想。

这段日子，是夏赢和韩敏过得最开心的一段时光。夏赢聘请了一个总经理助理，帮他安排其他普通业务。而他每天都是亲自开车送韩敏到客户家中，然后在附近等待一个小时。韩敏工作完毕之后，他们就到公园、游乐场、商场、步行街去约会，晚上再美餐一顿。快乐、幸福得让韩敏忘了探索过去。记忆对她来说，似乎不再那么要紧了。活在当下，才是最重要的吧。

然而，韩敏并没有意识到，开展这项“新型清洁业务”，是一个错误的决定。意想不到的事情，很快就要发生了。

二十

幕后黑手

新型清洁业务开展得如火如荼，半个月后的一天上午，夏嬴接到了一个特殊的电话。

这位客户不按套路出牌，根本不管该项业务需要提前预约，直接说道："你好，我希望贵公司的清洁员能在今天下午一点钟的时候来我家的别墅做卫生——就是你们推出的那个新型清洁业务。"

夏嬴礼貌地解释道："您好，先生，我们这项新型清洁业务是需要提前预约的。今年已经预约满了，您只有……"

没等夏嬴说完，这位客户就打断了他的话："就今天中午，需要多少费用，你尽管说吧。"

夏嬴说："不是费用的问题，我们得按规矩办事。您看，我帮您安排别的清洁员，可以吗？”

“不，我只做这项新型清洁业务。”

夏赢蹙了下眉，正觉得这个客户有些不讲道理、胡搅蛮缠的时候，对方说道：“连同你赔偿另外那个客户的违约金和损失在内，一共**15万元**，可以吗？”

夏赢呆住了。打扫一次清洁，他愿意支付15万元？这人什么来头？关山市的首富吗？

对方以为他还在犹豫，再次加价：“20万元，可以了吧？”

夏赢张口结舌，有点儿被吓到了。他实在是无法拒绝如此丰厚的酬劳，说道：“那我跟员工商量一下，一会儿回复您，可以吗？”

对方的做派十分强势，说道：“好吧，十分钟时间，可以吗？”

“好的。”

韩敏此刻就在夏赢的办公室里。夏赢挂了电话，对韩敏说：“刚才一个客户打电话来，坚持要让你今天中午就去他家打扫，费用是10万元。”

“10万元？”韩敏也被吓了一跳，“什么人呀？这也忒大方了吧？”

夏赢说：“肯定是某个富豪。有钱，任性呗。”

“那你答应他了吗？”

“还没有。我说跟你商量商量，再回他的话。”

“那你是怎么想的？”

夏赢挠着脑袋说：“虽然这样做有点儿不合规矩，但是10万元呀，够我们俩游遍整个欧洲了。拒绝的话，也太可惜了吧？”

韩敏听明白了：“那你是希望我去呗。但是另外一个客户那儿，该怎么解释呢？”

夏赢说：“要不，我跟另外那个客户打个电话，就说你今天生病了，只有改期。”

韩敏说：“改到哪天呀？不是每天都安排满了吗？”

“这倒也是……”

看着夏嬴犯难的样子，韩敏想了想，说道：“这样吧，今天就破个例，我去两处吧。先去那个富豪家，完了再去预约好的那个客户家。”

夏嬴说：“可是这样的话，你会不会太辛苦了？而且，你连续睡两次午觉，能睡得着吗？”

那盒安眠药，看来要第一次派上用场了。韩敏暗忖。她说道：“没关系，我能睡着，就这样吧。”

“你确定吗？”

“确定。”

“那好吧。”

夏嬴先打电话给之前预约好的客户，说今天有点儿特殊情况，要晚两个小时到。对方对推迟时间倒没什么意见，爽快地答应了。

之后，夏嬴打电话给刚才的那个富豪，告知他，今天下午一点钟，他们可以到他的别墅来。富豪很满意，告诉了他们地址。

夏嬴记录下来，挂了电话之后，他摇着头笑了一下，说道：“果然没错，半岛别岸——关山市最高端的别墅区。今天算是见识有钱人有多任性了。”

十二点，他们到附近的餐馆吃了饭，然后夏嬴开车，把韩敏送到了半岛别岸。

这位客户的家，是一套两百多平方米的豪华别墅。客户是一个三十多岁的中年男人，看上去气度不凡。夏嬴跟他说了规定，韩敏打扫的时候房子里不能有人。富豪表示理解和同意。他简单跟韩敏交代了几句，和夏嬴一起离开了。

韩敏在房子里转了一圈，发现这套房子其实并不算脏，按理说是不需要打扫的，起码不该有如此迫切的需求。看来这个富豪的目的根本不是真的要打扫屋子，只是单纯地对这种新型清洁业务感到好奇，想要花高价提前体验一番罢了。

韩敏发现这套房子的客厅和二楼的卧室都有大落地窗，外面就是别墅区漂亮的草坪和花园。她在做卫生的时候，为了避免被室外的人看到里面的情形，都是会拉上窗帘的，这次也不例外。

把所有房间的窗帘都拉拢后，韩敏正要躺在沙发上准备睡觉，屋外传来了敲门声。韩敏有些好奇，以前还没有发生过这种打扫的过程中，主人中途折返的情况。

她打开门，看到的不是屋主，而是夏赢，他手里拿着一瓶玻璃瓶装的酸梅汁，递给韩敏，说道："今天太热了，喝点冰镇酸梅汁解解暑吧。"

韩敏心里暖暖的，说："这儿有净水器，你不用专门买酸梅汁给我喝呀。"

"纯净水哪有这个好喝？"夏赢说，"好了，不耽搁你了，我一会儿再来啊。"

"好。"韩敏冲他甜甜地一笑，把门关上了。

她走到沙发旁坐下，拧开瓶盖喝了一口。冰冰凉凉、又酸又甜，确实比纯净水好喝多了。夏赢对自己这么好，她心里十分舒心。带着对男友的爱意，她躺在沙发上甜甜地睡着了。

夏赢在别墅区的商业街找了一家冷饮店，点了杯饮料，一边看手机上的电子书，一边等韩敏。几分钟后，他想起一个问题：**那个富豪呢？**

之前，他是跟富豪一起离开房子的。但是富豪并没有跟他一起走向别墅区的商业街，而是朝相反的方向走去了。

半岛别院别墅区，夏赢并不熟悉。猜想另一个方向，大概有健身房、游泳馆之类的，富豪应该是到这些地方去消磨时间了。

然而，并不是。

富豪在跟夏赢分开之后，沿着别墅区的步道，绕过几栋房子，走到了另一套稍微小一点儿的别墅之中。

进入房子，他立刻来到二楼的一个房间。这个房间里放着一套电视监控系统，他打开显示器，**屏幕上出现的画面，是韩敏所在那套房子的客厅**。

韩敏此刻躺在皮沙发上，刚刚睡下，还没有睡着。她不可能猜到，沙发对面的电视柜上摆放的一个俄罗斯瓷娃娃的左眼，被提前换成了微型摄像头。这只“眼睛”，现在就正对着她。而在直线距离不过一百米左右的另一套别墅内，屋子的主人正通过这只眼睛，窥视着屋内发生的一切。

韩敏很快就睡着了。富豪眼睛一眨不眨地看着熟睡的她。

十分钟后，“异象”出现了。

富豪的眼睛倏然睁大了，他紧盯着屏幕，脸凑到了显示屏的面前，鼻尖几乎要碰到屏幕。他慢慢张开嘴，右手握成拳头挡在嘴边，骇然道：“我的天哪……”

又过了大概十分钟，“异象”消失了，一切回归于正常。区别是，整个家已经彻底干净了，变得一尘不染。

韩敏还在睡觉。她没有醒来，是因为手机的闹钟还没有响。但是，富豪坐不住了，他倏然站起来，正要离开，突然想起了什么，转身回来，把刚才那段视频拷在一个U盘当中，将U盘揣进裤兜里，快步下楼，走出了这栋别墅。

他三步并作两步，一分钟不到就冲回了自己的别墅，然后用钥匙打开门。

开门的声响把韩敏惊醒了。她睁开眼，看到屋主满头大汗，一脸通红地站在门口，吓了一跳，从沙发上弹了起来，语无伦次地说道：“你……怎么回来了，我们经理不是跟你说过了吗，我打扫卫生的时候，家里是不能有别人的！”

富豪迅速走到她面前，用几乎是谴责的语气说道：“你疯了吗？居然用这种方式赚钱！”

韩敏愕然地望着他，结结巴巴地说道：“什么方式？不是，你……知道我是怎么打扫卫生的？”

富豪直言不讳地说：“我全都看见了，整个过程都看到了！”

韩敏大惊失色：“你怎么看到的？你……刚才没有离开这个家吗？”

富豪烦躁地说："你怎么这么傻呀！我非得要在现场才能看到吗？你不知道这个世界上有微型摄像头这种东西呀？"

韩敏真傻了，愣愣地望着富豪，一时不知道该说什么好。片刻后，她战战兢兢地问道："那你……到底看到什么了？"

富豪一怔，说道："什么意思？难道你不知道刚才发生了什么吗？"

韩敏茫然地摇着头。富豪喝道："别把我当傻瓜！你怎么可能不知道自己身上的秘密？"

韩敏只有实言相告："我之前出了车祸，失忆了，我自己是什么人，姓甚名谁，全都想不起来了。我只知道，在我睡着的时候，所在的房子就会变干净。所以……"

"所以你就用这项'特技'来赚钱？"富豪难以置信地说，"你知不知道这样做有多危险？"

"……危险？为什么会有危险呢？"

富豪叹了一口气，并未直接回答这个问题，而是说道："你到这家家政公司工作，开展什么'新型清洁业务'，都有十多天了吧？这么久过去了，你就没想过搞清楚这件事吗？为什么你睡着之后，房子就会变干净，你不好奇吗？"

韩敏隐约感觉到，这个富豪显然是知道什么内情的。既然如此，她也不打算再掩耳盗铃下去了，说道："我一开始是想搞清楚的，但是出了一些事，很不好的事……让我对这件事的真相感到害怕，所以才迟迟不敢面对现实，稀里糊涂地走到了今天。"

富豪缓缓点着头，像是隐约猜到了些什么。他望着韩敏，一字一顿地说道：

"这么说，你并不知道自己是'特异人'，对吗？"

韩敏呆住了："你说什么？'特异人'？"

"对，特异人，就是具有特殊基因或者变异体质的人。"富豪说，"这是我们这类人的统一称呼。"

“我……‘们’？”韩敏愕然道，“难道……你也是‘特异人’？”

“当然。不然的话，普通人看到刚才那个画面，恐怕早就吓得魂飞魄散了，还会站在你面前跟你交谈吗？”富豪说。

韩敏想起了徐燕。事到如今，她非弄清楚这件事的真相不可了，说道：“你刚才究竟看到了什么，能告诉我吗？”

“不用‘告诉’，你自己看吧。我把这段视频用U盘拷下来了。”

说着，富豪把U盘插入电视机侧面的USB端口。用遥控器打开电视机之前，他顿了一下，回过头对韩敏说道：“你最好是做好心理准备，接下来你看到的画面，可能会非常惊人。”

韩敏紧张到了极点，咽了一口唾沫，轻轻点了点头。

富豪用遥控器选择U盘的内容，点击“播放”。

电视屏幕上出现的，是刚才韩敏躺在这套房子的客厅沙发上的画面。她屏住呼吸，紧盯着屏幕，几乎能听到自己心脏急速跳动的声音。

两三分钟后，诡异的状况出现了。一开始，韩敏并没有意识到她看到的是什么，当她看清楚的时候，全身的寒毛都竖立了起来，惊骇欲绝：

她平躺在沙发上，闭着眼睛，仍然处于熟睡的状态。**出现异常的是她的双手。十个手指头的指尖，伸出来一些“丝状物”，千丝万缕，越伸越长，宛如水母的白色触手，柔软而又坚韧**。这些触手迅速蔓延，在房子的地板、窗户、家具间游走，不放过任何一个角度和细节，所到之处变得一尘不染，污迹和顽固污渍也全都消失了。“它们”仿佛有生命一般，从客厅到卧室，乃至厨房和卫生间。虽然画面上没法显示每个房间的情况，但每间屋的情形不难想象。有意思的是，这些触手绝对不会伸到屋外，哪怕窗户是开着的，它们也只是在窗玻璃上一拂而过罢了，这种具有智能的运动模式，简直令人惊叹。

大概十分钟过后，这些触手完成了对整个房间的“清扫”。开始往回缩，不到一分钟，便全都“收”到了韩敏的指缝里。一切复归于平静。

富豪关闭了电视机，望着韩敏。面前的这个女人，仿佛变成了不会呼吸的一座石雕，她内心的震惊程度，简直无法用言语来形容。

富豪暂时没有说话，他能想象突然接触到这一真相的人，会是怎样的惊骇莫名，世界上恐怕没有比这更让人恐惧的事情了。

果不其然，半分钟后，韩敏全身猛烈地颤抖起来，脸和嘴唇都变白了，好像坠入了冰窖一般。她双手抱紧自己的肩膀，突然又神经质地痉挛了一下，把双手伸到眼前，惊惧地看着自己的手指，哆哆嗦嗦地说道："我的天哪……我到底是个……什么样的怪物？"

富豪叹了口气，一只手轻轻按在她的肩膀上，说道："'怪物'是世人对我们的蔑称，带有歧视和贬义。我刚才跟你说了，我们是'特异人'，不管你有多么难以接受，必须尽快理解和认同这一点。"

这个时候，对韩敏最具安慰的一句话——准确地说是一个词——就是"我们"了。她缓缓抬起头，望着富豪，意识到这里至少还有一个同类，心中产生了一种难以言喻的亲切感。她问道："你也跟我一样，指缝里会伸出'触手'吗？"

富豪摇头，说道："不，每个特异人的'特异'之处都不一样。而且我们这类人非常稀少，在全世界总人口的比例，大概连一亿分之一都不到。我们身上，都具有某种**特殊的基因**，这是我们区别于常人的原因。"

他顿了一下，眉头微蹙，说道："我知道并认识好几个特异人，**他们就是芸芸众生中的一员，为了自身的安宁和安全，隐藏了自己的真实身份，跟普罗大众融为一体**。这些人有的具有变异体质，有些具备特殊的身体构造，但是……"

他停了下来，表情严峻，韩敏问道："但是什么？"

富豪望着她：**"但是我从来没见过像你这样的'触手人'，甚至听都没听说过。"**

"那……这意味着什么呢？"韩敏忐忑不安地问道。

"意味着，你在特异人当中，都算是特殊的。"富豪一字一顿地说。

韩敏呆呆地望着他，显得茫然无措。

“所以，刚才通过监视屏幕看到这一幕的时候，我都被吓坏了。”富豪坦言道，“我从没见过这么惊人的……能力。有那么一瞬间，我甚至觉得你可能不是特异人，而是……外星人什么的。”

事到如今，特异人、外星人——又有什么区别呢？韩敏在心中苦笑道，总之是个怪胎就对了。但她还是忍不住问道：“那你为什么又觉得我是特异人呢？”

“因为你符合特异人的两个基本特征。”富豪说。

“什么基本特征？”

“第一，具有某种特殊之处；第二，这种‘特殊能力’，不是随时随地都能使出来的，需要达到一定的条件才行。举个例子吧，狼人只有在月圆之夜才能变身，不能任何时候都变身，你懂了吗？”

韩敏立即明白了：“我的特殊能力，只有在睡着，或者失去意识的时候才能使出来。”

“对。”

“为什么呢？”

富豪耸了下肩膀：“这我就不知道了，这是我们体内远古的特殊基因决定的。就像鱼有鳃、鸟有翅膀、人有双手一样，是祖先给我们的。”

韩敏试着去理解他说的话：“你的意思是，我之所以是特异人，是因为我祖上也是变异人？我只是继承了这种特殊的基因？”

富豪说：“你的领悟力很强。这种特殊的基因有可能是几代甚至几十代以前的人留下的，总之不会是毫无来由。”

韩敏问道：“你为什么会认识‘好几个’特异人？你刚才不是说，一亿个人里面，都不一定有一个特异人吗？而且他们还隐藏了自己的真实身份，那你怎么知道他们的呢？”

富豪凝视韩敏，说道：“对，**这就是我接下来要讲的重点了。**”

二十一

超禁忌世界

“朱元璋。”富豪的嘴里吐出三个字。

韩敏为之一愣：“什么？”

“明太祖朱元璋，”富豪说，“你虽然失忆了，但是这种常识性的历史人物，还是知道的吧？”

“嗯，”韩敏点头，“我知道。”

富豪说：“在中国历史上，没有哪位皇帝像朱元璋那样，出身如此卑微，也很少有人以南方的长江流域为基地而最终统一北方及全国。这几乎是个奇迹。

“朱元璋刚刚加入起义军的时候，是红巾军将领郭子兴的手下。郭子兴一开始很欣赏和重用朱元璋，后来却渐渐对朱元璋产生了忌惮，觉得此人比他强，怕有一天会取代自己的地位。

“于是，郭子兴命令朱元璋带兵攻打有重兵把守的定远。他拨给朱元璋的兵，只有七百人。而定远城中，有元军的数千精兵。此举居心叵测，目的就是借机除掉朱元璋，让他有去无回。”

说到这里，富豪问道：“接下来发生的事，你知道吗？”

韩敏摇头。

富豪说：“朱元璋做了一件十分出人意料的事，他从这七百个人中挑选了二十四个人，然后将其余的人都还给了郭子兴。郭子兴颇感意外，但还是高兴地接受了。”

韩敏愕然道：“只带二十四个人，去对抗元军的几千精兵？”

“对！朱元璋带着这小队人马，找到了元军的一个破绽，攻克了定远，之后又连续攻打怀远、安奉、含山、虹县，四战四胜，锐不可当。朱元璋自此声名大噪。

“这二十四个人，是哪些人呢？徐达、汤和、周德兴……他们后来都成了明王朝的高级干部。特别是被称为‘天下第一名将’的徐达，率精兵大败元大将王保保八万强兵，立下赫赫战功，是不亚于朱元璋的传奇人物。

“徐达这个人，据史书记载，似乎具有某种**特殊的‘武功’**，能在乱军之中如入无人之境。不管刀枪弓棒，很难伤到他分毫。正史中，解释为此人特别骁勇善战，但从他的数次战绩来看，他总是能以一敌百，甚至以一敌千——真是他勇猛到了这种程度吗？还是另有玄机呢？

“野史上记载，徐达患有**背疽**，就是背上长了毒疮。据说每次征战之后，毒疮必然发作。但是没有任何一个大夫能医治这种毒疮，徐达本人也不以为这是一种病，反而专挑毒疮发作的时候出兵打仗。”富豪望着韩敏，“说到这儿，你想到什么没有？”

韩敏十分聪明，当然明白他的意思：“你是说，徐达可能就是一个‘特异人’？”

"不只是徐达，连朱元璋都有可能是特异人。"富豪说，"当然，这只能是猜测了，无法证明是否真是如此。但是有一点，是可以肯定的。"

韩敏问道："是什么？"

"那就是，朱元璋从崭露头角，到打下江山，坐上皇位，很大程度上靠的就是他的'特殊能力'，以及众多特异人的辅佐。朱元璋当上皇帝后，设立'拱卫司'，也就是后来大名鼎鼎的**锦衣卫**。锦衣卫直接听命于皇帝，不受其他任何机构和个人的节制，从事特务活动和皇帝亲自下令的刺杀行动。各种史料都有记载，锦衣卫们个个身怀异能，能执行很多看似不可能的任务，绝非常人可比拟。

"然而，锦衣卫毕竟是为皇帝一个人服务的，过于狭隘。所以后来，出现了一个分支，这个神秘的组织全部是由特异人组成的，目的是匡扶正义，锄强扶弱。"

"有这样的组织吗？"韩敏问道，"名字叫什么？"

富豪嘴里吐出三个字：**"同舟会。"**

"同舟会？"韩敏从没听过这个组织的名字。

"这个组织，就连野史上也鲜有提及。你不知道很正常。我刚才说过了，这是一个秘密组织。"

"既然是秘密组织，那你又是怎么知道的呢？"韩敏问。

富豪一字一顿地说道：**"因为我，就是这个组织的成员。"**

韩敏身体一震，骇然道："你……是同舟会的成员？同舟会现在还存在吗？"

富豪笑了一下，说："对，不过人类在进步，时代在发展，就跟锦衣卫早就不复存在了一样，同舟会也早就改名换姓了。在现代，它的名字叫**'联合会'**。"

"联合会……"韩敏重复着这三个字。

"对。从'同舟会'到'联合会'，经历了好几百年的时间。名字虽换，但宗旨没变，联合会仍然是一个主张正义、铲除邪恶的组织。会员们具有不同的

‘特异’之处，大隐隐于世，就在芸芸众生之中。如果身边出现了连法律都无法制裁的恶徒，会员们便会利用自己的特殊能力，替天行道。”说到这里，富豪露出自豪的神情，“我，就是新一代的联合会成员之一。”

韩敏怔怔地望着他，心中的感受难以言喻。片刻后，她问道：“那么，你刚才为什么说，我用自己的‘能力’赚钱，是一件十分危险的事呢？”

富豪神色严峻地说：“那是因为两年前，联合会发生了迄今为止最大的危机。其中的一些成员，在某个核心人物的教唆和蛊惑下，叛离了联合会，而成立了另一个组织，叫作**‘集合会’**。他们的成员也称之为**‘集团’**，听起来就像某个商业集团一样，比‘集合会’更具隐蔽性。

“集合会的宗旨，完全背离了联合会的初衷。他们主张利用特异人的特殊能力，谋取私利，达到一些不可告人的目的。更严重的是，他们视联合会成员为前进路上的阻碍，一直在试图找到并消灭仅存的联合会成员。”

韩敏被吓到了，结结巴巴地说道：“可是，我又不是联合会的成员……他们不至于想杀掉我吧？”

富豪说：“对，你不是联合会的成员。但你的能力一旦被‘集团’的人获知，他们势必会找上你，并强制要求你成为他们中的一员。”他顿了一下，说道，“如果你不从，他们可能不会让你活命；但如果你从了，那就是我们的敌人了。”

韩敏意识到了事情的严重性。她急切地问道：“那我该怎么办呢？”

富豪凝视着她的眼睛，说道：“你现在必须做出选择，要么加入我们，成为联合会的一员。这样的话，我和联合会的所有成员，都会不遗余力地保护你；否则的话……”

他停了下来，没有继续说下去。韩敏试探着说道：“如果我被集合会拉拢了，你们不会也跟他们一样，不让我活命吧？”

富豪叹息一声，说道：“那倒不会。毕竟你现在又没做什么坏事，我们是不可能滥杀无辜的。但是，要是你真的加入了集合会，成为我们的敌人，那我们以命相搏，就是迟早的事了。”

“联合会和集合会的矛盾，有这么大吗？”韩敏不解地说道，“最开始，大家不都是一个组织的成员吗？”

富豪露出愤恨的表情，咬牙切齿地说道：“岂止是矛盾，简直是不共戴天！联合会在分裂之前，有二十一个成员。一夜之间，只剩下八个人了！”

“发生了什么事？”

“集合会的头子，在集合了六个人之后，意图拉拢其他的联合会成员。具有良知和正义感的成员，当然不从。结果被他们一个接一个地暗杀！二十一个成员，除开那七个叛徒，有六个人都遭到了暗算，死于非命。联合会的成员，加上我，现在只剩下八个人了！”

韩敏深感震惊：“有六个人被杀死了……”

“你知道死去的这六个伙伴，都是什么人吗？”富豪激动而愤慨地说道，“虽然生命都是平等的，我这么说可能有些不恰当，但是——他们六个，全是这个世界上独一无二的特异人呀！他们的死，是整个人类的巨大损失。他们身上的血统和基因，延续了几千年！就因为不愿跟集合会的人同流合污，遭到了残忍的杀害！他们，曾经是我们最重要的同伴！你说，这血海深仇，是一般的‘矛盾’吗？”

他目光如炬，怒不可遏，身体微微发抖。韩敏被吓到了，身子不自觉地往后仰了一些。

过了一会儿，富豪意识到自己失态了，他长吁一口气，尽量平复心情，说道：“对不起，每当说到这件事，我就控制不住情绪，失态了。”

韩敏微微点了点头，表示理解。片刻后，她问道：“那你们剩下的这八个人，不是也会被集合会的人盯上吗？”

富豪说：“其实在联合会分裂之前，成员们彼此之间的姓名、身份等信息，就是绝密。除了领导者会分别跟每个成员单独接触之外，每个成员都不知道别的成员是谁。也就是说，只要成员们能有效地隐藏并掩饰自己的特异人身份，不管是普通人还是同类，都不可能知道他是一个特异人。

“但是，集合会的头子，具有一种特殊的能力。这种能力能让他找出隐藏在芸芸众生中的特异人。他十分阴险狡猾，善于攻心，利用人类的本性和人性的弱点进行蛊惑。结果——就如同我刚才告诉你的——有六个人成为他的拥趸，建立起‘集合会’。而另外六个人，由于坚持立场，被他残忍地杀死了。”

“那么，你们剩下的八个人，为什么没有被集合会的头子找到呢？”韩敏问。

“那是因为我们找到了某种‘方法’，可以让自己像穿上了隐身衣一样，不被集合会的头子发现。”富豪说，“正是有了这个方法，我们才避免了跟那六个同伴一样的命运。”

韩敏问道：“那现在，联合会的领导打算联合剩下的七个成员，一起对抗集合会吗？”

富豪露出悲怆的神色，黯然道：**“遭遇暗杀的六个人当中，就有一个是联合会的领导。他已经死了。”**

韩敏“啊”地惊呼一声，说道：“那联合会现在岂不是群龙无首？你怎么联系剩下的七个成员呢？”

富豪说：“领导者之前就考虑到了这一点——万一他遭遇某种意外，那联合会的成员们将无法联系彼此。所以，**他将所有会员的名单和资料秘密地交给了一个值得信赖的成员**。但遗憾的是，除了这个人自己之外，没有任何成员知道，此人是谁。”

“也就是说，只有他（她）才知道，隐藏在世界上的联合会成员们——包括集合会的成员，究竟是哪些人。”韩敏说。

“对。”

“那这个人，现在联系过你吗？”

“快两年了，直到现在都没有。”富豪沮丧地说，“我不知道他（她）是不是也遇害了。如果是这样的话，那真是糟透了。”

韩敏想了想，说：“但可以肯定的是，这个人没有被集合会拉拢和收买。”

富豪说：“何以见得？”

韩敏说：“你直到现在都没有遭到袭击，就是证据。不然的话，集合会那边掌握了你的资料，不是早就找上门来了吗？”

富豪若有所悟地点着头，片刻后，他对韩敏说：“你非常聪明，除了拥有特殊能力之外，自身也是个人才。回到刚才的问题——**你愿意加入联合会吗？**”

韩敏慎重地思考了一刻，说道：“我愿意。”

富豪露出肯定和赞赏的表情，说道：“能告诉我原因吗？”

韩敏说：“虽然我失忆了，甚至不知道自己之前是什么人。但我自认为不是一个坏人。我无法跟一群滥杀无辜、肆意妄为的人为伍，更不愿被他们利用。一个人，总要有基本的道德和做人的底线吧。”

“说得好！”富豪褒扬道，“我代表死去的领导者，和所有的同伴，欢迎你加入联合会！”

说着，他向韩敏伸出手，韩敏也伸出右手，跟他紧紧地握了一下。

“现在我该做什么？”韩敏问。

“我暂时没想到。不过，你不能再进行这项所谓的‘新型清洁业务’了。目前还没有引起集合会的人的注意，已是万幸。要是让他们发现你是新出现的‘特异人’，那就大事不妙了。”

“新出现的特异人？”韩敏不太明白。

“是这样，”富豪解释道，“**并不是每一个‘特异人’，都是联合会或者集合会的成员**。实际情况是，有些人一直都不知道自己是特异人，或者有些人知道自己是特异人，却一直隐瞒了自己的身份。所以联合会存在的目的，一方面是维护正义，另一方面，就是要寻找和发现隐藏在世界上的其他特异人，希望发展他们成为同伴。当然，我们是绝对尊重本人意愿的，绝不会像集合会一样强迫他们。”

韩敏点头表示明白了。她说：“我可以这样理解吗——每当新出现一个特异人，都会成为两派争抢的对象。当然，联合会是光明正大的，不会像集合会那样使用卑鄙的手段。”

“对，就是这样。”富豪说，“现在你加入了联合会。我有必要把成员的情况告诉你了。”

韩敏说：“可你刚才不是说，并不知道其他成员是谁吗？”

“对，我不认识他们，但我知道他们的**‘代号’**。”富豪说，“另外，我也不是每个人都不认识。**其中的一个，跟我是有联系和往来的，他住在茶庄市。**”

“每个成员都有代号？”韩敏问道，“是些什么代号呢？”

“联合会八名成员的代号是——**薄荷、栀子、蒹葭、木槿、苌楚、芣苡、夕雾、荼蘼。**”

“全是植物的名字？”

“对，我的代号是**‘木槿’**，茶庄市的那个同伴，代号是**‘蒹葭’**。”

韩敏点头，问道：“你恰好是关山市的人吗？”

“不，我不是这儿的人。这套别墅也不是我的，是我花钱租的，目的就是想见你一面。我在异地，听说了你们的‘新型清洁业务’。我猜想大概只有特异人才能办到这样的事情。结果果然如此。”

韩敏说：“你没有怀疑过我是集合会的人吗？”

富豪笑道：“这不可能。集合会的人不会做这种蠢事——抱歉我说得直白了一点儿。首先他们很有钱，不可能通过这种方式赚钱；另外他们绝对不会做这种引人注目的事。就像我们不希望暴露身份一样，他们亦是如此。所以我一猜，就是这个地方出现了新的特异人。而且你的情况非常特殊——失忆了。”

韩敏若有所思地说：“这么说，我在失忆之前，应该知道自己是特异人的，只是我隐藏了身份……”

富豪点着头说：“所有不明状况的特异人，几乎都是这样做的。很少有人愿意坦承自己是个异类。”

韩敏略略颔首，又问：“集合会那边的人，是不是也有相应的代号？”

“是的，他们那边的七个人，代号分别是——**蔚蓝、翡翠、琥珀、琉璃、赤铜、白银、黄金**。”

“你知道他们的能力是什么吗？”韩敏问。

“我连自己人的能力是什么都不太清楚。”富豪苦笑道。

韩敏很想问——那你的能力是什么呢？只是不知道这样问是否唐突。

这时，响起了门铃的声音。韩敏一看时间，才发现早就过了一个小时了。肯定是夏赢在外面等候多时，见她迟迟没有出来，才找上了门。

富豪说：“我跟你说的这些事，你不要告诉任何人，包括你的老板。另外，你是聪明人，相信不用我说，你也知道，这种所谓的‘新型清洁业务’，不能再做下去了。”

韩敏点头。富豪问道：“你的手机号码是多少？”韩敏告诉了他。

富豪记下之后，朝门口走去，说道：“你先回去吧，最好是找个借口把这份工作辞了。随后我会跟你联系的。”

他一边说，一边打开了房门。站在门口的，果然是夏赢。夏赢看到开门的是屋主，有些诧异地说道：“呃……您怎么在家里？您不是出去了吗？”

富豪说：“一个小时的时间不是到了吗？所以我就回来了。”

夏赢问：“打扫得怎么样，您满意吗？”

“非常干净，我很满意。”富豪说，“贵公司的账号，请短信发到我手机上，我一会儿就把 20 万元打过来。”

“好的，非常感谢！”

这时韩敏也走到了门口，微笑着对夏赢说：“咱们走吧。”

夏嬴指了一下放在茶几上的瓶装酸梅汁，说道："把饮料拿走吧，别留在客户的家里。"

韩敏"哦"了一声，说："好的。"转身过去拿起茶几上的酸梅汁。天气炎热，刚才又说了这么久的话，她早就口干舌燥了。酸梅汁还有小半瓶。她拧开瓶盖，把剩下的果汁全都喝了。

富豪注视着韩敏。当她拿着空玻璃瓶走到门口的时候，富豪说道：**"等一下。"**

韩敏问："怎么了？"

富豪说："这个瓶子，能拿给我看看吗？"

韩敏有些诧异，不知道他为什么要看一个空玻璃瓶。她把瓶子递给了富豪。

富豪拿着瓶子转动了几个角度，眼睛倏然瞪大了。他在有些凹陷的玻璃瓶底，发现了一个粘在上面的小东西。

是一个纽扣般大小的、白色的微型窃听器。

酸梅汁是紫黑色的，在饮料喝完之前，很难发现这个小东西。刚才韩敏把剩下的果汁一饮而尽，这个不易察觉的微型窃听器，才透过透明的玻璃瓶底，暴露在眼前。

富豪大惊失色，暗叫不妙。他瞪着韩敏，骇然道："你——！！"

韩敏诧异莫名之际，令她更为震惊的事情发生了。

夏嬴猛地关上门，从背后掏出一把装上了消音器的手枪，对准富豪，扣动了扳机。

一声沉闷的枪响，富豪的心脏部位中枪，他甚至来不及说出一个字，便瞪着眼睛，仰面倒下，死去了。

韩敏的脑子嗡的一下炸了。她望着地板上富豪的尸体，再扭过头，惊恐万状地看着夏嬴，全身的血液在瞬间凝结成了冰。

"你是……集合会的人？"

夏嬴调转枪口，对准韩敏，说道："你的接受能力很强嘛，很快就想到这是怎么回事了。"

韩敏呆滞地望着夏嬴—这个她所爱的男人。此刻，他的脸变得如此冷漠、陌生。她想起了他们俩一起度过的短暂但快乐的时光，特别是那个让她永生难忘的雨夜。这一切，竟然都只是在做戏？一瞬间，她悲哀、心痛得难以言喻，连呼吸都成了一种痛，同时又感到匪夷所思，说道："当初是我找上门的，走进你的公司也是随机的行为，你怎么可能盯上我？"

夏嬴说："这个世界上不可思议的事情，还多着呢。只要你乖乖跟我走，我会慢慢跟你解释的。"

"跟你走？去哪儿？"

"集团。"

韩敏望着夏嬴，斩钉截铁地说道："我不会去的。"

夏嬴向前一步，枪口抵在了韩敏的额头上："你确定吗？"

"你开枪吧。"韩敏闭上眼睛，眼泪溢出眼眶。她对这个世界感到厌倦和失望，不活也无妨了。

然而这种状况，却令夏嬴感到棘手。他奉命找到韩敏并将她带回去，而不是将她杀死。用手枪威胁，只是吓唬吓唬她罢了，没想到韩敏万念俱灰，视死如归。他皱起眉头，绕到韩敏身后，反手一拳，击中韩敏的后颈窝。韩敏两眼一黑，晕倒过去。

夏嬴把手枪别在腰间，用衬衣盖住，正打算把昏迷的韩敏背出去，强行开车带走，突然猛地想起了什么，"啊"地大叫一声，放下韩敏，惊慌失措地冲到门口，打开门逃了出去，将房门带拢。

夏嬴站在屋外，满脸冷汗。他意识到，自己刚才一时大意，差点儿就命丧黄泉了。

他摸出手机，拨通一个电话。对方很快接了起来："有什么情况吗，

‘琉璃’？”

夏嬴擦着脸上的冷汗，说道：“教授，我刚才犯了一个错误……差点儿就死了。”

“什么意思？”

“我威胁她，让她跟我走，没想到她宁死不从。我一时心急，就将她打昏……”

“你忘了我提醒过你的事了？”电话那头的人语气严厉地说道，“千万不要在她处于无意识状态的时候，做出任何对她有威胁性的事。否则的话，别说是你，就连**‘赤铜’**都只有死路一条！”

“是……我明白了，教授。”

“你现在逃出来了，对吧？她呢，还在屋子里，处于昏迷状态吗？”

“是的。教授，我接下来该怎么办呢？她不配合，威胁也没用，我怎么才能把她带回来？”

电话里那个低沉的声音说道：“听好了，‘琉璃’，我再提醒你一次。**这个女孩对我们非常重要**，你绝对不能硬来，只能智取。你刚才发给我的，窃听到的她跟‘木槿’的对话，我全都听了。现在，我决定**改变计划**。”

“改变计划，不让我把她带回来了吗？”

“是的。而且你自己不是也说了吗，她不配合的话，你是很难把她带回来的。所以计划调整了，我要你利用你的特殊能力，悄悄地跟在她身边，监视她，掌握她的行踪。我有种直觉，你跟着她，会大有收获，比如——**找到联合会现在还活着的另外七个人**。”

“我明白了，教授。”

“但是记住两点：第一，千万不能让她对你有丝毫怀疑，或者产生敌意。‘木槿’告诉她这些事后，她已经不是之前那个一无所知的女孩了。对于她自己的能力，她也会在逐渐的摸索中越来越清楚，甚至懂得**‘真正地运用’**。一旦你暴露了身份，到时候怎么死的都不知道。”

夏嬴吞咽下唾沫，说道：“我明白了。”

“第二，**她现在失去记忆，这是天赐良机**。失忆的人，就像一张白纸。虽然‘木槿’已经灌输给她一些思想了，但在我看来，要想扭转局面，还为时不晚。所以你记住，你不但不能伤害她，还要在必要的时候保护她，说不定，她以后会成为我们的一员。”

“教授，我能问一下吗——**您为什么这么重视这个‘触手人’**？”

电话那头沉寂了几秒：“记得我跟你说过的吗，**我有一个大计划——改变整个世界的计划。这个计划要想实施，就必须得到‘触手人’和‘苔藓人’**。”

夏嬴点头道：“我明白了。但是教授，要想发展她成为我们的一员恐怕很难。我刚才当着她的面杀死了‘木槿’，已经给她留下很不好的印象了。”

“没关系，这个世界上，是没有绝对的对和错的。在和平时期杀人，那是犯罪；但是在战争年代杀敌，那就是保家卫国——你懂我的意思吗？”

夏嬴略略点了点头，大概明白了：“我懂，教授。”

“总之这件事你不必担心。**必要的时候，我会亲自出马的。‘苔藓人’不就已经被我‘收’过来了吗？**”

夏嬴笑道：“那是，教授您亲自出马，哪有办不成的事情？”

“好了，不多说了，记住我告诫你的两点。现在你该怎么做，不用我教你了吧？”

“是的，教授。我知道该怎么做了。”

夏嬴挂了电话，把手机揣进裤兜。他回头望了一眼，别墅的房门紧闭，他没有钥匙，是进不去的，不过也用不着进去。刚才对准韩敏后颈窝那一击，力道并不大，他相信韩敏很快就会醒来。而他，将听从教授的安排，改变策略和行动。

夏嬴“放弃”了屋内昏迷的韩敏，一个人朝别墅区外面的街道走去。

二十二

危险人物

所有家庭教师中，陈忡和黎芳最喜欢的，是教英语的美女老师 Miss Ella。

在此之前，他们从来没觉得，英语的学习竟然会如此有趣。在懋县的学校上课的时候，英语老师教每节课的方式都一成不变——翻开课本，全班同学像复读机一样，老师读一句，大家读一句。然后讲解语法，抄写单词，让人昏昏欲睡。

Miss Ella 的授课方式，则完全不同。她是中英混血儿，年轻、漂亮、活泼，虽然才 28 岁，却有着丰富的旅游经验和人生体验。她讲课从不照本宣科，甚至陈忡和黎芳都不觉得她是在讲课，因为她总是在跟他们讲各种有趣的见闻和新奇的故事，并要求他们尽量用英语跟自己对话。虽然没有像之前学校的英语老师要求的那样，刻意地背单词和语法，但陈忡感觉，他短短一个星期掌握的单词量，比以往一两个月的还要多。

“永远不要去 Australia（澳大利亚），除非你是 Bear Grylls（贝尔·格里尔斯《荒野求生》中的探险家）那样的猛男，对所有恐怖的生物都有免疫力，否则的话，Australia 从某种角度来说，简直是某些人的地狱，比如我。去年，我跟我的 Boy friend 去澳洲旅游，当然我们是冲着 Great Barrier Reef（大堡礁）去的。但是在当地人的木屋外面，你猜我们看到了什么？”Miss Ella 眨着眼睛问他们。

陈忡说：“kangaroo（袋鼠）？”

黎芳则猜测：“snake（蛇）？”

“C’mon（拜托）！再有点儿想象力好吗？kangaroo 和 snake 算什么，这些在澳洲只是小儿科好不好？”Miss Ella 露出夸张的神情，加重语气说道，“是巨蜥！两米多长的巨蜥，居然像壁虎一样爬在房子的外墙上！注意我说的不是 Lizard（四脚蛇），而是 Varanid（巨蜥）！ Oh my God！我当时快吓疯了你们知道吗？我生怕那东西突然从墙上弹下来，然后扑向我们！”

说着，她做出狰狞的样子扑向面前的黎芳，把黎芳吓了一跳，然后咯咯咯地笑，陈忡也在一旁开心地大笑。

Miss Ella 就是这样，总是以轻松活泼的方式跟他们讲述各种有趣的经历，妙趣横生，让人大开眼界。在这个过程中，陈忡和黎芳学会并记住了很多让他们印象深刻的单词。

“说真的，要学好英语，到国外，特别是以英语作为官方语言的国家去住一阵是最好的。毕竟语境才是最重要的，你们的英语水平会在短时间内突飞猛进。”

陈忡和黎芳对视了一眼，说：“可能吗？”

“Why not（为什么不可能）？你们可以跟罗曼教授提议呀。”

“但是，他会同意我们两个小孩去国外住一阵吗？”

“你们俩单独出去肯定不行，我可以跟你们一起去呀！”Miss Ella 眨着大眼睛说。

“真的吗？我还从来没出过国呢！”陈忡一下就兴奋了。特别是跟 Miss Ella 一起出国，想想都是件让人期待的事。

“我觉得 No problem（没问题），”Miss Ella 说，“罗曼教授对你们俩的重视程度，相信你们也感觉得到吧。别的不说，每天请各科私人家庭教师单独授课，就是一笔不小的开销。比较起来，出趟国算什么？”

陈忡很想跟 Miss Ella 一起出国，但他又有点儿不好意思跟罗教授提出。想了想，说道：“Miss Ella，要不你跟罗教授说，行吗？我们俩说的话，他没准儿以为我们是想出国去玩儿呢。但是老师说的，就不一样了。”

Miss Ella轻轻点了陈忡的鼻子一下，说道：“好吧，小滑头，我来跟他说。”

陈忡的脸红了一下，他对这个漂亮的英语老师，有种说不出的喜欢。

Miss Ella 每次上课讲到兴头上，就会忘记时间。今天又到晚饭的饭点了，她也浑然不觉。直到菲佣 Mary 推开房间的门，说道：“到用餐时间了，Miss Ella，罗教授说，如果您愿意的话，可以留下来共进晚餐。”

“嗯，这个嘛……”

陈忡说：“Miss Ella，你就留下来一起吃晚饭吧。你不是要跟罗教授说带我们出国的事吗？”

Miss Ella 想了想，说道：“OK，I had better follow your advice.”

陈忡没听懂：“What's the meaning（什么意思）？”

Miss Ella 微笑着说：“就是‘恭敬不如从命’的意思。”

三个人一起走出房间，来到一楼的餐厅。罗教授已经坐在餐桌旁了，齐薇和莫雷不知道是没有下楼来，还是有事出去了，并没有出现在餐厅。

罗曼微笑着招呼道：“Miss Ella，请坐。”

Miss Ella 坐下来，说道：“罗教授，能跟您一起用餐，非常荣幸。”

罗曼说：“别客气，陈忡和黎芳都很喜欢你，说明你是一个称职的老师，我们也很高兴能跟你共进晚餐。”

Miss Ella得到罗曼的肯定，十分开心，一张脸涨得通红。

今晚吃的是西餐。头盘是法国鹅肝。Miss Ella用刀叉切了一小口，送入嘴中，捂住嘴说道：“天哪，太好吃了！这是Foie Gras d'Oie Entier（整鹅肝）吧？”

罗曼说：“Miss Ella真是识货。”

Miss Ella嘿嘿笑道：“像我这样的吃货，到法国肯定是要品尝一次Foie Gras d'Oie Entier的，可惜我不是有钱人啦，至今只吃过一次。没想到在您家的饭桌上，居然能再次品尝到这种极品美食，真是太棒了！”

罗曼笑着说：“喜欢的话，可以再来一份。”

“不用了，不用了。”Miss Ella知足地说，“能吃上一份整鹅肝，已经是非常奢侈的享受了。”

罗曼说：“相信后面的主菜和甜品，也不会让你失望的。”

果然，接着端上来的主菜是法式干煎塌目鱼和白汁烩小牛肉，每一样菜都让Miss Ella赞不绝口。而最后上的甜点“修女泡芙”，更是让Miss Ella惊呼“好吃得舌头都快要融化了”。

陈忡和黎芳看到Miss Ella夸张的表情，既觉得好笑，又在心中感叹“不愧是见多识广的老师”。每一样美食，她几乎都能说出名字和来源。不像他们俩，只知道这些食物很好吃，完全没有半点儿了解。从Miss Ella的反应来看，他们每天吃的这些食物，大概都是些顶级食材制作而成的珍馐美馔了。

晚餐快结束的时候，Miss Ella打算跟罗曼教授提出带两个孩子出国去一趟的建议，可惜不巧的是，她正要开口，罗曼的手机响了起来。他说了一声“你们慢吃”，离开餐桌，走进一楼的书房去接电话了。

三个人等了好一会儿，罗曼也没有走出书房，估计电话的内容十分重要。

他们下了桌，陈忡提出到别墅外面的花园散步，Miss Ella 欣然同意。

在花园漫步了十多分钟，Miss Ella 提出要回去了。陈忡说：“Miss Ella，你还没跟罗教授说带我们出国的事呢。”

Miss Ella 说：“罗教授在忙呀，我不好打扰他。”

黎芳说：“过这么久了，教授应该打完电话了吧？”

Miss Ella犹豫了一下，说：“那我们进屋看看吧，如果罗教授打完电话了，我就跟他说；如果还没有，那就改天说吧，反正也不急。”

陈忡点头道：“好的。”

三个人一起返回别墅。菲佣在收拾餐桌。陈忡问道：“Mary，罗教授还在书房里吗？”

Mary 说：“没有，教授回房间去了。”

陈忡回过头跟 Miss Ella 说：“教授在房间，Miss Ella，拜托你去跟他说吧。”

Miss Ella 说：“好吧，教授的房间在哪儿？”

陈忡说：“三楼，楼梯右侧的第二个房间。”

Miss Ella 点了下头，朝楼梯走去。陈忡和黎芳坐在客厅的沙发上等待。

Miss Ella 来到三楼，这层楼有三个房间，房门都是关着的。她按照陈忡说的，朝楼梯右侧的第二个房间，也就是罗曼教授的房间走去。

然而，就在她路过右侧第一个房间的时候，听到屋内传出一声沉闷的声响，好像是什么东西，或者某个人倒在地上的声音。

Miss Ella 从小接受良好的教育，对于这种明显不正常的声音，她不可能视若无睹。万一是屋内有人突发疾病，昏倒在地呢？

Miss Ella 走到门口，轻轻敲门，问道：“hello？”

没有回应。但是，她又非常肯定，刚才的声响，就是从这个房间里传出来的。这让她心中的疑惑和担忧更甚了。

Miss Ella 迟疑了一下，试着转动门把手，门并没有锁。

这是一个致命的错误。

因为她不知道，这是莫雷的房间。更不知道，罗曼教授嘱咐过其他人，千万不要随意进入莫雷的房间。

她推开了门，看到了屋内的事物。

一声撕心裂肺的尖叫响彻整栋别墅。

隔壁房间的罗曼正在一台电脑前上网，他听到了这声尖叫，心中暗叫不妙。他站起来，迅速冲出房间。

来到走廊上，罗曼看到旁边莫雷的房门被打开了，立即猜到发生了什么。他快步走到门口，看到了屋内令人心悸胆寒的一幕，倒吸一口凉气。一向沉稳的他，此刻也不禁双手颤抖，冷汗直冒。他迟疑了一两秒，狠下心，将房门带拢了。

坐在客厅沙发上的陈忡和黎芳，包括菲佣 Mary，全都听到了楼上传出的这声尖叫。而且陈忡可以百分之百地肯定，发出尖叫的，正是 Miss Ella。他跟黎芳对视了一眼，飞快地冲上了楼。

两人气喘吁吁地来到三楼，看到怪异的一幕：罗曼教授站在莫雷的房间门口，一只手紧紧拉着门把手，神色紧张。Miss Ella 不知所终。但陈忡的直觉告诉他，Miss Ella 此刻就在莫雷的房间里面！

"教授，出什么事了？"陈忡急促地问道。

"……"罗曼一时不知该如何回答。

这时，陈忡听到这个房间内，发出一声气若游丝的呻吟，还有某种谜一般的撞击声。他的神经倏然绷紧了，焦急地说道："教授！Miss Ella 是不是在里面？她怎么了？"

罗曼对陈忡和黎芳说："回你们的房间去，不要管这件事了。"

一种不祥的预感袭来，陈忡的眼泪一下涌了出来："教授，求你告诉我，Miss Ella 到底怎么了？！"

“陈忡！”罗曼异常严肃地喝道，一字一顿地说，“回——你——的——房——间——去。”

黎芳有点儿被吓到了，她轻轻拉了陈忡的衣服一下，示意他听教授的话。但陈忡的犟脾气也上来了，就是不挪动脚步。

罗曼跟陈忡对视了几秒，态度软了一些，说道：“你先回去，我一会儿再来跟你解释，好吗？”

“走吧，陈忡。”黎芳几乎是在乞求。陈忡实在是无奈——他总不可能硬闯进莫雷的房间去看个究竟——只有作罢了。

两人下了楼，一起走进陈忡的房间。陈忡坐立不安，在屋子里来回踱步，黎芳在一旁不安地看着他。

十多分钟后，罗曼推开了这个房间的门。陈忡立即迎上前去，问道：“教授，Miss Ella 呢？”

罗曼拉着陈忡的手，跟他一起坐在床边，问道：“你这么喜欢Miss Ella吗？”

陈忡愣了一下，说道：“不是喜不喜欢的问题，我是想知道，她现在在哪儿，是什么情况？”

罗曼顿了几秒，望着他说道：“陈忡，我恐怕只能再给你们找一个英语家庭教师了。”

陈忡愣了半晌，心中的恐惧猜想仿佛得到了证实，他的眼泪再次夺眶而出，问道：“Miss Ella……死了吗？”

罗曼心里很清楚，这件事是瞒不过陈忡的，欲盖弥彰只会让事情变得更糟。他沉重地点了下头，承认道：“是的。”

坐在旁边椅子上的黎芳，发出一声惊呼，双手捂住了嘴，惊恐地瞪大了眼睛。而陈忡，更是如遭雷击，整个人都僵住了。

良久，陈忡流着泪问道：“是莫雷杀了她？”

罗曼说：“是她自己闯进了莫雷的房间。这不是莫雷的错。还记得我第一天就告诫过你们的话吗——千万不要进入莫雷的房间，特别是他在房间里的时候。”

“但是，你并没有告诫过 Miss Ella 呀！”

“我也没想到她会进入莫雷的房间呀！她不是跟你们在一起吗？怎么会到三楼来，又怎么会走进莫雷的房间呢？”罗曼反过来问道。

陈忡双手抓进头发里，指甲陷入头皮，流着悔恨的泪水说道：“是我……我拜托她上楼来的，想让她问问您，能不能带我们出国去一趟……是我害了她！”

罗曼叹息道：“你没有跟她说清楚，我的房间是哪一间吗？”

“不，我说清楚了的！我跟她说了，楼梯右侧第二间。但我不知道她为什么会搞错，怎么会走进莫雷的房间！”

罗曼摇头道：“现在探讨这个没有意义了，意外已经发生了。陈忡，对于这件事，我也感到非常遗憾。我跟你一样，心里十分难过。”

自从认识罗曼以来，陈忡第一次感到怀疑和恐惧，他愤懑地说道：“也许是 Miss Ella 的错吧，她走错了房间。但是，这是一个什么样的‘家’呀，无意走错了房间，付出的就是性命的代价吗？如果今天走错房间的是我或者黎芳，我们现在也命丧黄泉了，对吧？与其在这种危险的地方生活，我不如回老家去算了！”

罗曼眉头紧锁，闭上眼睛。糟透了。他在心里想。陈忡对他和这个地方产生了质疑，这是他最不愿意看到的局面。之前苦心经营的一切，也许会因此毁于一旦。不，这是绝对不行的！事到如今，他只能竭尽全力去挽回和弥补，希望能重拾陈忡的信任。攻心是他最擅长的，他知道，此时与其劝说陈忡留下，不如反其道而行之。

“陈忡，”罗曼语重心长地说道，“首先我要告诉你的是，这个世界上没有绝对安全的地方。就算是一个普通人的家里，也有一定概率发生漏电、煤气泄漏等事故。要避免这些事情发生，只能自己保持警惕和注意。

“其次，你不是普通人。如果你待在自己的家中，有可能比在这里更加危险，而且会连累你的妈妈。这一点我之前就跟你说过了。现在，你应该更清楚这是什么意思了，对吗？”

听到罗曼教授提起自己的母亲，陈忡的心颤抖了一下，他明显露出了矛盾和迟疑的神情。罗曼知道，攻心术起作用了。他继续说道：“今天的事件，是一个可怕的意外。我们谁都不想看到，包括莫雷本人。相信我，袭击 Miss Ella 不是他的本意。我猜想他现在也是悔恨不已，怨恨自己的身不由己。”

陈忡抬起头来望着罗曼：“身不由己？”

“对，”罗曼说，**“袭击 Miss Ella 的，不是莫雷的本体，而是他的‘另一种形态’。”**

“什么意思？什么叫‘另一种形态’？”

罗曼说：“关于莫雷的秘密，我会在适当的时机告诉你的，但不是现在。”

陈忡说：“既然他这么危险，我们为什么要跟他住在同一栋房子里？我宁愿出去租一套小房子住……”

罗曼用手势示意陈忡不要再说下去了：“任何事物都是有两面性的。比如枪械，有了它，可以自卫，保护自己不受伤害，但是操作不当，枪会走火，打死或者打伤自己。所以，我们要做的并不是丢掉手枪，而是如何安全地使用它，你明白我的意思了吗？”

陈忡说：“莫雷就是我们的‘枪’？”

罗曼说：“相信我，他比一般的‘枪’厉害和可靠多了。但相对的，我们也要注意不要踏进‘雷区’。其实你们真的不必担心，只要听我的，别擅自闯进他的房间就行了。”

看见陈忡垂着脑袋，不置可否，罗曼站起来说道：“没关系，陈忡，我任何时候都尊重你的选择。如果你实在是觉得这里不安全，想要回到老家，我不会阻拦。你好好考虑一下吧。”

说完这番话，罗曼朝门口走去。快要出门之前，陈忡喊道："教授。"

罗曼回过头："什么事？"

陈忡问："Miss Ella的事，怎么办？她死在了这里，警察不会来调查吗？"

罗曼说："我会处理的，你不必担心。"

陈忡心如刀绞："她就这么……死了，我们不用给她的家人一个交代吗？"

罗曼说："人死不能复生。我能做的，只有给她的家人一大笔抚恤金。你是这个意思吗？"

陈忡悲伤地点着头："恐怕也只能如此了。"

罗曼说："这些事，我都会处理妥当的。你们俩要做的，就只有一点——不管你们是否选择继续留在这里，今天的这起意外，你们都绝对不能告诉任何人。不然的话，会给我们惹来大麻烦，你们听懂了吗？"

陈忡和黎芳默默对视，一齐点了下头。

罗曼教授走出房间之后，黎芳问陈忡："你怎么想？"

陈忡问："你指什么？是否继续留在北京？"

"对。"

"你呢，你又是怎么想的？"陈忡反问道。

"我听你的。"

陈忡烦闷地说："我也不知道，我心里乱得很。"

黎芳问道："刚才罗教授说，如果你回到老家，你和你妈妈都可能面临危险，是什么意思？我们老家会有什么危险？"

背后长的藓价值连城这件事，陈忡还没有跟黎芳说。原因当然不是他信不过黎芳，而是怕说出来吓到她。但陈忡早有打算，一旦黎芳问起此事，他也不会有所隐瞒。毕竟罗教授说过，这件事要对所有人保密，只有黎芳除外。

陈忡对黎芳说道："有件事，我没有跟你说，因为这事我自己都需要花时间去消化。但是你现在问起了，我就告诉你吧。"

黎芳问："什么事？"

陈忡说："罗教授告诉我了，我背后长的这种绿色苔藓，是一种什么物质。"

"是什么呢？"黎芳对此也十分好奇。

"这种藓，可以治疗癌症。所有的癌症。"

"啊……"黎芳惊奇地说，"真的吗？有这么神奇的效果？"

陈忡点头："关键是，你知道这种藓值多少钱吗？"

黎芳茫然地摇头。陈忡说："你猜猜？"

黎芳按自己的理解猜测道："如果能治疗癌症，那肯定价格不菲。我觉得，你每次刮下来的藓，应该能值十多万……不，好几十万吧？"

陈忡苦笑了一下，告诉她实情："这种藓，**1克价值1亿元**。"

"什么？！"黎芳惊呆了，张口结舌，"1克就值1亿元？那你每次刮下来的藓……"

"有一两左右，也就是50克。你自己算算值多少钱吧。"

"天哪……50亿？"

陈忡提醒道："这还只是一次的量，我几乎每个月都会长一次藓。有时甚至一个月两三次。"

黎芳懒得去计算这些藓的总价值了。对她来说，一亿或者一千亿只是一个数字，没有什么区别。她只是感到难以置信："这种藓这么贵，会有人买吗？"

陈忡说："这个世界上的有钱人，为了救自己或者亲人的命，再贵他们都会买的。"

他们在聊天的时候，不可能想到，这个房间天花板的角落，有一只隐蔽的眼睛在看着他们——是一个只有米粒大小的**针孔无线摄像头**。

罗曼端坐在自己房间的书桌前，桌上的电脑屏幕上显示着陈忡房间的实时画面。陈忡和黎芳的对话，自然也通过隐藏在他们房间另一个角落的微型窃听器，一字不差地播放了出来。

罗曼的身后站着两个人，正是莫雷和齐薇。他们也跟罗曼一起，窥视、偷听着这个房间里的一切。莫雷的样子，跟平常时候没有任何区别，很难想象，之前在他的房间里究竟发生了什么。此刻，他们三个人都凝视着电脑屏幕，面色冷峻。

陈忡房间里的对话在继续。

“这件事，你千万不要告诉任何人，明白吧？”陈忡叮嘱黎芳。

黎芳说：“当然，不用你提醒，我也绝对不会说出去的。我知道这意味着什么。罗教授担心的，就是这个吧。一旦这个秘密曝光，你的处境就危险了。不知道有多少人会觊觎你身上价值连城的‘苔藓’，从而打你的主意。”

陈忡说：“正是如此，所以罗教授才把我带到北京来，让我跟他住在一起，目的就是保护我。”

黎芳思忖片刻，说：“但是仔细一想，只要我们不说，谁又会知道你背后的藓值这么多钱呢？就拿我来说，从小就认识你了，但是只要你不说，我一辈子都不会想到呀。”

陈忡说：“罗教授告诉我，这个世界上，有跟他一样知道‘内情’——也就是知道这种藓的价值的人。天下没有不透风的墙，我背后长藓的事，以前班上的好些人都已经知道了，如果这件事扩散出去，后果不堪设想。”

黎芳问道：“你之前刮下来那些藓，在哪里呢？”

陈忡说：“之前的十多年，这些藓全都被丢掉，浪费了。认识罗教授之后，他才把从我背上刮下来的藓收集起来，然后……”

说到这里他停了下来。但黎芳已经猜到了，接着说了下去：“然后以 1 克 1 亿元的天价卖给了某些有钱人，对吗？”

陈忡说：“是卖给了需要治疗癌症的……有钱人。”

“总之就是卖掉了呗。”

“你想说什么？”

黎芳抿着嘴唇思考了一刻，抬眼望着陈忡，措着辞说道："陈忡，我知道这样说可能有点儿……那个，但是你想过没有，**罗教授会不会……利用了你？**"

楼上的房间里，罗曼紧盯着屏幕，准确地说，是紧盯着陈忡的脸，等待他的反应。齐薇则从侧面瞄了一眼罗曼的表情，看到的是教授铁青的脸。

陈忡愕然道："不会吧，如果罗教授要利用我，完全可以不把这些'苔藓'值这么多钱告诉我呀。"

"但是他也没法一直瞒着你呀。不然的话，你总会起疑的——为什么他每次都要刮你背上的苔藓呢？"

陈忡愣了半晌，说："不管怎么样，教授对我们是不薄的。我们住在这么大一栋别墅里，每天吃、穿、用的，几乎都是奢侈品。加上请每科家庭教师的费用等，都是不小的开销。纵然教授从我身上赚到了钱，但用在我们身上的，也不少呀。"

"没错，这点我不否认。但是仔细一想，花在我们身上的钱，比较起你提供的价值，大概只是九牛一毛罢了。"

陈忡略有些不悦地说："我觉得人是要有感恩之心的。罗教授专门到懋县这样的小地方来找到我，提供给我各种帮助，又把我们接到北京来，过上如此优越的生活。黎芳，你还有什么不满意的吗？"

坐在电脑面前听到这一席话的罗曼，露出满意和欣慰的笑容。

黎芳赶紧说："不是！我跟你说过的，能过上这样的生活，是我以前做梦都想不到的事，我非常知足了！但是今天发生的这起'意外'，让我隐约觉得，事情不是这么简单的。那个莫雷，到底是什么人呢？Miss Ella 误入他的房间，居然就死了！陈忡，我很害怕，你知道吗？所以我才开始怀疑，罗教授到底是不是我们想象中那样，是一个正直、善良的好人呢？万一……我是说万一，**他才是最危险的那个人呢？**"

陈忡被黎芳的这番话吓到了，一股凉意爬上脊背。他瞪着眼睛，跟黎芳对视在一起。

另一边，罗曼的脸色简直难看到了极点。随着怒火的攀升，他又做出了那个古怪的举动——**一只手捂住了自己的鼻子**。

一旁的齐薇露出惴惴不安的神情，低声道："教授……"

罗曼伸出另一只手，示意齐薇不要打岔。他要听陈忡接下来会怎么说。

良久，陈忡说道："莫雷是特异人，齐薇也是，我也是。罗教授跟我说了的。"他有所保留，没有告诉黎芳，连罗曼教授都是特异人。

"什么叫特异人？"黎芳第一次听到这个名词。

"具有特殊基因或者变异体质的人。"陈忡解释道，"但是罗教授并没有告诉我，莫雷和齐薇'特异'在哪儿。不过他说，以后会告诉我的。"

"天哪，除了莫雷，齐薇也是……"黎芳露出恐惧的神情，"那她，是不是也跟莫雷一样危险？"

陈忡说："齐薇应该还好吧。不然的话，当初罗教授就不会只叮嘱我们不要进入莫雷的房间了。"

黎芳抓着陈忡的手说："陈忡，我真的有点儿怕……我们身边，全是这种特异人，我……"

陈忡打断她的话："我也是特异人。你怕我吗？"

黎芳说："我当然不怕你，你只不过是背后长藓罢了，又没有什么危险性。但是他们……"

陈忡说："齐薇也不一定危险呀。让人担心的，可能只有莫雷吧。"

"那还不够吗？难道必须危机四伏，我们才能逃离这里？"

陈忡沉寂一刻，说道："黎芳，你想过一个问题吗？如果离开北京——我们还能回到过去吗？装作什么都不知道，继续以前的那种生活，可能吗？"

"为什么不可能？我们之前的生活的确不能跟现在相提并论，但也不是活不出来呀。"

陈忡苦笑道："'由俭入奢易，由奢入俭难'，不瞒你说，我真的有点儿怀疑，我们是否还能适应之前那种贫穷的生活。好吧，就算我们能适应，还有另一个更重要的问题——我背后长出来的'苔藓'，该怎么处理？以前不知道，倒也罢了。现在我知道这些藓价值连城，而且可以救很多人的命，难道我还要像以前那样，全部刮下来丢掉？"

"当然不能丢掉，那太可惜了。"黎芳说，"我们也可以把这些'苔藓'卖掉呀。"

陈忡叹息道："你想得太简单了。我们把它卖掉？怎么卖？难道走到市场上去吆喝——'这里有能治疗癌症的苔藓，谁要买呀？'——你觉得有人会相信我们两个小孩吗？只会把我们当作骗子或神经病罢了。

"退一万步说，如果真的有人相信，那麻烦更大。'这种苔藓是从哪儿来的？'——每个人都会问这个问题。你要我怎么解释？假如真像罗教授说的那样，引来了知道内情的人，把我绑架或囚禁起来，就凭我们俩，能跟他们对抗吗？"

黎芳黯然道："照你这么说，我们根本就没有选择的余地了？只能永远待在罗教授的身边？"

就在陈忡准备开口说话的时候，他的手机响了起来。看了一眼来电显示，是妈妈打来的。陈忡对黎芳说："是我妈。"接起了电话。

"忡儿，你在干吗？"

"我在房间里，妈妈，跟黎芳聊天呢。"

母亲的声音听上去跟往日有些不同，似乎有某种喜事，令她心花怒放："忡儿，你知道吗？今天罗教授给我打了钱过来。"

"哦，多少钱？"

"5万元！"母亲的语气中包含着难以抑制的欢欣喜悦，"罗教授说，以后每个月的这一天，他都会叫人打5万元给我。"

“啊，那真是太好了。”

“无功不受禄。我一开始有点儿不安，觉得接受这笔钱于心有愧。但罗教授叫我安心接受，说这是我应得的，这钱其实是你赚的——真的吗？儿子，你在北京能赚这么多钱？”

“嗯……算是吧。对，妈妈，你安心收下就行了，然后放心地花吧，给自己买点儿好吃的，还有漂亮的衣服，别住以前的破房子了，租套好的公寓吧。5万元够你在懋县生活得很好了。”

“5000元就够我在懋县生活得很好了！哪儿用得着5万呀。忡儿，你跟罗教授说，每个月不用打这么多钱给我，5000块就足够了，真的。剩下的钱，你自己留着在北京用吧。”

“不，妈妈，我这儿不缺钱花。这钱您就收下吧。该花就花，别舍不得。实在用不完，就存进银行吧。”

“唉，好的，我的乖儿子，妈妈真是太高兴了，这么早就能享你的福了……呜……”

“妈妈，你怎么哭了？”

“我是高兴呀，忡儿。不仅是因为得到了这么多钱，还为有你这么一个儿子感到骄傲呀。”

陈忡心中百感交集，但也感到有点儿奇怪，问道：“妈妈，你不觉得好奇吗？你为什么不问我，是怎么赚到这么多钱的呢？”

母亲说：“我当然好奇。但是这个问题，我今天已经问过罗教授了。他让我不要打听，并说，就算问你的话，你也是不会说的，这是为我们大家好。总之罗教授要我相信，这笔钱的来源绝对是光明正大的。是这样的吧，儿子？”

“对，没错。您完全不用担心。钱的来源绝对是合法的，所以我让您安心花，不必有任何顾虑。”

“好的，我明白了。那我就收下了。”母亲感慨道，“忡儿，你在北京要好好的，照顾好自己。然后记住，做人一定不能忘本，要有感恩之心。罗教授对你和我们家的帮助，我们一辈子都报答不了。他之前承诺我们的每一件事，都做到了。这个世界上，像罗教授这样的好人，打着灯笼也难找呀！忡儿，你一定要听罗教授的话，记住了吗？”

“我记住了，妈妈。”

母子俩又聊了几句——关于改善母亲生活的话题——然后才挂断了电话。

陈忡长吁一口气，对坐在身旁的黎芳说：“你听到我妈妈说的话了吧？”

黎芳点了点头，她一时也无话可说了。

“罗教授的确是对得起我们的。”陈忡说，“虽然今天发生了这样的悲剧，但我认为，我们还是应该相信罗教授。正如我妈妈所说，他提供给我们的帮助，我们永远难以回报。如果没有他，我的价值也不可能得到实现。”

黎芳还想说什么：“陈忡……”

“好了，我有点儿累了，想休息了。”陈忡不想再探讨下去了。

“好吧。”黎芳无奈地站起来，朝门口走去，“晚安。”

“晚安。”

黎芳离开后，陈忡脱了衣服，走进卫生间去洗澡了。

楼上的房间，罗曼关闭了电脑上的监视画面。

齐薇双手抱在胸前，摇头道：“看来，我们真是低估了这个叫黎芳的女孩呀。她有着动物般的敏感直觉，已经嗅到某种气息了。”

罗曼并未说话，一根手指敲打着桌面，似乎在思考着什么。齐薇试探着说道：“教授，**要不要找个机会除掉她？**您知道，我会做得滴水不漏，让所有人都以为这是一起意外事故。”

转椅转了一百八十度，罗曼面向齐薇，对她说道：“你最好想都别这样想。今天这个叫 Ella 的英语老师死在了我们的宅邸，已经是一个重大失误了。陈忡很喜欢这个英语老师，他心里十分难过。你再除掉黎芳？他身边的人一个接一个地‘意外’死去，你当他是白痴吗，真的意识不到这是怎么回事？”

齐薇吐了下舌头，说：“我也只是说说而已，没打算真这么做。”

莫雷坐在罗曼对面的椅子上，低着头，像犯了错的孩子那样说道：“对不起，教授，发生这种事，给您添麻烦了。”

罗曼拍了莫雷的肩膀一下，说道：“不怪你，是那个女老师自己闯进来的。**她当时是不是看到你变异后的形态了？”**

“对，”莫雷说，**“所以我当然不能让她活。”**

罗曼问：“那她的尸体呢？”

莫雷的舌头舔了一圈嘴唇：**“已经被我吃掉了。”**

罗曼叹息道：“也罢，省得我花工夫处理尸体了。”顿了一刻，他说道，**“要是能找到‘触手人’就好了，一瞬间就能把你那个充满血污的房间清理干净。”**

听罗曼提起“触手人”，齐薇问道：“教授，‘琉璃’找到‘触手人’了吗？”

“找到了，我让他跟踪‘触手人’，密切注意她的一举一动，随时向我汇报。”罗曼说。

齐薇立刻明白了罗曼的意思：“您这是放长线钓大鱼呀。”

罗曼说：**“真正的‘大鱼’，就是‘触手人’。‘苔藓人’我已经弄到手了，接下来就是她了**。我跟‘琉璃’说过了，必要的时候，我会亲自出马的。”

二十三

逃离计划

从昏迷中醒来的韩敏，发现自己躺在富豪家的地板上，而富豪的尸体就在一旁，离她只有两米的距离。

地上富豪的尸体没有丝毫血迹。韩敏略一思忖，意识到她的特殊能力在刚才昏倒的时候再次启动了——地上的血污被清理得一干二净。但逝去的生命，却再也救不回来了。

她从地上站起来，紧张、焦虑、恐惧、难过的情绪交织在一起，让她有点儿想吐。她拼命抑制住生理和心理的双重不适，思考着目前的处境。

夏赢呢？他不可能放弃，之所以没有在这栋房子里，是因为他对我的能力有所忌惮。韩敏清醒地意识到了这一点。那么，他现在身在何处呢？

也许就在门外。韩敏猜想。他惧怕的是我处于无意识状态的时候。但我一旦恢复清醒，便没有任何攻击力和自我保护的能力了。一旦走到屋外，又会落入他的手中。

但是，我也不能一直待在这栋房子里不出去呀……

她矛盾到了极点，一时不知该如何是好。冷静下来，她对自己说，起码夏嬴现在是不敢踏进这栋房子的，我有充分的时间来思考对策。

首先是富豪的尸体。难道就这样摆在地上不管吗？但报警也是不可能的，毫无疑问，她又会成为最大的嫌疑人。

韩敏回想着之前进入别墅区的过程。是夏嬴带着她进来的，在门口的保安亭进行了来访登记。好在所有登记都是夏嬴填写的，一旦出了事，承担责任的应该是他吧。

可是进入这栋房子打扫卫生的，毕竟是她。发生了命案，显然跟她也脱不了干系。而且糟糕的是，这项“新型清洁业务”已经开展过多次了，很多客户都见过她的面。意味着警方一旦将她确定为嫌疑犯，会在全国范围进行通缉。如此一来，就算她逃到异地，也会被抓捕归案。

糟透了。韩敏在心里想，眉头也不自觉地拧成一道麻绳。有没有什么办法，能不让警察怀疑到我呢？

几分钟后，她想到了一个方法，可以**最大限度地拖延尸体被发现的时间**。

如果能让尸体在半个月，甚至一两个月后才被发现，那警察把这起枪杀案跟“新型清洁业务”联系起来的可能性，就比较小了。

也许这不是个好主意，但她实在是想不出更好的办法了。人不是她杀的，但她却是嫌疑最大的人。她必须有所举措，进行自保。

现在是夏季，如果放着尸体不管的话，大概一两天就会发出腐臭。所以她首先做的，就是把客厅的空调开到最低温度。这样起码能让尸体延迟几天腐烂。

接着，她检查并关闭了这套房子的每一道门窗，把每一扇窗户都关紧了。这样的话，就算尸体开始腐烂，臭味也不会轻易传到外面去。这里是别墅区，每栋房子相对独立，加上窗帘全都是拉拢了的，不出意外的话，应该很难被人发现这套房子里有人死亡了吧。

韩敏想起富豪告诉过她，这栋别墅并不是他的，他甚至都不是本地人。租下这栋别墅，就是为了跟她见面。

租房的话，只租几天或者半个月，应该是不可能的。最短也是三个月起租才对。如果是这样的话，尸体被发现的时间，也许能延迟到更久也说不定。

一个外地富豪，到关山市来租下一套豪宅，然后在房子里被枪击身亡——警方遇到这样扑朔迷离的案件，应该十分头疼吧。不过，韩敏也管不了这么多了。

所有一切都处理妥当后，她扯下餐桌的桌布，盖在富豪的尸体上，然后对着富豪的尸体深深鞠了一躬，在心里说道：对不起了，前辈，我能做的只有这么多了。

迟疑了一下，她蹲到尸体旁，从富豪的裤包里掏出手机，然后抓住尸体的右手食指，进行指纹解锁。打开手机后，她进入设置界面，修改了这部手机的开机密码，把指纹解锁也换成了自己的指纹。如此一来，这部手机就完全为她所用了。

接着，韩敏走到厨房，把夏赢给她的那部手机浸到水里，毁坏了。

之所以这样做，是因为她不想再跟夏赢有任何联系和瓜葛。她甚至怀疑这部手机被安装了跟踪器，当然不能再继续使用下去了。

而使用富豪的手机，一方面是为了便于掌握各种动向；更重要的是，她希望通过这部手机，找到隐藏在茶庄市的“蒹葭”。

投靠联合会的其他成员，大概是她唯一的出路了。

韩敏悄悄掀开窗帘，窥视屋外的状况。她从几个角度观察，都没有看到夏赢。她不认为夏赢会放弃，最大的可能是，他此刻正躲藏在某处，等她一出门，就再次上前胁迫。

怎么办呢？韩敏思忖着。就这样冲出去吗，会不会太冒险了？

就在这时，她看到几个人从步道的一侧走过来。这是个机会，光天化日之下，又有人的情况下，夏赢总不敢掏出枪来威胁她吧？只要她迅速冲到大街上，夏赢便不敢肆意妄为了。

主意拿定，韩敏一咬牙，打开房门，走了出去，将门带拢。

她埋着头，迅速地朝别墅区的大门口走去，心怦怦直跳。为了不让路过的这几个人看出端倪，她表面上装出沉静的样子。同时，她小心地左右张望着，想看看夏赢有没有从某个地方追出来。

事实是，并没有任何人尾随而至。韩敏无法判断这是怎么回事，她也没心思细想。快步走到大门口，正好有一辆空的士驶过来。她赶紧招手，的士在她面前停了下来。她钻进车，对的士司机说道："师傅，快走！"

"去哪儿？"的士司机问。

"随便，先离开这儿吧！"

司机有些狐疑地通过后视镜瞄了她两眼，没有再多问下去，汽车发动，朝前面的道路开去。

车子行驶了一两分钟，司机问道："姑娘，你到底去哪儿呀？"

韩敏现在满脑子想的都是茶庄市，因为"蒹葭"在那个城市。她脱口而出："去茶庄市。"

"什么？"司机一脚急刹车，把车停在路边，瞪着眼睛说道，"去哪儿？茶庄市？"

"啊……怎么了？"

"你不是开玩笑吧？茶庄市离我们这儿有一千多公里车程呢，你打算打的去呀？"

韩敏这才知道茶庄市距离关山市竟然这么远。她问道："那我该怎么去呢？"

“你没去过？”

“对。”

司机说：“两种途径——汽车和火车。但是一般人都不会开车去茶庄市，因为太远了。坐火车的话，要近一些，也要快一些。”

又要去火车站吗……韩敏对火车站的心理阴影还没有散去。但是也没有别的办法了，她对司机说：“那就麻烦你带我去火车站吧。”

“好的。”司机重新发动汽车，朝火车站的方向开去。

的士司机大概是对这个年轻女孩产生了兴趣，行驶的途中，试探着问道：“姑娘，你行色匆匆，赶到茶庄市去干吗呀？”

韩敏本来觉得自己没有回答的义务，但转念一想，如果不找个合适的理由，恐怕会被这个的士司机怀疑，对自己不利。所以她编造道：“我的一个朋友在茶庄市，得了急病，所以我得马上赶过去。”

司机“哦”了一声，随即又问道：“那你刚上我车的时候，怎么不直接说要去汽车站或者火车站呢？只是说‘先离开这儿’。”

韩敏觉得这个司机有点儿烦，问得事无巨细。她若是不回答，又令人生疑，只有说道：“我刚才心烦意乱，又跟家里人吵了架，所以只想快点儿离开家。师傅，您能专心开车吗？”

“啊，好的……”司机没有再继续询问下去了，韩敏松了口气。

二十多分钟后，的士开到了火车站门口。韩敏付了车费，硬着头皮走进了关山市火车站这个曾有不快记忆的地方。她一边走，一边回头观望，看夏赢有没有跟踪而至。

她现在身上有四千多块钱，是夏赢给她的零花钱。自从他们确立男女朋友关系之后，就没有提工资待遇的事了。按夏赢的话说——“我的就是你的，咱们是一家人了。”

现在想起来，真是莫大的讽刺。韩敏的心也感到阵阵抽痛。夏赢，她几乎认为是值得托付一辈子的男人，结果只是一个满嘴谎言、演技高超的伪君子吗？

不过，有件事她始终很在意。那就是，如果夏赢接近她是居心叵测，一开始就应该是夏赢来找到她才对呀，怎么会是她主动找上门呢？夏赢又不是神仙，难道能未卜先知？这不可能。

不，他是集合会的人。韩敏想起了这件重要的事。听“木槿”说，集合会的人神通广大，有各种异能，他们能做到很多不可思议的事情。

想到这里，她意识到自己也许并没有摆脱危险，天知道夏赢有没有暗中跟来。虽然刚才一路上，她都不断回望，并没有发现被人跟踪的痕迹，但集合会的手段岂会如此简单？说不定自己仍在他们的掌控中。

一分钟都不能再耽搁了，必须立刻乘坐火车前往茶庄市。

韩敏快步朝火车站的售票大厅走去。突然，她立住脚步，想起了一件无比沮丧的事情。

她没有身份证，怎么买得到火车票呢？

同样的问题，在汽车站也存在。现在不管飞机、火车、汽车，都采取实名制售票。没有身份证，无法到达任何异地。

如果距离近的话，坐一些非法运营的私车，或许还能实现。但刚才韩敏已经知道了，茶庄市距离关山市有上千公里车程。恐怕没有哪辆车会跑这么远的地方吧。

怎么办呢？韩敏心中焦急，小腹也一阵坠胀。她这才想起，从进入富豪的家到现在，好几个小时了，她都没有上过厕所。不管怎样，先去火车站的卫生间方便一下再说吧。

韩敏通过安检，进入车站大厅。找到公共卫生间之后，她朝女厕所走去。火车站任何时候都是人满为患，特别是女厕所，需要排队如厕。韩敏排在八九个人后面，等了二十多分钟，小腹几乎濒临极限。

好不容易轮到她了。她冲进其中一个单间，把门闩好，尽情释放，一股难以言喻的舒爽感觉遍布全身，整个人随之轻松了许多。

解决了生理问题，韩敏才有暇顾及周围的其他事物。她在单间的木门上，看到了用圆珠笔写在门板上的一小行字——

办证：137××××××××

“……”

办证，什么证？身份证吗？这种地方的小广告，显然不会是公安机关打的。那么，答案很明显了，这是办假证件的人提供给“有需求的人”的秘密联系方式。

这是不合法的，韩敏心里很清楚，但她想不出更好的办法了。为今之计，只有一试。

她掏出手机（富豪的手机），进入拨打电话的界面，输入这串手机号码，并没有立即拨号，而是提上裤子，走出了女厕所。

韩敏选择了火车站一个最不被人注意的角落，按下了拨号键。

电话在响了十多声之后被接通了，是一个沙哑的女声：“喂？”

“嗯……你好，我想……办证。”

“办什么证？”

“身份证。”

对方沉吟片刻，说道：“你有没有什么方式证明你不是警察？”

韩敏愣了一下，说：“你需要我怎么证明呢？”

电话那头的女人说：“你按照我说的来做。首先走出火车站——你现在是在火车站吧？”

“是的。”

“那好，你先出站。站在火车站的门口，告诉我你身上穿什么样式和颜色的衣服裤子。”

韩敏按照她说的去做了，站在熙来攘往的火车站门口，把自己的衣着特征告诉了对方。

“往前走，走到人少一点儿的地方，看到火车站对面的一家副食店了吗，你就站在副食店的门口别动。”

韩敏一边朝副食店走去，一边观察着周围的人群。她知道这个女人此刻就在附近，某个能看到她的地方。但周围拿着手机在打电话的人有好几十个，她根本无法分辨此人是谁。

韩敏站在副食店的门口，不安地左顾右盼。她担心站在这里，会被夏赢发现。如果这个女人迟迟不出现，她就打算离开了。

然而，一分钟后，一个四十多岁、衣着和长相都很普通的中年女人出现在了她的面前，说道：“走吧，到这边来说。”

韩敏跟着她走到一个垃圾桶旁边，这个女人一边嗑瓜子一边漫不经心地说道：“就是你要办证，对吧？”

韩敏“嗯”了一声。

中年女人问道：“你什么情况？要‘跑路’吗？”

韩敏听不懂这种黑话：“什么叫‘跑路’？”

“就是你犯事了，没法使用自己的身份证出行。所以要办假的身份证出逃，我说得够清楚了吧？”

“哦，不是，”韩敏赶紧解释道，“我没有犯什么事，我只是……”

中年女人伸出一只手，示意她不用进行说明：“你不用跟我解释，我又不是警察，也不用关心这么多。简单一句话——你是想坐火车到外地去，但是没有身份证，对吧？”

“对。”

“那我跟你说明一下情况。首先，我可以帮你办假身份证，但是假身份证是买不了车票的，输入全国公安系统联网的电脑一查就会露馅儿。”

“啊？那我办它做什么？”

中年女人眉头一皱：“听我说完呀。你的目的只是想坐火车，对吧？”

韩敏点头。

“那就好办了。听好，办法是这样的——首先，我用我的身份证帮你买一张票。然后呢，我帮你办一张假的临时身份证。这张临时身份证上的照片是你的，但名字是我的，也就是说，你要冒充我才能上车——懂了吗？”

韩敏听得似懂非懂，问道：“这样能行吗？假的临时身份证不会被查出来？”

中年女人摇头：“不会。因为你的车票是真的。而临时身份证，在检票的时候只是让检票员看一眼罢了。只要照片跟本人能对上，你就可以上车了。”

韩敏点着头，表示自己明白了。

“但是有两点，我要提醒你。第一，如果你身上携带了什么违禁物品，仍然是上不了车的；第二，不管临时身份证是真是假，它的作用都只有一个，就是让你坐上这趟火车。除此之外，它没有任何作用。住店呀什么的都不行。”

“好的，我知道了。”先到达茶庄市再说。韩敏在心里盘算着。

“你要去哪儿？”

“茶庄市。”

“到茶庄市的车票是86元，加上办证的费用，一共500元，可以吧？”

韩敏没有讨价还价的余地：“可以。”

“那你跟我来，先在自助照相机这儿照一张2寸的证件照……”

韩敏按照中年女人的指示来做。取得自己的照片后，交给了她。中年女人说：“好了，把500块钱给我吧，我去帮你买车票和办证。”

韩敏迟疑道：“嗯……我怎么能保证你不会一去不回呢？”

中年女人笑了一下，指着对面的一家小吃店说道：“你就坐在那里面等我。如果半个小时后，我都没有来找你，你就把我的手机号提供给警察，怎么样？”

韩敏想了想，说："好吧。"付了500元。

中年女人朝车站里面走去。韩敏则进入她说的那家小吃店，现在是下午三点多，她并不饿，点了碗冰镇绿豆汤，边喝边等。

二十多分钟后，中年女人回来了，递给韩敏一张四点二十分的从关山到茶庄的火车票，同时给了她一张假的临时身份证。车票和身份证上显示的名字都是"涂春华"——显然就是这个中年女人的名字。而临时身份证上的照片，是韩敏的——居然就这样巧妙地移花接木了。

韩敏说："一会儿检票的时候，我就说我叫'涂春华'？"

真正的涂春华笑道："没人会问你叫什么名字。你把车票和临时身份证递给检票的人看就行了！"

韩敏说道："好的，谢谢。"

"没事，以后有这种需求再找我。"涂春华站起来，准备离开了。

出于好奇，韩敏问道："你刚才怎么判断出我不是警察的呢？"

涂春华望了她一眼，说道："我跟警察打过太多交道了，你是不是警察，我用鼻子都闻得出来。"说完嫣然一笑，走出了小吃店。

韩敏出了会儿神，揣好车票和临时身份证，朝火车站内走去。

距离检票的时间还有四十分钟。韩敏买了瓶矿泉水，坐在候车大厅等待。是不是真的能上车，她并无十足的把握，内心忐忑不安。

火车站里的人纷纭繁杂，各色人等充斥在偌大的候车大厅内。韩敏全然没有注意到，一个背着深色旅行包，戴着黑色遮阳帽和墨镜的中年男人，此刻就坐在她后面几排的长椅上，距离她只有不到5米远的距离。

这个人，正是之前开车送韩敏到火车站的那个的士司机。

韩敏坐在前排椅子上，不时看着手机上显示的时间，同时注意大屏幕上滚动播放的车次信息，听候检票通知。的士司机观察了她一阵，心里有数了。他默默地在手机应用上买了四点二十分，从关山市到茶庄市的火车票，然后到自助取票机面前，兑换了车票。

接着，他走进男厕所，在洗手池面前等候了一会儿。等到某个空当，洗手池面前一个人都没有的时候，他做出了令人费解的举动。

他打开水龙头，双手合拢捧起水，往自己的头上、脸上和身上浇去，直到浑身都湿透了，才进入了某个单间，把门闩好。

接下来，惊人的一幕发生了。

他双手按住腹部，把腹部和腰部的肉朝胸口推移，竟然塑造出了女性胸部的形状，而腰身也因此变得苗条了。随后，他双手按在脸颊上，往斜后方提拉，一张圆脸立刻变成了锥形状脸。两根手指轻轻按在眼角，往两侧一拉，双眼便变得细长而妩媚了。他又捏住鼻子，改变了鼻翼的大小和鼻梁的高度。嘴巴也是如此，经过精心的捏造，由之前宽厚的嘴唇变成了一张樱桃小嘴……

手臂部分的肉，也被他“赶”到了胸前。胸部增大的同时，手臂变得纤细了。接着，他脱下外裤，从背包里拿出一瓶矿泉水，把腿部全部淋湿，再次像捏橡皮泥一样，把腿的形状塑造成女性腿部的样子。

经过这样一番重塑，他彻底变成了一个女人——而且是一个眉目清雅、亭亭玉立的美女。他——不，应该是“她”——从背包里掏出一面镜子，满意地看着自己的脸，宛如欣赏一件艺术品。然后拿出一个化妆包，开始描眉、涂唇，最后戴上假发，换上女装……

厕所里，一个老者等候在这个单间前多时，实在是忍不住了，用手中的拐杖轻轻敲了敲门，问道：“还有多久呀？”

他并未得到回答。然而半分钟后，单间的门打开了，一个明艳动人的年轻女孩从里面走出来。老者惊诧不已，目瞪口呆地看着她走出了男厕所，一瞬间连肚子胀痛都忘了。

女孩戴上墨镜，坐回刚才的椅子上。“目标”还在原地。她歪着嘴笑了一下，从背包里摸出钱包，里面有三四张身份证。她选择了跟目前的容貌完全一样的一张，揣进裤兜里。

不一会儿，候车大厅的广播通知：乘坐前往茶庄市的 K19× 号列车的乘客，开始检票了。

韩敏和另外一些乘客一起站了起来，走到了检票口。她的心怦怦直跳，不知道能不能凭着张冠李戴的假身份证，蒙混过关。

检票的队伍逐渐向前推进，轮到韩敏的时候，她几乎屏住了呼吸，表面上却要装出波澜不惊的样子。

火车票是机器检票的，没有问题。主要是那张假身份证。

韩敏递给了检票员。

检票员看了一眼身份证上的照片，比对韩敏的长相，大概有一两秒的时间。对于韩敏来说，这两秒钟简直无限漫长。

检票员把临时身份证还给了韩敏，示意她可以通过了。她的一颗心才终于放了下来。

从检票口走到站台之前，韩敏回过头，仿佛在跟关山市告别。

她来到这个城市的时间并不长，对这座城谈不上有什么感情。但是，她对这里的一个人，却是有感情的——不，是曾经有过感情。

同一时间。

别墅区商业街的冷饮店内，趴在桌子上的夏嬴终于醒了过来，他脑子仍然有些昏昏沉沉，不太想得起之前发生过的事了，只是依稀记得，自己喝了这杯冷饮后，就疲倦得眼皮都抬不起来，趴在桌上睡着了。

他看了一眼手上的腕表——四点十分。

夏嬴大吃一惊：什么？我趴在这家冷饮店的桌子上睡了三个小时？

对于这个事实，他感到难以置信。昨天晚上没喝酒，也没熬夜呀，怎么会疲惫成这个样子？

当然，对毫不知情的他而言，即便想象力再丰富，也不可能猜到之前发生了什么事情。更不可能想到，这家冷饮店的一个女服务员，被人用两万元买通了，在端给他的柠檬水里，下了**安眠药**。

现在他突然惊醒过来，首先想到的，自然是韩敏。一个小时的清洁时间早就过了。以往都是他踩着时间去客户家接韩敏，今天竟出现如此疏漏。单纯的他，根本没想到自己是遭人算计，只是不断自责，怪自己瞌睡太大，因此误事。

夏羸冲出冷饮店。店内一个二十多岁的女店员，怀着歉疚的心情望着这位客人的背影。虽然她完全不知道那个给她两万元的人，为什么要委托她下药。但使用这种卑鄙手段的人，自然不是什么正人君子，其目的也是不可告人的。而她自己，当然也是卑劣的。但两万元的诱惑太大，她无法拒绝，只是因此付出的代价，便是受到良心的谴责。

夏羸一口气跑到富豪的别墅，看到这里门窗紧闭，猜想里面肯定是没人了。也许是韩敏打扫完卫生，富豪也回家了，检查的结果自然是十分满意。韩敏没有等到他，也没有在客户家久留的道理，大概是自己回公司了吧。而那个富豪，可能也离开了别墅。

虽然这样想，夏羸还是上前按下了门铃，等了许久，不见回应。看来房子里确实是没人了。

他不可能知道，屋主其实是在里面的。只不过，已经变成一具冰冷的尸体了。

夏羸摸出手机，拨打韩敏的电话，语音提示该电话暂时无法接通。难道是手机没电了？夏羸一边这样想，一边朝别墅区的外面走去。

路过门口保安亭的时候，保安看到了夏羸，“咦”了一声，纳闷道：“你刚才不是出去了吗？什么时候又进来了？”

夏羸莫名其妙地看着他，说道：“我什么时候出去过？”

保安挠了挠头，自忖是不是自己记错了，这种事也不值得深究，便说道：“没什么。”夏羸懒得理他，走了出去。

汽车还停在附近的停车场。夏嬴开着车回到公司，却没有见着韩敏。他又驾车回家，家里也没人。第十次拨打手机，还是那句“您所拨打的电话暂时无法接通”。

这个时候，夏嬴开始感觉有点儿不对劲了。他想起了保安说的那句话——“你刚才不是出去了吗？”

他在冷饮店睡了三个小时、韩敏不知所终、保安那句不明所以的话——虽然想象力不足以支撑他把这一系列事件串联在一起，组成完整的推理，但直觉告诉他，这不是巧合。**在他离奇睡着的三个小时内，肯定有什么事情发生了**。

一种不祥的预感笼罩心头，夏嬴顿时心慌意乱起来。他在心里呼喊道：**韩敏，你在哪儿？**

同时，站在火车站台上的韩敏，最后一次留恋地回顾这座城市，在心里说道：**夏嬴，永别了**。

一滴眼泪无声地滑落。她拭干泪水，踏上火车。

现在并不是出行的旺季，前往茶庄市的乘客不算多。很多车厢都没有坐满。在这种情况下，是不必非得按座号来坐的。但韩敏“第一次”坐火车，还是老实地依照车票信息找到了自己的座位。这是一个靠窗的位置，能看到窗外的风景。

刚坐下不一会儿，一个跟她年纪相仿的漂亮姑娘从另一头走过来，指着韩敏对面的座位说道：“对不起，请问这儿有人坐吗？”

“没有。”韩敏说道。

“那我就坐这儿吧。”年轻姑娘把深色的背包放在行李架上，坐在了韩敏的对面，冲韩敏甜甜地笑了一下，韩敏报以礼节性的微笑。

乘客陆续找到座位，火车马上就要开动了。这时，一个大概是误了点的胖男人背着一个大包急匆匆地从站台朝火车狂奔而来，在火车开动前的最后几秒上了车。

这个男人走进了韩敏所在的车厢，满身大汗。不过总算是坐上了车，他明显地松了口气。随意地找到一个座位后，他把背在背上的大牛仔包费力地塞到行李架上，全车的乘客都望着他，包括韩敏在内。

突然，脑子里的某根神经被牵动了起来——就在看到这个大牛仔包的时候——韩敏感到一阵撕扯般的头痛。她“啊”地叫了一声，双手捂着头，露出痛苦的神情。

坐在对面的女孩诧异地望着她，问道：“你怎么了？”

缓了一会儿，头痛的感觉渐渐减轻了，仍是什么都没想起来。她摆了摆手，说道：“没什么……”

女孩“哦”了一声，没有再问了。她摸出手机，玩了起来。

这台手机之前就开启了静音模式，照相机的闪光灯也关了。所以，女孩假装是在发信息，实际上给对面的韩敏照了一张相。

她打开微信，把这张照片发送给了某个人。

这个人的微信名是**“白银”**。

而她自己的微信名是**“琉璃”**。

琉璃：教授，我现在跟她在一辆列车上，就坐在她的对面。

白银很快就回复了：很好。

琉璃：刚才她突然头痛。我怀疑她是想起什么了。

白银：继续跟踪，见机行事。有什么情况随时向我汇报。

琉璃：明白。

回完这条信息，她退出微信，把手机揣进裤兜。火车已经开动了，四周的景物由慢而快地向后退。

火车逐渐驶出城市，开往田野、村庄，以及不确定的未来。

韩敏一只手托着腮帮，望着窗外的景色出神。但她无暇欣赏风景，思绪像疾驰而过的景致一样掠过脑海，令她久久不能平静。

到了茶庄市，我能找到“蒹葭”吗?

他（她）是个什么样的特异人呢?

这个世界上，还有哪些不可思议的特异人?

我，又是谁呢?

此刻的韩敏，自然不可能想到：这趟列车，只是把她带向了人生的下一站。她人生的奇妙之旅，才刚刚开始呢。

（第一部　完）